国家古籍整理出版专项资助项目

中国古典文学读本丛书典藏

陆游诗选

游国恩 李易 选注

人民文学出版社

图书在版编目（CIP）数据

陆游诗选/游国恩，李易选注. —2 版. —北京：人民文学出版社，2021
（2023.9重印）
（中国古典文学读本丛书典藏）
ISBN 978-7-02-016230-7

Ⅰ.①陆… Ⅱ.①游…②李… Ⅲ.①宋诗—诗集 Ⅳ.①I214.422

中国版本图书馆 CIP 数据核字（2020）第 070197 号

责任编辑　高宏洲
装帧设计　陶　雷
责任印制　张　娜

出版发行　人民文学出版社
社　　址　北京市朝内大街 166 号
邮政编码　100705

印　　刷　三河市鑫金马印装有限公司
经　　销　全国新华书店等

字　　数　216 千字
开　　本　880 毫米×1230 毫米　1/32
印　　张　8.875　插页 3
印　　数　6001—8000
版　　次　1957 年 3 月北京第 1 版
　　　　　1997 年 10 月北京第 2 版
印　　次　2023 年 9 月第 2 次印刷

书　　号　978-7-02-016230-7
定　　价　35.00 元

如有印装质量问题，请与本社图书销售中心调换。电话：010-65233595

目　录

前言　1

夜读兵书　1
送曾学士赴行在　2
溪行　4
送七兄赴扬州帅幕　5
游山西村　6
霜风　6
闻雨　7
送芮国器司业（二首选一）　8
投梁参政　9
宿枫桥　11
哀郢　12
重阳　13
入瞿唐登白帝庙　13
岳池农家　15
南池　16
山南行　17
游锦屏山谒少陵祠堂　18
归次汉中境上　19
剑门道中遇微雨　20
剑门关　21

三月十七日夜醉中作 22

夜读岑嘉州诗集 22

八月二十二日嘉州大阅 24

九月十六日夜梦驻军河外,遣使招降诸城,觉而有作 25

闻虏乱有感 27

醉歌 28

宝剑吟 29

观大散关图有感 30

金错刀行 32

胡无人 33

晓叹 34

对酒叹 35

观长安城图 37

秋夜怀吴中 37

江上对酒作 38

离堆伏龙祠观孙太古画英惠王像 39

楼上醉歌 40

喜谭德称归 41

花时遍游诸家园(十首选二) 43

雨 44

题醉中所作草书卷后 45

过野人家有感 45

病起书怀 46

夜读东京记 47

万里桥江上习射 48

关山月 49

出塞曲 50

战城南 51

读书(二首选一) 52

夜读唐诸人诗,多赋烽火者。因记在山南时,登城观塞上传烽,追赋一首 53

楼上醉书 54

送范舍人还朝 55

浣花女 56

登城 57

猎罢夜饮示独孤生(三首选一) 59

秋晚登城北门 60

遣兴 61

江楼吹笛饮酒大醉中作 62

晚登子城 63

草堂拜少陵遗像 65

感兴(二首) 66

枕上 68

游诸葛武侯书台 69

龙兴寺吊少陵先生寓居 71

醉中下瞿唐峡中流观石壁飞泉 72

屈平庙 73

楚城 74

小雨极凉,舟中熟睡至夕 74

六月十四日宿东林寺 75

登赏心亭 75

冬夜闻雁有感 76

3

过灵石三峰(二首选一) 77

前有樽酒行(二首选一) 78

雨夜不寐,观壁间所张魏郑公砥柱铭 79

醉书 81

枕上感怀 81

弋阳道中遇大雪 83

雪后苦寒,行饶抚道中有感 84

闻雁 85

登拟岘台 85

庚子正月十八日送梅 86

雨后独登拟岘台 87

五月十一日夜且半,梦从大驾亲征,尽复汉唐故地,见城邑人物繁丽,云:西凉府也。喜甚,马上作长句,未终篇而觉,乃足成之 88

冒雨登拟岘台观江涨 89

薙庭草 90

大雨逾旬,既止复作,江遂大涨(二首选一) 90

秋旱方甚,七月二十八夜忽雨,喜而有作 91

寄奉新高令 92

渔浦 93

小园(四首选二) 93

九月三日泛舟湖中作 94

书悲(二首选一) 95

湖村月夕(四首选一) 96

蔬圃绝句(七首选一) 97

灌园 97

十月二十六日夜,梦行南郑道中;既觉恍然,揽笔作此诗,时
　　且五鼓矣　98

冬暖　99

寄朱元晦提举　100

读书　101

浃饥之余,复苦久雨,感叹有作　103

夜观秦蜀地图　103

草书歌　105

夜泊水村　106

哀北　107

三江舟中大醉作　108

悲秋　109

夏夜舟中,闻水鸟声甚哀,若曰:姑恶。感而作诗　110

月下　111

寄题朱元晦武夷精舍(五首选一)　112

长安道　112

舒悲　114

感愤　115

春夜读书感怀　117

题海首座侠客像　118

书愤　119

临安春雨初霁　120

纵笔(三首选一)　120

书愤　121

秋郊有怀(四首选一)　122

估客乐　123

纵笔(二首选一) 124

北望 125

估客有自蔡州来者,感怅弥日(二首选一) 125

醉歌 126

予十年间两坐斥,罪虽擢发莫数,而诗为首,谓之嘲咏风月。
　既还山,遂以"风月"名小轩,且作绝句 127

夜归偶怀故人独孤景略 128

夜闻蟋蟀 129

邻曲有未饭被追入郭者,悯然有作 130

寓叹(三首选一) 131

晚秋农家(八首选一) 132

梅花绝句(十首选一) 132

梅花绝句(二首选一) 133

叹俗 133

秋夜将晓,出篱门迎凉有感(二首选一) 135

秋日郊居(八首选一) 136

九月一日夜,读诗稿有感,走笔作歌 136

夜读范至能揽辔录,言中原父老,见使者多挥涕。感其事,作
　绝句 138

书适(二首选一) 139

十一月四日风雨大作(二首选一) 140

落梅(二首) 140

稽山农 141

僧庐 143

读陶诗 144

秋晚闲步,邻曲以予近尝卧病,皆欣然迎劳 144

怀昔　145

癸丑十一月下旬,温燠如春,晦日忽大风作雪　146

赛神曲　147

书叹　149

蔬食　149

三月二十五夜达旦不能寐　150

山头鹿　151

明妃曲　152

忧国　153

大风雨中作　154

岁暮感怀,以"余年谅无几,休日怆已迫"
　为韵(十首选一)　155

首春连阴　156

新春　157

镜湖　157

夜归　158

农家叹　159

舍北晚眺(二首选一)　159

读杜诗　160

小舟游近村,舍舟步归(四首选一)　161

闻雁　162

枕上偶成　163

贫甚,作短歌排闷　163

春望　164

寒夜歌　165

怀旧(六首选一)　166

感事(四首选二)　167

村饮示邻曲　168

陇头水　169

书志　170

暮春　172

露坐(二首选一)　172

东西家　173

太息(四首选一)　174

秋获歌　174

午饭(二首选一)　175

三山杜门作歌　176

沈园(二首)　177

喜雨歌　178

薪米偶不继戏书　179

牧牛儿　179

秋怀十首,末章稍自振起,亦古义也(十首选二)　180

东村(二首选一)　181

冬夜读书示子聿(八首选一)　182

春日(六首选一)　183

甲申雨　183

东村　184

观运粮图　184

阿姥　185

燕　186

十月二十八日夜风雨大作　186

追感往事(五首选一)　187

柳桥晚眺 188

新买啼鸡 188

秋晚寓叹(六首选一) 189

追忆征西幕中旧事(四首选一) 190

读史 191

岁暮贫甚戏书 192

梅花绝句(六首选一) 193

送子龙赴吉州掾 193

入秋游山赋诗,略无阙日,戏作五字七首识之,以"野店山桥
　　送马蹄"为韵(七首选一) 196

秋思 197

记老农语 197

送辛幼安殿撰造朝 198

闻虏乱次前辈韵 201

闵雨 202

书事(四首选二) 203

过邻家 204

暮秋(六首选一) 205

农舍(四首选二) 205

孤云 206

太息(三首) 207

书喜(二首选一) 208

乙丑夏秋之交,小舟早夜往来湖中,戏成
　　绝句(十二首选一) 209

秋怀(四首选一) 210

贫甚戏作绝句(八首选二) 210

秋思绝句(六首选一) 212

客从城中来 212

衰疾 213

稽山行 214

山村经行因施药(五首选二) 217

杂感(六首选一) 218

耒阳令曾君寄禾谱农器谱二书求诗 219

剧暑 221

书叹 222

老马行 224

农家 224

夜投山家(四首选一) 226

戍兵有新婚之明日遂行者,予闻而悲之,为作绝句 227

自勉 227

读李杜诗 228

春早得雨(二首选一) 229

春晚即事(四首选二) 230

秋思(十首选一) 231

岁晚(六首选一) 231

贫病戏书(二首选一) 232

喜雨 233

自贻(四首选一) 234

异梦 234

识愧 235

村女 236

示子遹 236

读陶诗 238

春日杂兴(十二首选一) 238

赏山园牡丹有感 239

夏日六言(四首选一) 240

示儿 241

[附]词选

蝶恋花(桐叶晨飘蛩夜语) 242

钗头凤(红酥手,黄縢酒) 243

卜算子(驿外断桥边) 244

汉宫春(羽箭雕弓) 244

夜游宫(雪晓清笳乱起) 245

渔家傲(东望山阴何处是) 246

桃源忆故人(中原当日三川震) 246

鹊桥仙(一竿风月) 247

诉衷情(当年万里觅封侯) 248

(青衫初入九重城) 248

谢池春(壮岁从戎) 249

恋绣衾(不惜貂裘换钓篷) 250

忆游国恩先生(代跋) 251

前　言

一

　　陆游,字务观,号放翁,越州山阴(今浙江绍兴)人。他出身于一个富有学术和文学空气的仕宦家庭,曾祖陆珪,祖父陆佃,父亲陆宰,都有经学或文学方面的著作。公元1125年(宋徽宗宣和七年)十月,陆游生于"淮(水)之湄",在襁褓中就随家流寓荥阳。时金国已开始向北宋进攻,腐朽的北宋政权无力抵抗。次年,金兵强渡黄河,宋国都汴京(今河南开封)沦陷。又次年,徽宗、钦宗被掳北去。宋政权被迫南迁,建都临安(今浙江杭州),是为南宋。代表顽固的大地主阶级的南宋统治集团所执行的基本国策就是妥协偏安,这当然无法制止金人逐步深入的侵略。陆游的父母携着他自中原"渡河,沿汴,涉淮,绝江,间关兵间"逃归山阴(《诸暨县主簿厅记》)。后金兵渡江南侵,又逃到东阳(今浙江东阳)。直到他九岁的时候,由于抗战派将领和各地义军的奋勇抗击,迫使金兵北撤以后,才重回山阴。"儿时万死避胡兵",这就是诗人对自己童年时期的回忆。

　　在这样一个民族危机深重的年代,年轻的诗人"亲见当时士大夫,相与言及国事,或裂眦嚼齿,或流涕痛哭,人人自期以杀身翊戴王室,虽丑裔方张,视之蔑如"(《跋傅给事帖》)。这时和陆游的父亲经常往来的也都是一些爱国志士,他们每论到当前局势,"未尝不相与流涕哀恸,虽设食,率不下咽引去"(《跋周侍郎奏稿》)。而当南宋与金订立了丧权辱国的"绍兴和议"①以后,因在高宗面前"面叱秦桧"、"怀奸误国"而被免职的李光②,也常与陆游的父亲"剧谈终日",李光"每言秦氏,必曰'咸阳'(指桧),愤切慨慷,形于色辞"。陆游谓"其英伟刚毅之气,使人兴起"(《跋李庄简公家书》)。

于是,诗人二十岁的时候,便立下了"上马击狂胡,下马草军书"的英雄志愿。"少小遭丧乱,妄意忧元元",与人民共灾难的童年,使他不能不关怀人民的痛苦的命运。

1153年,陆游二十九岁,赴锁厅试,取第一。明年试于礼部,又名在前列。时秦桧要他孙子取得第一,不料竟被陆游夺了,秦因怨陆。加以陆游又"喜论恢复","语触秦桧"③,于是竟被黜免,连考官都几乎得祸。从此陆游归返乡里,不断地致力于诗歌的写作,并且研读兵书,学习剑法,准备杀敌报国。

秦桧死后,至1158年,陆游才去福建宁德县作一个主簿小官。后改授敕令所删定官,于1161年罢归乡里。其时金主完颜亮南侵,大军直逼长江,情况危急。前辈诗人曾几当时也住在会稽。曾几以前就很赏识陆游的文学才能,至此二人来往更为密切。陆游"无三日不进见,见必闻忧国之言"(《跋曾文清公奏议稿》)。"诸公谁听刍荛策,吾辈空怀畎亩忧。"诗人的心情是异常沉重的。

南侵金兵不久即败退。1162年,孝宗即位,朝中抗战派的势力稍稍抬头,老将张浚被起用,准备北伐。陆游由大理司直迁枢密院编修兼编类圣政所检讨官。孝宗召见,说他"力学有闻,言论剀切"④,赐以进

---

① 宋金1141年"绍兴和议"规定:宋帝向金称臣,宋割淮水至大散关以北地方与金,岁纳金国银绢各二十五万两匹。本文后面所说的孝宗时与金签订的和议及韩侂胄北伐失败后的和议,割地皆仍旧;所纳金国银绢,前者各减五万两匹,后者增五万两匹。
② 见《宋史·李光传》。
③ 见宋叶绍翁《四朝闻见录》及陆游《渭南文集·跋自画像》。
④ 见《宋史·陆游传》。

士出身。当时陆游提出了许多有关军政方面的建议,表现出他对于政治改革的热烈的愿望。

但不久陆游又受到了新的挫折。因为他反对"招权植党"深得孝宗信任的曾觌、龙大渊,激怒了孝宗,遂被出为镇江通判①。1164年,张浚视师江淮,过镇江。张浚以前曾推许过陆游。对于张浚的北伐大举,陆游则予以大力的宣传和支持。但南宋军队的战斗力早已随着统治阶级的腐朽而削弱,妥协派又极力掣肘,北伐终无成效。宋再度向金屈膝议和。抗战派的一时抬头,又被压下去了。1166年,陆游便以"交结台谏,鼓唱是非,力说张浚用兵"②的罪名,被免除了隆兴的通判职务。他回到山阴三山村里,抱着满腔慷慨激动的情绪,度过了四年"穷居"的日子。

1170年,陆游赴夔州(今四川奉节)通判任。他觉得这实际上是一种"迁流",因而对被放逐的诗人屈原的遭遇自然而然地产生了深切的共鸣。于是"欲就骚人乞弃遗"就成了他"西行万里"的主要的用意。在夔州他访问了杜甫流寓的故址,说杜甫当年在都督柏茂林门下作客,真"如九尺丈夫,俯首居小屋下,思一吐气而不可得"(《东屯高斋记》)。这也透露了陆游自己的苦闷心情。

1172年,正当陆游慨叹着"我独胡为淹此留",想要离开夔州的时候,驻在汉中的四川宣抚使王炎辟他为干办公事。汉中地区形势的雄伟,物产的丰富,民俗的豪壮,激起了陆游的新的希望,使他树立了以陇右一带作为恢复中原的根据地的思想。他建议"经略中原,必自长安始;取长安,必自陇右始。当积粟练兵,有衅则攻,无则守"③。但并未得实现。王炎被召还,陆游又改除成都府安抚司参议官。

陆游在汉中时期,经常身穿戎衣,过着军旅生活,曾有雪中刺虎的

---

① 参见《宋史·陆游传》及清钱大昕《陆放翁先生年谱》。
② 见《宋史·陆游传》。
③ 见《宋史·陆游传》。

壮举,戍守过边防要塞大散关。生活领域的开拓,使得陆游的创作有了更丰富的内容。自此以后,他在他的诗歌里所表现的抗敌的呼声更为响亮,对妥协投降派的抨击更为尖锐,胜利的信心更为坚定,而且还常常带有一种理想的、乐观的、充满浪漫主义气氛的情调。

陆游调成都以后,又相继在蜀州(今四川崇庆)、嘉州(今四川乐山)、荣州(今四川荣县)等地供职,迁徙频繁,自谓"身如林下僧",很不得意。嘉州是唐代边塞诗人岑参作过刺史的地方。而陆游自少时就绝好他的作品,于是他在嘉州任时就于壁间画了岑参的像,并刻岑诗八十余首,以传知诗律者。

1175年,诗人范成大来帅蜀,陆游为参议官,然而"二人以文字交"①,范并不以幕僚看待他。陆游对于蜀地逐渐产生了深厚的感情,"乐其风土,有终焉之志"②。但他又因"不拘礼法",被人讥为"恃酒颓放"③,遂于次年被免职。诗人自谓"流俗之见排,加之罪其无辞"(《福建谢史丞相启》)。因此他就干脆自号为"放翁"④。

陆游在四川时期的诗歌创作获得了很大的成绩。他的作品"寄意恢复,书肆流传"⑤,受到了孝宗的注意,遂于1178年被召回临安。东归后先后提举福建及江南西路常平茶盐公事。他这样综述了十年来东奔西走迁徙不定的仕宦生活:

　　十年走万里,何适不艰难?附火才须臾,揽辔复慨叹:恨不以此劳,为国戍玉关!(《雪后苦寒,行饶抚道中有感》)

陆游在江西任时,当地发生水灾。他立即派舟船载米救济灾民,并

---

① 见《宋史·陆游传》。
② 《剑南诗稿·陆子虡跋》。
③ 见《宋史·陆游传》及宋罗大经《鹤林玉露》。
④ 见《宋史·陆游传》。
⑤ 《四朝闻见录》。

且"奏拨义仓赈济,檄诸郡发粟以予民"①。但这却招致了当权者的不满,于是又罢职归里。他不胜感慨地说:"少携一剑行天下,晚落空村学灌园!"情绪之愤懑,不难想见。读书、写字和田间的操作只可以暂时排遣愁闷。"三军老不战,比屋困征赋"的情况始终使他忧心不已,使他不得不高吟着"为国忧民空激烈"的悲壮诗句。

1186年,陆游权知严州(今浙江建德)事。孝宗召见,说"严陵清虚之地"、"严陵山水胜处,职事之暇,可以赋咏自适"②。但陆游对此职位并没有什么真正的兴趣,堆积如山的文书使他很感头痛。"嗟余岂愿仕,老病归无所",不过是由于"出仕三十年,不殖一金产",才不得不借吏禄以维持生活罢了。虽然如此,他总是"忧民怀凛凛,谋己耻营营";所念念不忘的仍是"安得铁衣三万骑,为君王取旧山河"。

1188年,陆游除军器少监。次年,光宗立,除朝议大夫礼部郎中。从他被迫离枢密院编修职起,已经有二十五年没有在朝供职了。他于是抓紧这次机会,先后向孝宗、光宗提出许多建议。例如,他认为朝廷应该"力图大计,宵旰弗怠,缮修兵备,搜拔人才,明号令,信赏罚",以图恢复。又认为"今日之患,莫大于民贫,救民之贫,莫先于轻赋";而"赋敛之事,宜先富室;征税之事,宜核大商;是之谓至平,是之谓至公"。他还观察到社会风气"日趋于拘窘怯薄之域",提请朝廷"作而起之,毋使委靡;养而成之,毋使挫折"(《上殿札子》)。他所指出的都是南宋中期社会所存在的严重问题,所建议的都是挽救当时弊政的根本办法。

但这一切都没有为执政者所接受。次年,他再一次地被劾去官。他自述"罪虽擢发莫数,而以诗为首,谓之嘲咏风月"。于是遂以"风月"名小轩,并作诗志之(见《剑南诗稿》卷二十一)。

---

① 见《宋史·陆游传》。
② 见张镃《南湖集》卷三及《宋史·陆游传》。

陆游从1189年底被罢斥到1210年去世为止,中间除去约一年的短时期到杭州主修孝宗、光宗实录以外,这二十年的晚年都是在山阴三山故居度过的。他子孙众多,田地很少,主要靠一些祠禄生活,但祠禄也有时中断。然而诗人至老报国信念不衰,"吾侪日益老,忠义传子孙",对于后代寄予了殷切的希望。在临死的前一年,还因为赞助韩侂胄北伐,被劾免宝谟阁待制。他生活艰窘,有时"食且不继",因为没有钱,药都停吃,夜晚为省灯油,书也不看,甚至有一回连自己常用的酒杯都忍痛卖掉了。然而老诗人足迹不踏权门,骨头是很硬的。他"身杂老农间",相与来往的多是农村劳动人民,其中包括老农、绩女、牧竖、樵童等等。诗人还常到山里去施送药物,救活了不少贫苦的农民,他们为了感谢诗人,就多以他的姓——"陆"——作为他们孩子的名字。诗人和人民之间的友谊是动人的。他有时还亲自到田间去操作。对于农民的生活和心理,对于农田劳动,都有了进一步的了解和体会。"忠言乃在里闾间",是他长期观察社会所得出的深刻的结论。他"荷锄归"、"慕渊明",在生活和创作方面都与田园诗人陶渊明有着相通的地方。他这二十年间写了七千多首诗,创作力是极其旺盛的。陆集中很多反映农民生活和描绘农村风光的优秀诗篇,多半都是写于这一时期。此时老诗人在文坛上的声誉已经很高,有不少爱好写诗的后辈向他请教。他常常连夜挑灯诵读他们的作品,为他们的诗卷题诗。有一回一位应秀才冒雪踏上三山路前来求见,陆游就把自己年青时从诗人曾几那里学来的"文章切忌参死句"这一写作要诀转授给他。老诗人对后辈的态度总是热情而又诚恳的。

1210年(宁宗嘉定三年)春,年八十六岁的老诗人与世长辞[①],临

[①] 《宋史·陆游传》谓陆游"嘉定二年卒,年八十五"。赵翼《陆放翁年谱》说同。按此有争议。清钱大昕《陆放翁先生年谱》据陆《未题》诗"嘉定三年正月后,不知几度醉春风",并据宋陈振孙《直斋书录解题》所记"嘉定庚午(三年)年八十六而终",认为陆游卒年是嘉定三年,享年八十六岁。

终遗诗,以"王师北定中原日,家祭无忘告乃翁"嘱告儿辈。

二

陆游的诗今存约九千三百首,但这还不是他的作品的全部。中年以前的作品,有很多是散失了。据考订,今诗集中所见四十二岁以前的诗百余首,存者"才百之一"①。他自十二岁就能作诗,直到八十四岁的高龄还是"无诗三日却堪忧"。辛勤而持久的创作劳动,使他成为我国文学史上产量最丰的一位诗人②。

陆游诗的最突出的特点就是"多豪丽语,言征伐恢复事"③,反映了南宋一代我国人民坚决反抗侵略的意志和要求。

他申讨金人侵据中国的北部国土和荼毒陷区人民的罪行:

赵魏胡尘千丈黄,遗民膏血饱豺狼。(《题海首座侠客像》)

他沉痛地表达了陷区人民渴望收复的愿望:

---

① 赵翼《瓯北诗话》谓陆诗八十五卷计九二二〇首。另逸稿尚存诗约六十余首,故陆诗现存共约九千三百首。《诗话》又谓:陆游"删订诗稿,自跋云:'此予丙戌(1162年,陆游是年四十二岁)以前诗之十一也,在严州再编,又去十之九。'然则丙戌以前诗存者才百之一耳。"按明华氏本及汲古阁本《渭南文集》"十之一"均作"二十之一",故"百之一"似尚不及。另据陆游《感旧》诗自注,知他在汉中从军时所作《山南杂事》诗百余篇,于入蜀时坠水失传。但这里还需要注意一种现象,就是陆游晚年在写出许多好诗的同时,也产生了一些内容贫弱,用意重复,词句雷同的作品。朱竹垞谓其"句法重叠"(《曝书亭集·书剑南集后》),赵翼谓其"惟晚年家居,写乡村景物,或有见于此,又见于彼者。……盖一时凑用完篇,不暇改换耳"(《瓯北诗话》)。这些批评都是可取的。

② 陆游的著作除《剑南诗稿》八十五卷以外,尚有《逸稿》二卷,《渭南文集》五十卷(包括词二卷,《入蜀记》六卷),《南唐书》十八卷,《老学庵笔记》十卷等。他的词在南宋也有相当地位。毛晋《宋六十名家词·放翁词跋》谓:"杨用修云:'纤丽处似淮海,雄慨处似东坡。'予谓超爽处更似稼轩耳。"

③ 见《鹤林玉露》。

三万里河东入海,五千仞岳上摩天,遗民泪尽胡尘里,南望王师又一年!(《秋夜将晓,出篱门迎凉有感》)

他斥责主和派的大臣们出卖祖国的土地:

战马死槽枥,公卿守和约,穷边指淮淝,异域视京洛。(《醉歌》)

对妥协投降派以人民的膏血——大批银绢献交贪残的敌人,表示愤慨:

中原昔丧乱,豺虎厌人肉。輦金输虏廷,耳目久习熟。不知贪残性,博噬何日足!至今磊落人,泪尽以血续。(《闻虏乱次前辈韵》)

控诉他们排斥抗战将领、贻误国事的罪恶勾当:

公卿有党排宗泽,帷幄无人用岳飞。遗老不应知此恨,亦逢汉节解沾衣。(《夜读范至能〈揽辔录〉,言中原父老见使者多挥涕。感其事,作绝句》)

他特别尖锐地嘲笑了投降派所奉行的妥协退让的基本国策:

庙谋尚出王导下,顾用金陵为北门。(《感事》)

他还揭露了整个妥协派的卑鄙自私的目的:

诸公可叹善谋身,误国当时岂一秦!(《追感往事》)

陆游诗的战斗性就是如此强烈。无怪乎他的"寄意恢复"的诗篇,当时就遍传天下,受到广泛的欢迎。也不难理解,为什么他"善歌诗,亦为时所忌"①,一再受到妥协派的排挤和打击。"恐不合作此好诗,罚令不得作好官也"②,虽语近揣测,却不啻对陆游一生得罪的原因作了

---

① 见宋韩淲《涧泉日记》。
② 见宋朱熹《朱文公集·答徐载叔书》。

关键性的说明。

明郎瑛评放翁诗说:"《晓叹》一篇,《书愤》一律,足见其情。"①那么,"其情"究竟是怎样一种感情呢?我们看到,在《晓叹》诗中,所悲叹的是"翠华东巡五十年,赤县神州满戎狄";盼望的是"安得扬鞭出散关,下令一变旌旗色"。在七律《书愤》中,向往的是"楼船夜雪瓜洲渡,铁马秋风大散关"的战斗经历;愤慨的是"塞上长城空自许,镜中衰鬓已先斑",壮志日益蹉跎。

还可以举出,例如,抒写诗人自己早年抱负的诗:

战死士所有,耻复守妻孥。(《夜读兵书》)

抒写壮年志趣的诗:

逆胡未灭心未平,孤剑床头铿有声。(《三月十七日夜醉中作》)

抒写八十二岁时的意气的诗:

一闻战鼓意气生,犹能为国平燕赵。(《老马行》)

还有被后人赞为有"三呼渡河之意"②的《示儿》绝笔诗:

死去原知万事空,但悲不见九州同。王师北定中原日,家祭无忘告乃翁。

不管是《晓叹》《书愤》,还是我们举出的这些诗,其中都洋溢着一个坚强的爱国战士的情感。"亘古男儿一放翁"③,英雄的诗人唱出的是高昂的、有时是悲壮的、然而始终都是坚定不移、充满信心的曲调,成

---

① 见郎瑛《七修类稿》。按《剑南诗稿·书愤》律诗不止一首,为了叙述方便,此择其一为例。
② 见清褚人获《坚瓠补集》。《七修类稿》谓《示儿》诗有"三跃渡河之态",褚说本此。
③ 见梁启超《饮冰室文集·读陆放翁集》。

为南宋一代全民族的战斗的号角,从而在我国诗歌的园地里竖起了一面光辉灿烂的爱国主义的旗帜。

这里,让我们考察一下陆游在中国诗歌史的爱国主义传统中所占据的地位问题。中国历史上各个朝代也有遭受外来侵扰而不能进行有效抵抗的。在这种时候就常常出现爱国的诗人,他们起而维护国家和民族的利益。但南宋政权一开始就是以卖国求和来立国,始终以苟且偏安为基本国策,这却是与以前各个王朝大不相同的。南宋的爱国者所必须反对的,不是统治阶级中的某一些投降派,不是整个国策中某些时候才占上风的投降路线,而是以皇帝为首的整个的妥协投降的统治集团,是整个的基本国策。终南宋之世,爱国与卖国之争,抗战与投降之争,有着特别持续的规模,有着特别激烈的程度。陆游的爱国主义的诗篇,正好是反映了这个现实。在民族危机空前严重的时代,陆游作为一个诗人,挺身而出,站在民族的立场,不屈不挠地斥责侵略者的罪行,揭穿卖国者的面目,并呼吁人民奋起抗争。就这一方面来论,他是继承了屈原那种反抗误国的权臣、至死不悔的伟大精神;同时也继承了杜甫那种盼望朝廷克服地方割据势力并揭露当时种种弊政的严正立场。陆游从前辈诗人的篇章中汲取了滋养和力量,从而在爱国主义的长流中激起了一个雄伟的汹涌澎湃的浪头。与陆游同时的著名诗人杨万里评陆诗谓"重寻子美行程旧,尽拾灵均怨句新"①。陆游确是继承了以屈原、杜甫为首的爱国主义的优良传统,并且创造性地发展了它。

陆游的深刻的爱国主义立场,使他与整个妥协的统治集团及其所执行的基本国策相对立,那么在这一对立中,他就必然地更强烈地倾向于人民。陆游自谓:"忧国复忧民。"在他身上,对于祖国的热烈的爱和对于人民的深厚感情原是相一致的。"三军老不战,比屋困征赋",他

---

① 《诚斋诗集・跋陆务观剑南诗稿》。

把南宋朝廷对外妥协和对内压榨的事实联系起来加以考察。南宋诗人刘克庄谓"若放翁云:'身为野老已无责,路有流民终动心。'退士能为此言者尤鲜"①。也是就其和人民的情感上的紧密的联系来立论的。在陆诗中,对于人民——主要是农民——的了解和同情非常突出。反映南宋农民生活,描写农村风光的诗,在陆诗中占有相当重要的位置。例如:

冬休筑陂防,丁壮皆云集,春耕人在野,家具已山立。(《农家》)

写的是经年不歇的劳动场面。

有山皆种麦,有水皆种粳,牛领疮见骨,叱叱犹夜耕。(《农家叹》)

描绘了辛勤耕作的情景。

老农爱犊行泥缓,幼妇忧蚕采叶忙。(《春晚即事》)

则刻画出从事劳动者的心情。

诗人认为"农功最大",他也就大力歌颂了它。

但是,诗人的观察力是深刻的。他注意到南宋社会贫富悬殊的现象。

富豪役千奴,贫老无寸帛。(《岁暮感怀》)

他所记录的一个老农的谈话,简直是一幕诗的悲剧:

鱼陂车水人竭作,麦垅翻泥牛尽力。碓舂玉粒恰输租,篮挈黄鸡还作贷。归来糠秕常不餍,终岁辛勤亦何得!(《记老农语》)

诗人用"横江网"这一比喻,揭示了在封建社会中农民陷于贫困的根本原因,官府和地主的掠夺是无法逃脱的:

---

① 见刘克庄《后村先生大全集·诗话》。

有司或苛取,兼并亦豪夺,正如横江网,一举孰能脱!(《书叹》)

他还控诉了官吏的兽性的行径:

　　数年斯民厄凶荒,转徙沟壑殣相望,县吏亭长如饿狼,妇女怖死儿童僵。(《秋获歌》)

诗人在他的作品中还屡次对"井地"(即井田制)表示向往。当然这种想法并不现实。但他的出发点还是由于对当时社会"甚贫富"的现象的极度的不满,根本动机还是在于"养民"。这也是从对人民的热爱出发的。

还需要指出,陆诗的取材是丰富的,笔锋所触及的生活领域是宽广的。清赵翼谓陆游"凡一草一木,一鱼一鸟,无不裁剪入诗"①,所论诚很中肯。例如,在陆诗中,可以见到如此生动活泼的燕子,它——

　　只愁去远归来晚,不怕飞低打着人。(《燕》)

这是"气节最高坚"的梅花所激起的奇特的念头:

　　何方可化身千亿?一树梅花一放翁。(《梅花绝句》)

这是多么使人迷恋的山阴乡景:

　　山重水复疑无路,柳暗花明又一村。(《游山西村》)

诗人的旅游经历是丰富的,他也善于抒写旅途中的种种感触。例如,这是自陕入蜀途中的情兴:

　　衣上征尘杂酒痕,远游无处不消魂。此身合是诗人未?细雨骑驴入剑门。(《剑门道中遇微雨》)

这是舟下江陵时的逸趣:

---

① 《瓯北诗话》。

清梦初回窗日晚,数声柔橹下巴陵。(《小雨极凉,舟中熟睡至夕》)

这是旅居临安的感慨:

世味年来薄似纱,谁令骑马客京华?小楼一夜听春雨,深巷明朝卖杏花。(《临安春雨初霁》)

陆游有时还用幽默的笔调,刻画形形色色的人物。例如,有这样慵懒的三家村的教书先生:

儿童冬学闹比邻,据案愚儒却自珍。授罢村书闭门睡,终年不着面看人。(《秋日郊居》)

也有仓猝妆扮去赶社集的老妪:

城南倒社下湖忙,阿姥龙钟七十强。犹有尘埃嫁时镜,东涂西抹不成妆。(《阿姥》)

让我们再吟诵一下陆游悼念其前妻唐氏的诗:

伤心桥下春波绿,曾是惊鸿照影来。(《沈园》)

这是追忆唐氏为其婆母斥逐后,诗人与她偶然在会稽"沈园"会晤时的情景。诗人的哀悼是如此深沉,以致于"路近城南已怕行",连靠近沈园的路都怕走了。"此身行作稽山土,犹吊遗踪一泫然",诗人的衷情是至死不变的。

清姚鼐谓陆诗"裁制既富,变境亦多"[1]。陆游是南宋一代最杰出的作家,成就是多方面的。他的充满爱国热情以及反映农民生活的作品,固然值得我们特别珍视;但诸如上面所列举的描写日常生活中种种见闻与经历的诗篇,也是不宜忽略的。

---

[1] 清姚鼐《今体诗抄·序目》。

三

杨万里评陆诗曰"敷腴"①。方回评之曰"豪荡丰腴"②。"腴",确是陆诗风格的重要特色。这和陆诗中所表现的生活情感之"丰",原是一致的。

陆游的近体诗,曾经受到较高的评价。赵翼谓其律诗"无意不搜而不落纤巧,无语不新亦不事涂泽,实古来诗家所未见"③。王渔洋论七律,宋代只推放翁一人④。沈德潜谓其"七言律队仗工整,使事熨贴,当时无与比埒"⑤。潘德舆极赞陆游的七绝,誉之为"诗之正声",谓其虽"不似唐人而万万不可废"⑥。但陆游的古体诗也自有其特点。赵翼说他"才气豪健,言论开辟,引用书卷,皆驱使出之,而非徒以数典为能事。意在笔先,力透纸背。有丽语而无险语,有艳词而无淫词"⑦。陈衍也说:"其精采发露,自斑剥可爱。"⑧

陆诗的语言特点是简练自然,"明白如话",所谓"言简意深,一语胜人千百。……出语自然老洁,他人数言不能了者,只用一二语了之"⑨。他又"好用越中土物俗语"⑩,生动地抒写风土人情。

---

① 《诚斋集·千岩摘稿序》。
② 《南湖集·方回序》。
③ 《瓯北诗话》。
④ 见何世璂记《然灯记闻》。
⑤ 沈德潜《说诗晬语》。
⑥ 潘德舆《养一斋诗话》。
⑦ 《瓯北诗话》。
⑧ 陈衍《宋十五家诗选·剑南诗选》引言。
⑨ 皆见《瓯北诗话》。后者原是就古体诗而言,但这评语对其他的诗体大致也是适用的。
⑩ 清查慎行《得树楼杂钞》。

陆游的诗以其高度的思想意义和艺术技巧,在我国文学史上占有崇高的地位。时人将他比李,呼之为"小太白"①;也有人将他比杜,誉之为一代"诗史"②。而他对于当代③及后代诗人的影响又是极其广泛而长久的。他运用了平易流畅富有散文化特征的语言,而把这种语言的诗意的美,锻炼到最强度,发挥到最高度。许多日日常遇之事,处处常见之景,一经他的描写和歌咏,无不呈现出新鲜的独特的味道,而又无不为人们所共喻共赏。这就是诗人陆游在艺术方面留给后代的宝贵遗产。

四

本书共选诗二百六十余首,仅是近万首陆诗的一小部分。我们希望读者通过本书,能够获得对陆诗的一个大致的了解。选诗以写作年月编次。这对认识诗人写作时的环境,及理解诗人创作的发展过程,都会有方便的。选诗所根据的底本是明"汲古阁"刊《陆放翁全集》本《剑南诗稿》。

陆游诗一直还没有较为完整的注本,这就使今天的注释工作得不到有力的借鉴。我们只是尽力之所及,希望能基本上作到详明和正确。大部分诗都作了解题,简单地介绍了诗的内容,这也许对读者通晓全诗大意能有些帮助。较为少见的字、词以及典故和史实,都作了相当的解

---

① 见《鹤林玉露》及《剑南诗稿》毛晋跋语。
② 《后村先生大全集·诗话》谓:"放翁学力也似杜甫。"《坚瓠补集》谓:"剑南集可称诗史。"
③ 《后村先生大全集·刻楮集序》谓:"初余由放翁入。"晚年作《病起》诗云:"尚可追攀老学庵。"楼钥序《石屏集》谓戴复古"登三山陆放翁之门而诗益进",皆足见南宋诗人所受陆游的影响。

释和交代。有一时还难以求得确当的解说的,则加以疑词或将两个可能的说法并存。此外,还用了相当的力量来阐释诗句的含义,在这方面常用串讲的方法,有时也参用今译。然而我们感到,无论串讲或今译,都往往不易传达原诗的微妙之处,有时甚至会走失原意。但我们主观上推想读者或许有此需要,所以也就试把一些理解写出来,以供参考。附选词十二首,亦循此例。

我们诚恳地期待同志们的批评和指正。

关于本书的插图,附带说明几点①:

一、陆游像:据《国粹学报》第三年第一册所载"宋爱国诗人陆放翁像"摄影复制。

二、陆游墨迹:据《故宫周刊》第三一七、三一八期所刊陆游与曾逮书复制。原有按语:"宋贤遗翰册十三幅十一种,此其第六种也。《石渠宝笈续编》宁寿宫著录云:陆游尺牍素笺本一幅,纵一尺,横一尺五寸,行草书。"

三、书影:取自北京图书馆藏宋刊残本《剑南诗稿》,据清黄丕烈跋②,知是孝宗淳熙十四年(1187)陆游知严州事时付刻之本。

李　易
1956 年于北京

---

① 本书插图因年代久远,清晰度无法达到现在出版的要求,本版删去。
② 黄跋亦见缪荃孙辑黄丕烈《士礼居藏书题跋记续》。

夜读兵书

孤灯耿霜夕[1],穷山读兵书[2]。平生万里心[3],执戈王前驱[4]。战死士所有,耻复守妻孥[5]。成功亦邂逅[6],逆料政自疏[7]。陂泽号饥鸿[8],岁月欺贫儒[9]。叹息镜中面,安得长肤腴[10]?

这首诗是陆游参加礼部考试,被秦桧黜免后返回他的家乡山阴(今浙江绍兴)居住期间写的,时间大约是绍兴二十六年(1156),陆游三十二岁。那时中原沦陷于金族之手,南宋政权对金投降妥协,置失地于不顾。诗中即事言怀,自述研读兵书,有恢复失地为国牺牲的决心;但壮志不得实现,故深为慨叹。

[1] 耿:照明。

[2] 穷山:谓人迹罕到的深山。

[3] 万里心:立功万里外的抱负。万里指边远的地方。

[4] "执戈"句:是说拿起武器保卫国家。戈,古代兵器;前驱,在前面奔走。这里是用《诗经·伯兮》的"伯也执殳,为王前驱"之意。

[5] 妻孥:妻子儿女。

[6] "成功"句:邂逅,偶然碰上。全句的意思是说建立功业本来是靠碰机会的。

[7] "逆料"句:逆料,预料;政与"正"同;疏,疏阔、迂阔。全句是说功名本来是没有把握的,如果一定要预料如何如何,那就未免迂阔而疏于事理了。有自叹功名未成的意思。

〔8〕陂泽：地低洼蓄水处。饥鸿：比喻饥饿的人民。

〔9〕"岁月"句：是说日子很快就过去了，而自己功名未立，所以心中很为感伤，好像是受到了岁月的欺负。贫儒，作者自谓。

〔10〕长肤腴：皮肤丰满润泽，永不衰老。

送曾学士赴行在[1]

二月侍燕觞[2]，红杏寒未拆[3]；四月送入都，杏子已可摘。流年不贷人，俯仰遂成昔[4]。事贤要及时[5]，感此我心恻。欲书加餐字[6]，寄之西飞翮[7]；念公为民起，我得怨乖隔？摇摇跂前旌[8]，去去望车轭[9]。亭皋郁将暮[10]，落日澹陂泽。敢忘国士风，涕泣效臧获[11]？敬输千一虑[12]，或取二三策。公归对延英[13]，清问方侧席[14]。民瘼公所知[15]，愿言写肝膈。向来酷吏横，至今有遗螫[16]；织罗士破胆[17]，白著民碎魄[18]。诏书已屡下，宿蠹或未革[19]。期公作医和[20]，汤剂穷络脉[21]。士生恨不用，得位忍辞责。并乞谢诸贤[22]，努力光竹帛[23]。

绍兴二十七年（1157）四月，曾几自知台州任，应召赴临安，陆游写此诗为他送行。诗中前半写送别之情；自"敬输千一虑"句以下，则希望曾几见到宋高宗时，尽量反映人民在残暴统治之下所受的痛苦，促请朝廷改革弊政；最后并请曾几代为问候在朝的许多官员，勉励他们多做好事。

〔1〕曾学士:即曾几,字吉甫,江西赣县人,是南宋初年的一位诗人,陆游年轻时曾受到他的指教和帮助,在诗歌创作上受到他的影响。行在:古时称帝王出巡临时驻跸之地为行在。这里指南宋的都城临安(今浙江杭州)。宋高宗本来即位在当时的南京应天府(今河南商丘县),但不久即因畏避金族的侵略,逃往扬州,接着又逃往临安。所以南宋是以临安为都城。

〔2〕燕觞:宴饮,"燕"与"宴"通。

〔3〕拆:开拆。

〔4〕"流年"二句:流年,年光如流水;贷,宽恕。俯仰,指很短的时间。昔是过去。这二句诗是说时间一去不返,对人毫不留情。事情很快就过去了。

〔5〕贤:称誉曾几。

〔6〕"欲书"句:是说要写信劝曾几多吃些饭,也就是劝他保重。古诗:"客从远方来,遗我双鲤鱼。呼儿烹鲤鱼,中有尺素书。长跪读素书,书中竟何如。上有加餐食,下有长相忆。"古人劝人加餐,有惜别忆念的意思。

〔7〕翮(hé,音合):鸟羽的茎,此泛指鸟说。

〔8〕跋前旌:跋是跟在后面的意思;旌是用旄牛尾或羽毛装饰在旗竿头上的东西,出行时用以前导,故谓前旌。跋前旌,跟在前旌的后面走。

〔9〕軏:车辕前端用以压在牛马肩上的东西。

〔10〕亭:即驿亭,是行旅休息的地方。鄣:通"障",这里指在险要的地方所修筑的城堡。

〔11〕臧获:奴仆。

〔12〕输:贡献的意思。千一虑:虑,谋虑,即意见。古语:"愚者千虑,必有一得。"在这里,千一虑,是一种谦逊的说法。

〔13〕延英:唐代宫殿名。唐德宗时常召宰相大臣于延英殿议事。这里借指宋宫殿。

〔14〕清问:详细询问。《尚书·吕刑》:"皇帝清问下民。"《伪孔传》:"帝尧详问民患。"侧席:不正坐,表示尊重贤者。

〔15〕民瘼:人民的痛苦。

〔16〕遗螫(zhē,音蛰):遗毒。

〔17〕织罗:构陷的意思。

〔18〕白著:税外横取谓之白著,是一种超额的剥削。

〔19〕宿蠹:犹言积弊。

〔20〕医和:和是人名,春秋时秦国的良医。

〔21〕"汤剂"句:汤剂,指药说;穷,透澈地研究;络脉,筋络和血脉。这句诗承上句,是说希望曾几为民解除痛苦,好比良医把人的疾病治好一样。

〔22〕谢:问候。

〔23〕光竹帛:古代书史多写在竹、帛(绢)上面,光竹帛,是说做了有利于国计民生的事情,则功纪竹帛,名垂不朽。

溪行

篷鬻鸣春雨[1],帆蒲挂暮烟[2]。买鱼寻近市,觅火就邻船。愁卧醒还醉,滩行却复前[3]。长年殊可念,力尽逆风牵[4]!

绍兴二十八年(1158)陆游任福州宁德县主簿,三十年(1160)正月离福州北返临安。此诗是在途中时写的。

〔1〕篷箬(ruò,音弱):船篷上搭以箬草,故谓篷箬。
〔2〕蒲:这里指用蒲草编成的席子,蒲席可以作船帆。
〔3〕却:谓船后退。
〔4〕"长(zhǎng,音涨)年"二句:长年,梢工;殊,甚。二句意思是说梢工在逆风中牵船前进,用尽了力气,颇为辛苦,作者对他们甚为关切。

送七兄赴扬州帅幕[1]

初报边烽照石头,旋闻胡马集瓜州[2]。诸公谁听刍荛策[3],吾辈空怀畎亩忧[4]!急雪打窗心共碎,危楼望远涕俱流[5]。岂知今日淮南路,乱絮飞花送客舟。

这首诗约写于绍兴三十二年(1162)初。诗中送人赴当时接近前线的扬州,抒写作者对当前局势的焦虑。

〔1〕七兄:指何人不详。扬州帅幕:扬州,州治在今江苏扬州;帅,帅司,即安抚司或经略安抚司,是宋代掌管一路军事、政务的机关;幕,谓幕府。
〔2〕"初报"二句:边烽,边界报警的烽火。石头,指石头城,即今南京城,是当时的军事要地。瓜州,即瓜州镇,在今江苏江都南长江滨,是当时的军事重地。胡马,指金兵。绍兴三十一年,金主完颜亮率金兵大举南侵,曾一度逼近南京附近,并攻占瓜州镇。当时北中国汉族人民纷纷起义。后来金兵失利,发生兵变,完颜亮被杀,金兵败退。
〔3〕诸公:指当时朝廷执掌大权的人。刍荛策:《诗经·板》:"询于刍荛。"刍荛指采薪的人;刍荛策,指普通人对政治的主张或意见。这里

指作者自己的政见,是一种自谦的说法。

〔4〕畎亩忧:畎亩,即田间;畎亩忧,指在野的人的忧虑。这里指作者对国事的忧虑。

〔5〕危楼:高楼。

游山西村

莫笑农家腊酒浑,丰年留客足鸡豚。山重水复疑无路,柳暗花明又一村。箫鼓追随春社近[1],衣冠简朴古风存。从今若许闲乘月[2],拄杖无时夜叩门。

陆游于宋孝宗乾道二年(1166)因曾极力鼓吹和支持隆兴年间(1163—1164)抗战派将领张浚北伐,遭到当权的投降派的排挤,自隆兴(府治在今江西南昌)通判任罢官,回到山阴镜湖之三山地方居住。这首诗就是乾道三年(1167)初春在三山乡间时写的。诗中生动地描绘了当地农村的习俗风光,表现出作者对于农村生活的真挚的情感。

〔1〕春社:古以立春后第五个戊日为春社日,于此日祭社稷神以祈丰年。

〔2〕闲乘月:趁着月明之夜出外闲游。

霜风

十月霜风吼屋边,布裘未办一铢绵[1]。岂惟饥索邻僧

6

米[2],真是寒无坐客毡[3]。身老啸歌悲永夜,家贫撑拄过凶年[4]。丈夫经此宁非福,破涕灯前一粲然[5]。

孝宗乾道三年(1167)十月,陆游在山阴三山居住,他这一时期生活贫困,诗中叙述了当时的情景。

〔1〕铢(zhū,音朱):古时重量的单位,一黍的十分之一。又《汉书·律历志》:"二十四铢为一两。"
〔2〕索:求索。
〔3〕"真是"句:唐郑虔为广文馆博士,杜甫赠诗云:"才名四十年,坐客寒无毡。"这里是变化杜句而用之,述说陆游自己的贫困情形。
〔4〕凶年:这一年两浙有水灾,故说是凶年。
〔5〕粲然:笑的样子。

闻雨

慷慨心犹壮,蹉跎鬓已秋[1]。百年殊鼎鼎[2],万事只悠悠[3]。不悟鱼千里[4],终归貉一丘[5]。夜阑闻急雨[6],起坐涕交流。

这首诗是宋孝宗乾道四年(1168)陆游在山阴写的。

〔1〕"蹉跎"句:蹉跎,虚度岁月的意思。古人以五行配四时,西方为金,其色白,以象征秋天季节,鬓已秋,是说鬓发已经变白了。又人老则鬓发凋零,犹草木入秋则摇落变衰,此又一义。
〔2〕鼎鼎:陶渊明《饮酒》诗云:"鼎鼎百年内,持此欲何成?"鼎鼎,

谓人生不过百年,时光极为短促。此句从陶诗化出。

〔3〕悠悠:眇远之意。万事悠悠,是说世事难料。

〔4〕鱼千里:黄庭坚《戏作林夫人欸乃歌》有云:"从师学道鱼千里。"按鱼千里乃陶朱公养鱼法。凡鱼远行则肥,池中养鱼恐其瘦,故于池中聚石作九岛,令鱼绕之,日行千里。此时作者家居不出,故言不解如游鱼之远行。

〔5〕貉(hé,音合)一丘:貉,兽名,与狐相似。《汉书·杨恽传》:"古与今如一丘之貉。"本言古今同类,但此处却有贵贱贤愚同归于尽之意。

〔6〕夜阑:夜深。

送芮国器司业(二首选一)〔1〕

其二

往岁淮边虏未归,诸生合疏论危机〔2〕。人材衰靡方当虑,士气峥嵘未可非〔3〕。万事不如公论久,诸贤莫与众心违。还朝此段宜先及,岂独遗经赖发挥。

这首诗作于宋孝宗乾道六年(1170)春。诗中追念六年前爆发的一次规模巨大的太学生爱国运动,希望芮国器去作国子监司业,要把领导学生发扬此种爱国精神当作首要任务,而不仅仅是讲讲学问。

〔1〕芮国器:芮晔字国器,浙江吴兴人。国子监司业,是国子祭酒的副职,掌管太学事宜。

〔2〕"往岁"二句：淮，即淮河。虏，指金兵。诸生，指太学生张观等。疏，奏疏皇帝。孝宗隆兴元年(1163)，抗战派将领张浚率兵北伐，大臣汤思退等主张妥协投降，极力破坏抗战。次年十月，金兵渡淮河南侵。十一月太学生张观等七十二人不顾禁令，上书论汤思退等排挤张浚，撤毁边防，贻误国家；请斩汤思退等，窜逐其党徒，任用主张抗战的人。二句事指此。

〔3〕士气峥嵘(zhēng róng，音争荣)：士气，这里指当时太学生的气势、气派。峥嵘，山势高峻貌，这里用来形容士气高涨。

投梁参政〔1〕

浮生无根株〔2〕，志士惜浪死〔3〕。鸡鸣何预人？推枕中夕起〔4〕。游也本无奇，腰折百僚底。流离鬓成丝〔5〕，悲咤泪如洗〔6〕。残年走巴峡〔7〕，辛苦为斗米，远冲三伏热〔8〕，前指九月水〔9〕。回首长安城〔10〕，未忍便万里〔11〕。袖诗叩东府〔12〕，再拜求望履〔13〕。平生实易足，名幸污黄纸〔14〕；但忧死无闻，功不挂青史。颇闻匈奴乱〔15〕，天意殄蛇豕〔16〕。何时嫖姚师，大刷渭桥耻〔17〕？士各奋所长，儒生未宜鄙，复毡草军书，不畏寒堕指〔18〕。

陆游于乾道五年(1169)十二月被命为夔州(州治在今四川奉节)军州通判，次年闰五月自山阴起程入蜀。这首诗就是在乾道六年动身时写的。他在道途辛苦之中，仍然念念国事，希望能有在抗金战争中立功的机会。

〔1〕梁参政：即梁克家，他在乾道五年至八年间任参政职。参政，参加政事的省称，是丞相的副职。

〔2〕浮生：言人生在世，踪迹不定，如萍藻飘浮水上。

〔3〕浪死：没世无闻的意思。

〔4〕"鸡鸣"二句：《晋书·祖逖传》："逖与刘琨俱为司州主簿，情好绸缪，共被同寝。中夜，闻荒鸡鸣，蹴琨觉，曰：'此非恶声也！'因起舞。"按作者素抱恢复中原之志，故引祖逖鸡鸣起舞事，以示慷慨自励，发奋为雄之意。

〔5〕鬓成丝：鬓发斑白如丝。

〔6〕悲咤(zhà，音乍)：悲叹。

〔7〕残年：陆游入蜀时年才四十六岁。残年是一种夸张的说法。巴峡：长江自巫山入巴东为巴峡，在今湖北巴东县。

〔8〕三伏：阴历夏至后第三庚为初伏，第四庚为中伏，立秋后第一庚为末伏，总谓之三伏，是一年中最热的时节。

〔9〕"前指"句：指，指向之意。九月水，谓入峡当在九月间长江水落之时，舟行极为艰险。但这只是约略估计之词，事实上作者是那年十月初旬才到峡州，从此上溯诸滩的。

〔10〕长安城：我国古典文学中常以长安借指京师，此处借指临安行在。

〔11〕万里：谓此次入蜀行程遥远。

〔12〕东府：宋宰相府，即中书省。

〔13〕望履：《庄子·盗跖》："孔子往见盗跖，曰：'愿望履幕下。'"意思是说不敢正视盗跖，只是想看望他的履帐之下。这里截用"望履"二字，作为求见长官的谦词。

〔14〕黄纸：从前官吏每年终，主管部门考核其才行能否，定其优劣，报告皇帝后，将其姓名登记在黄纸上，由尚书掌管，以备考查成绩之用。

〔15〕匈奴:匈奴本古时中国北方塞外民族,此借指金国。

〔16〕殄(tiǎn,音舔):灭亡。蛇豕:这里借指金人。作者在一些诗里用"蛇豕""犬羊""小丑"等一类字眼来称呼金人,主要是由于对于金人侵略行为的仇视和鄙视。

〔17〕"何时"二句:嫖姚师,汉武帝时霍去病为嫖姚校尉,跟随大将军卫青率大军攻打匈奴,大败匈奴单于。渭桥耻,渭桥有三,即中渭桥、东渭桥、西渭桥,在今陕西西安、咸阳附近。唐代宗广德元年(763)十月,吐蕃二十余万入侵,渡便桥(即西渭桥)。代宗仓猝奔陕州,官吏六军皆逃散。郭子仪泣谕将士以共雪国耻,取长安,将士皆感激听命,遂击退吐蕃。这里渭桥耻借指南宋所受金人侵略的耻辱。二句是希望南宋能有像霍去病所率领的那样善于作战的军队,以洗雪国耻。

〔18〕"复毡"二句:西魏时陈元康随高欢攻打稽胡部刘蠡升。当时天寒雪深,于是就举起毡子来,陈元康在毡下作军书,飒飒运笔,笔还来不及冻,就已经写满了好几张纸。这里陆游暗用其事,以说明自己献身报国之决心。

宿枫桥〔1〕

七年不到枫桥寺,客枕依然半夜钟〔2〕。风月未须轻感慨,巴山此去尚千重〔3〕。

这首诗是陆游于乾道六年(1170)六月赴蜀路过枫桥时所作。

〔1〕枫桥:在今江苏省苏州城西。

〔2〕"客枕"句:唐张继《枫桥夜泊》诗:"姑苏城外寒山寺,夜半钟声

到客船。"即此句所本。

〔3〕巴山:山名,主峰在陕西省南郑县西南,支峰绵亘于陕西、四川边境,东与三峡相接。这里泛指蜀地说。此诗末二句有长路漫漫跋涉维艰之感。

哀郢〔1〕

远接商周祚最长〔2〕,北盟齐晋势争强〔3〕。章华歌舞终萧瑟〔4〕,云梦风烟旧莽苍〔5〕。草合故宫惟雁起,盗穿荒冢有狐藏。《离骚》未尽灵均恨〔6〕,志士千秋泪满裳!

这首诗是陆游于乾道六年(1170)九月入蜀路过湖北江陵时所作。诗中怀念伟大的诗人屈原,对他的爱国主义精神有深切的共鸣和同感。

〔1〕哀郢:屈原《九章》有《哀郢》篇,此诗即用以为题。郢是楚国故都,在今湖北江陵。

〔2〕"远接"句:相传楚国的祖先出自帝颛顼高阳氏,殷商时高阳氏之后彭祖氏曾为侯伯。周成王时,季连的苗裔鬻熊之孙熊绎受封于楚。故说楚远接商、周,国祚极为长远。

〔3〕北盟齐晋:盟是古时国际间的一种外交活动:诸侯之间有某种协商,用牲血书誓约,号为盟书,同意者饮血宣读盟书,告其事于神,以示遵守。春秋时楚国强盛,与北方诸侯齐晋等大国争霸,常有盟誓之事。

〔4〕章华:即章华台,春秋时楚灵王所筑,遗址在今湖北监利县西北。

〔5〕云梦:楚国薮泽名,其址原在今湖北安陆南,湖南华容北一带。

江北为云,江南为梦。旧莽苍:旧,依旧的意思。莽苍,形容郊野景色,远望苍茫一片,不很分明的样子。

〔6〕《离骚》:屈原所作伟大诗篇。灵均:屈原在《离骚》中说他父亲给他取的名字有云:"字余曰灵均。"故后人常称屈原为灵均。

重阳〔1〕

照江丹叶一林霜,折得黄花更断肠〔2〕。商略此时须痛饮〔3〕,细腰宫畔过重阳〔4〕。

这首诗是陆游入蜀途中过江陵时所作。

〔1〕重阳:古以旧历九月九日为重阳节。

〔2〕折得黄花:黄花即菊花。陆游《入蜀记》九月九日条载:"求菊花于江上人家,得数枝,芬馥可爱。"

〔3〕商略:犹商量。痛饮:《世说新语·排调篇》:"王孝伯言:'名士不必须奇才,但使常得无事,痛饮酒,熟读《离骚》,便可称名士。'""痛饮"二字暗与"离骚"牵合,且与下句密切相关。

〔4〕细腰宫:指楚故宫。按《后汉书·马廖传》引传曰:"楚王好细腰,宫中多饿死。"墨子以为楚灵王事。

入瞿唐登白帝庙〔1〕

晓入大溪口〔2〕,是为瞿唐门。长江从蜀来,日夜东南奔。两

13

山对崔巍,势如塞乾坤。峭壁空仰视,欲上不可扪。禹功何巍巍,尚睹镌凿痕[3]。天不生斯人,人皆化鱼鼋[4]。于时仲冬月[5],水各归其源[6],滟滪屹中流,百尺呈孤根[7]。参差层颠屋,邦人祀公孙;力战死社稷[8],宜享庙貌尊[9]。丈夫贵不挠,成败何足论?我欲伐巨石,作碑累千言:上陈跃马壮[10],下斥乘骡昏[11]。虽惭豪伟词,尚慰雄杰魂。君王昔玉食[12],何至歆鸡豚[13]?愿言采芳兰,舞歌荐清尊[14]。

这首诗是陆游于乾道六年(1170)十月底抵达夔州时所作。"百尺"句以上描述四川瞿唐峡形势的险要,并怀念传说中的夏禹治水的功劳。后一部分大意是借公孙述不肯投降刘秀的历史故事,来赞美他的不屈不挠的气节。

〔1〕瞿唐:峡名,在四川奉节东南长江中。白帝庙:供祀公孙述的庙宇,在四川奉节。西汉末年公孙述据蜀,于东汉建武元年(25)称帝,自以为"五德之运,黄承赤而白继黄,金据西方为白德,代王氏得其正序",故色尚白,号为白帝。

〔2〕大溪口:在瞿唐峡附近。

〔3〕"禹功"二句:是赞美我国古代传说中夏禹治水的功劳。镌凿痕,言瞿唐峡峭壁上还可看见夏禹治水时所开凿的痕迹。

〔4〕"天不"二句:是说要不是有夏禹治平了洪水,人们无法生存下去,都要化成鱼和鳖一类的动物。斯人,指夏禹。鼋(yuán,音元),大鳖。《左传·昭公元年》:"美哉禹功,明德远矣! 微禹,吾其鱼乎?"

〔5〕仲冬月:即旧历十一月。陆游入瞿唐关谒白帝庙是在乾道六年十月二十六日,时已接近仲冬。

〔6〕"水各"句:谓冬天水势退落。

〔7〕"滟滪"二句:滟滪,即滟滪堆,在瞿唐峡口,矗立江心,势甚险恶。冬天水落,则滟滪堆屹立江中,出水数十丈,石根可见。呈,显出。

〔8〕"力战"句:东汉初年,公孙述占据今四川及甘肃、陕西部分地区,成为东汉光武帝刘秀的强大敌人。刘秀屡次以书招降公孙述,述说:"废兴命也,岂有降天子哉?"经过几年的激烈的战斗,结果被刘秀打败。后来刘秀的大将吴汉围成都,述自将数万人力战,被刺洞胸,堕马而死。

〔9〕"宜享"句:言应该受到后世为他立庙塑像的尊崇。

〔10〕"上陈"句:先陈述公孙述乘马作战以至壮烈牺牲的情形。

〔11〕乘骡:汉武帝时大将霍去病围匈奴单于,单于乘六骡(即骡)突围而逃。这里以单于比喻金主。

〔12〕玉食:珍食。

〔13〕歆(xīn,音心):古代习俗祭祀鬼神,被祭者享用祭品叫作歆,是一种迷信的说法。

〔14〕"愿言"二句:愿言,即愿意;言,语词,无实意。荐,进奉;清尊,清洁的酒尊。这是说将采摘芳香的兰草,进尊酒、陈歌舞以祭公孙述。

岳池农家[1]

春深农家耕未足,原头叱叱两黄犊[2]。泥融无块水初浑,雨细有痕秧正绿。绿秧分时风日美,时平未有差科起[3]。买花西舍喜成婚,持酒东邻贺生子。谁言农家不入时?小姑画得城中眉[4];一双素手无人识[5],空村相唤看缫丝[6]。农家农家乐复乐,不比市朝争夺恶[7]。宦游所得真几何,我已三年废东作[8]！

乾道八年(1172)正月陆游自夔州赴陕西汉中任四川宣抚使司干办公事兼检法官,行经岳池时作此诗。诗中记述他在岳池农村的见闻。并将农家生活与市朝生活相对比;对农家生活表示羡慕。

〔1〕岳池:四川岳池县。
〔2〕叱(chì,音赤)叱:赶牛的声音。
〔3〕差科:官府差派的徭役。
〔4〕"小姑"句:小姑,这里指乡村年轻的姑娘。画得城中眉,是说按照城中流行样式描绘眼眉。全句谓乡村姑娘漂亮入时。
〔5〕素手:洁白的手。
〔6〕"空村"句:缫(sāo,音骚)丝,抽茧出丝。这句诗是说全村的人互相呼唤,去看这个画眉的姑娘缫丝。
〔7〕市朝:市,市肆;朝,官府听事。市朝指争权夺利的处所。
〔8〕"我已"句:东作,指春季的农事。陆游自乾道六年入蜀,至乾道八年脱离乡居生活已三年,故说是"三年废东作"。

南池

杜诗所谓"安知有苍池,万顷浸坤轴"者,今已尽废[1]

二月莺花满阆中[2],城南搔首立衰翁[3]。数茎白发愁无那[4],万顷苍池事已空。陂复岂惟民食足,渠成终助霸图雄[5]！眼前碌碌谁知此？漫走丛祠乞岁丰[6]。池上有汉高帝庙。

这首诗是乾道八年（1172）二月陆游由夔州往汉中，路过阆中时作。

〔1〕南池：故址在四川阆中县南。原注所引诗句见杜甫《南池》诗。南池自汉代以来有灌溉之利，唐以后废毁。

〔2〕莺花：莺啼花开，言春景之胜。

〔3〕衰翁：作者自谓。

〔4〕无那：犹言无可奈何。

〔5〕"陂复"二句：陂复，见后《长安道》诗"世事句"注。渠成，用秦修郑渠事。按战国时秦凿郑渠，灌田四万余顷，关中无凶年。二句意思是说修复南池，则不仅民食充足，且终将有助于国家的富强。

〔6〕"眼前"二句：是说当时一些庸俗的官吏并不认识水利对于国计民生的重大意义，不考虑修复南池，而只是会徒然地到丛林中的汉高帝祠里去乞求丰年。

山南行^{〔1〕}

我行山南已三日，如绳大路东西出。平川沃野望不尽，麦陇青青桑郁郁。地近函秦气俗豪〔2〕，秋千蹴鞠分朋曹〔3〕。苜蓿连云马蹄健〔4〕，杨柳夹道车声高。古来历历兴亡处，举目山川尚如故。将军坛上冷云低〔5〕，丞相祠前春日暮〔6〕。国家四纪失中原〔7〕，师出江淮未易吞。会看金鼓从天下，却用关中作本根〔8〕。

这首诗是乾道八年(1172)陆游任四川宣抚使司干办公事兼检法官,因事行经山南所作。大意是说汉中一带沃野千里,民气豪壮,形势险固,国家收复中原,应以此地作根据。

〔1〕山:指南山,即终南山。

〔2〕函秦:指陕西。陕西在春秋战国时是秦国故地,以其东有函谷关,故称函秦。

〔3〕秋千:《剑南诗稿·园中杂书之二》自注:"山南秋千最盛,巷陌处处有之。"蹴鞠:蹴,踢蹋;鞠,革制的球。蹴鞠是古代的一种运动。分朋曹:分队进行。

〔4〕苜蓿(mù xu):一种豆科植物,可饲牧牛马。连云:如云连绵不断,形容盛多。

〔5〕将军坛:陕西南郑城南有拜将坛,相传为汉高祖拜韩信为大将所筑。另说韩信坛在城固县北。

〔6〕丞相祠:即蜀丞相诸葛亮祠,在陕西沔县北。

〔7〕四纪:十二年为一纪。南宋建炎元年(1127)高宗即位后,中原随之被金侵占。故至乾道八年(1172),中原沦陷已近四纪。

〔8〕关中:指陕西。陆游曾向当时的四川宣抚使王炎建议,认为经略中原,必自长安始;取长安,必自陇右始。与此句所说应以关中为根据地的主张是一致的。

游锦屏山谒少陵祠堂[1]

城中飞阁连危亭[2],处处轩窗临锦屏。涉江亲到锦屏上,却望城郭如丹青[3]。虚堂奉祠子杜子[4],眉宇高寒照江水[5]。古来磨灭知几人,此老至今元不死[6]！山川寂寞客子迷,草木摇落壮士悲[7]。文章垂世自一事,忠义凛凛令人思。夜归沙头雨如注[8],北风吹船横半渡,亦知此老愤未平[9],万窍争号泄悲怒[10]。

这首诗是陆游于乾道八年(1172)十月因事至四川阆中时所作。作者因谒杜甫祠堂,说到杜甫的诗篇足以永垂不朽,其忠义气节尤令人思念向往。

〔1〕锦屏山:在四川阆中南,上有杜甫祠堂。少陵:古地名,在今陕西西安杜陵东南。杜陵为汉宣帝陵墓,其旁有少陵,为许后的陵墓。唐诗人杜甫曾居陵西,自号杜陵布衣,又号少陵野老,故后人常称杜甫为杜少陵。
〔2〕飞阁、危亭:言阁亭高耸壮观。
〔3〕丹青:本是两种颜色,一般借指图画。
〔4〕虚堂:空堂。
〔5〕眉宇:两眉之间谓之宇。此指祠中塑像。高寒:高古清寒。
〔6〕元:通"原"。
〔7〕客子、壮士:均作者自指。
〔8〕注:倾泻,形容雨大的样子。
〔9〕此老:指杜甫。
〔10〕"万窍"句:窍是空穴;号,呼号。《庄子·齐物论》:"万窍怒号。"全句形容风大。

归次汉中境上[1]

云栈屏山阅月游[2],马蹄初喜蹋梁州[3]。地连秦雍川原壮^[4],水下荆扬日夜流^[5]。遗虏孱孱宁远略^[6]？孤臣耿耿独私忧^[7]。良时恐作他年恨,大散关头又一秋^[8]！

这首诗是乾道八年(1172)自阆中返汉中时作的。诗中处处把山川形胜和他所渴望的光复国土的事业联系起来。

〔1〕归次:归途中止息。汉中:在陕西省南部,即今南郑褒城一带。

〔2〕云栈:即连云栈。自南郑经褒城,取道陈仓,至宝鸡,一路群山绵亘如连云,其间悬崖绝壑,因山就谷,架木为栈道,故曰云栈。屏山:即锦屏山。阅月:"阅"与"越"通,阅月即过了一个月。

〔3〕梁州:汉中有梁山,故州名梁州。

〔4〕秦雍(yōng,音拥):陕西本秦地,于古为雍州,故曰秦雍。

〔5〕"水下"句:荆与扬均古州名,此指湖北、江苏等省。言其地为汉水上游,与中下游关系密切。

〔6〕遗虏:残余虏寇,指金人。孱(chán,音蝉)孱:怯懦,软弱无力。远略:远大的计谋。

〔7〕孤臣:指作者自己。

〔8〕大散关:在陕西省宝鸡县西南,是南宋时的边防重镇。南宋与金,西以大散关为界。

剑门道中遇微雨^[1]

衣上征尘杂酒痕^[2],远游无处不消魂^[3]。此身合是诗人未？细雨骑驴入剑门^[4]。

这首诗是乾道八年(1172)陆游自汉中赴成都府安抚司参议官任途中经剑门时所作。

〔1〕剑门:山名,在今四川剑阁之北。

〔2〕征尘:旅途中所染的灰尘。

〔3〕消魂:这里是令人神往、使人眷恋的意思。

〔4〕"此身"二句:未,此处表示疑问之意,与"否"相同。唐诗人李白骑驴过华阴,郑棨的诗思在灞桥风雪中驴子背上,李贺常带小奚奴骑驴觅句,皆从前诗人骑驴故事,作者可能因当前富有诗意的生活而联想及之,且有尚友古人的意思。

剑门关〔1〕

剑门天设险,北乡控函秦〔2〕。客主固殊势,存亡终在人〔3〕!栈云寒欲雨,关柳暗知春〔4〕。羁客垂垂老〔5〕,凭高一怆神。

这首诗是乾道八年(1172)陆游自汉中赴成都途经剑门关时所作。

〔1〕剑门关:在剑阁北剑门山上,为川北要隘。

〔2〕乡:同"向"。

〔3〕"客主"二句:秦地居高临下,在地理形势上较蜀地为优,故秦地为主,蜀地为客。二句是说地理形势虽有优劣不同,但在国防上起决定作用的还是人。

〔4〕"关柳"句:言节气已交春令,剑门关的柳树有点发青,它好像知道了春天的到来。

〔5〕羁客:旅人,作者自谓。垂垂:渐渐。

三月十七日夜醉中作

前年脍鲸东海上,白浪如山寄豪壮[1]。去年射虎南山秋,夜归急雪满貂裘[2]。今年摧颓最堪笑[3],华发苍颜羞自照。谁知得酒尚能狂,脱帽向人时大叫。逆胡未灭心未平,孤剑床头铿有声[4]。破驿梦回灯欲死[5],打窗风雨正三更。

  这首诗是乾道九年(1173)陆游在成都任参议官时所作,诗中主要是说自己光复国土的雄心壮志,虽然屡经挫折,仍然没有销磨。

  〔1〕"前年"二句:脍(kuài,音快),同"鲙",细切鱼肉为鲙。二句指绍兴末赴官福建宁德县主簿时泛海事。
  〔2〕"去年"二句:指乾道八年冬任四川宣抚使幕僚在南山中射虎事。貂裘,貂鼠皮做成的皮衣。
  〔3〕摧颓:颓唐衰惫。
  〔4〕"孤剑"句:是说挂在床头的剑铿然有声,好像有不平之意。
  〔5〕驿:行旅途中止息的站头。梦回:梦醒。灯欲死:灯光黯淡将灭。

夜读岑嘉州诗集[1]

汉嘉山水邦[2],岑公昔所寓。公诗信豪伟,笔力追李杜。常想从军时[3],气无玉关路[4]。公诗多从戎西边时所作。至今蠹简传,多昔横槊赋〔5〕。零落财百篇〔6〕,崔嵬多杰句,工夫刮造化〔7〕,音节配韶頀〔8〕。我后四百年〔9〕,清梦奉巾屦〔10〕。晚途有奇事,随牒得补处〔11〕。群胡自鱼肉〔12〕,明主方北顾〔13〕。诵公天山篇〔14〕,流涕思一遇〔15〕。

　　陆游在乾道九年(1173)春通判蜀州(州治在今四川崇庆),这年夏季摄嘉州(州治在今四川乐山),至第二年春天返回蜀州。这首诗是乾道九年秋摄嘉州事时所作。嘉州是唐代诗人岑参做过刺史的地方。岑参的诗篇多以边防为题材,陆游对他的作品评价很高。

　　〔1〕岑嘉州:岑参曾为四川嘉州刺史,故后人称之为岑嘉州。

　　〔2〕汉嘉:指嘉州,州治在今四川乐山县。

　　〔3〕从军:天宝年间岑参任安西节度书记、安西北庭判官等军职。

　　〔4〕"气无"句:言其豪气欲吞羌胡。玉关即玉门关。

　　〔5〕横槊赋:槊,长矛,古兵器的一种。横槊赋,指在军中时所作的诗。

　　〔6〕财百篇:"财"与"才"通。陆游曾集刻岑参遗诗八十余篇,"财百篇"是举其概数。陆游《渭南文集》卷二十六乾道癸巳(1173)八月三日《跋岑嘉州诗集》:"予自少时,绝好岑嘉州诗,尝以为太白、子美之后,一人而已。今年自唐安别驾来摄犍为,既画公像斋壁,又杂取世所传公遗诗八十余篇刻之,以传知诗律者。不独备此邦故事,亦平生素意也。"按岑参诗现存共三百六十首。

　　〔7〕"工夫"句:造化,谓天地。刮造化,犹言巧夺天工。全句赞美岑诗工夫。杜甫《画鹘行》:"乃知画师妙,巧刮造化窟。"

　　〔8〕韶頀(hù,音户):相传《韶》是古帝大舜的音乐,《頀》是商汤的音乐。

〔9〕"我后"句：岑参约卒于唐代宗大历五年（770）。陆游生于宋徽宗宣和七年（1125），上距岑卒约三百五十余年，"后四百年"是举其整数。

〔10〕"清梦"句：言向往其人，形诸梦寐，梦见奉侍他的左右。

〔11〕"随牒"句：牒是公文。全句言以别驾来代理嘉州郡事。

〔12〕"群胡"句：指金国内乱，如完颜亮弑金熙宗，大杀宗室大臣，其后亮又被杀。

〔13〕"明主"句：言孝宗方谋北伐。

〔14〕天山篇：岑参有《天山雪歌》。

〔15〕思一遇：希望能有一次机会，得像岑参那样随军远出，以打击敌人。

八月二十二日嘉州大阅〔1〕

陌上弓刀拥寓公〔2〕，水边旌旆卷秋风。书生又试戎衣窄〔3〕，山郡新添画角雄〔4〕。郡旧止角四枝，近方增如式。早事枢庭虚画策〔5〕，晚游幕府愧无功〔6〕。草间鼠辈何劳磔〔7〕，要挽天河洗洛嵩〔8〕！

这首诗是乾道九年（1173）八月陆游在嘉州时写的。诗中从自己主持秋操检阅，想到国家并不是没有抵抗侵略的武装力量，自己也不是不能武事的文弱书生，只是没有机会，否则金侵略者本来是可以被打败的。

〔1〕大阅：大规模检阅军队。

〔2〕陌:路东西为陌。寓公:寄住的人。作者权摄州事,乃临时代理之职,故曰寓公。

〔3〕戎衣:军服。

〔4〕画角:角谓号角,以兽角为之,其上有雕饰,故名画角。

〔5〕"早事"句:陆游于高宗绍兴三十二年(1162)至孝宗隆兴元年(1163)曾任枢密院编修官。他任编修时曾建议孝宗"官吏将帅玩习,宜取其尤沮格者,与众弃之";并建议简化行政组织,删除律令繁文;废除朝廷直接派遣官员"干办于外,既衔专命,又无统属,造作威福……所在骚然"的扰民措施等。又孝宗即位之初,陆游任太上皇圣政所检讨官。和议将成,上书二府,谓当与金人约,建康、临安皆为建都之地。但以上这些建议都未被采纳。所以说是虚画策。

〔6〕晚游幕府:指乾道八年(1172)任四川宣抚使司干办公事兼检法官及乾道八年至九年初任成都府安抚司参议官等幕府官职。

〔7〕鼠辈:比寻常小盗贼。磔(zhé,音折):古代一种刑罚,将人车裂处死。这里作诛杀解。

〔8〕"要挽"句:洛,洛水;嵩,嵩山;洛嵩,泛指中原。全句说要挽取天河的水以洗涤洛嵩污秽之气,也就是要驱逐金人,光复中原的意思。

九月十六日夜梦驻军河外,遣使招降诸城,觉而有作[1]

杀气昏昏横塞上,东并黄河开玉帐[2]。昼飞羽檄下列城[3],夜脱貂裘抚降将。将军枥上汗血马[4],猛士腰间虎文帐[5]。阶前白刃明如霜,门外长戟森相向。朔风卷地吹急雪^[6],转盼玉花深一丈^[7]。谁言铁衣冷彻骨^[8]?感义怀恩如挟纩^[9]。腥臊窟穴一洗空,太行北岳元无恙^[10]。更呼斗酒作长歌,要遣天山健儿唱。

这首诗是乾道九年(1173)九月陆游在嘉州时写的。诗中所写都是梦境,反映了诗人当时在投降派压制之下所未能实现的雄心。

[1] 河外:指黄河以南一带地方。

[2] 并(bāng,音帮):依傍。玉帐:军中将帅所居。

[3] 羽檄:汉代用一尺二寸长的木简为书以征兵,叫做檄。如有急事,则插鸟羽于其上,以示急速,谓之羽檄。后世紧急的军用文书统称为羽檄。下:这里作降服解。

[4] 枥:马槽。汗血马:汉武帝时将军李广利斩大宛王,得汗血马。汗血马是一种良马,据说一日能行千里。

[5] 虎文韔(chàng,音唱):韔,弓套。虎文韔,上面画有虎文的弓套。

[6] 朔风:北风。

[7] 玉花:雪花色白如玉,故称为玉花。

[8] 铁衣:铁甲。

[9] 如挟纩:纩(kuàng,音旷),即丝绵;如挟纩,是说如同怀挟丝绵那样的温暖。《左传·宣公十二年》:"师人多寒,(楚)王巡三军,拊而勉之,三军之士皆如挟纩。"

[10] 太行:即太行山,山脉绵亘在山西东部边境。北岳:即恒山,在山西浑源县东南。

闻虏乱有感

前年从军南山南,夜出驰猎常半酣[1],玄熊苍兕积如阜[2],赤手曳虎毛毵毵。有时登高望鄠杜[3],悲歌仰天泪如雨。头颅自揣已可知[4],一死犹思报明主。近闻索虏自相残[5],秋风抚剑泪汍澜[6]。洛阳八陵那忍说[7]?玉座尘昏松柏寒[8]。儒冠忽忽垂五十[9],急装何由穿袴褶[10]?羞为老骥伏枥悲[11],宁作枯鱼过河泣[12]。古乐府《枯鱼诗》云:"枯鱼过河泣,何时复还入?作书与鲂鱮,相教慎出入。"

  这首诗是乾道九年(1173)秋在嘉州时所作。诗人听说金人内部发生争乱,认为这是进兵北伐,光复国土的有利时机。但南宋政权还是坚持妥协投降政策,使有志之士坐视良机错过,感慨无已。

  [1] 半酣:半醉。
  [2] 玄:黑色。苍兕(sì,音似):青色的雌犀。阜:山丘。
  [3] 鄠(hù,音户):地名,在今陕西鄠县境。杜:即杜陵,在今陕西西安东南。
  [4] "头颅"句:言自顾头颅发已斑白,自己已知年老。
  [5] 索虏:金人蓄辫发如绳索,故称为索虏。
  [6] 汍澜:形容泪多。
  [7] 洛阳八陵:洛阳,汉县名,即今河南洛阳。八陵,指北宋八个皇帝的陵墓,即宣祖永安陵、太祖永昌陵、太宗永熙陵、真宗永定陵、仁宗永昭陵、英宗永厚陵、神宗永裕陵、哲宗永泰陵。八陵皆在河南巩县,距洛

阳不远。

〔8〕玉座:指陵寝中的御座。松柏:从前坟墓间多栽松柏。

〔9〕垂五十:将及五十岁。陆游在乾道九年(1173)写此诗,时年四十九岁。

〔10〕急装:谓军中的装束。袴褶(xí,音席):古代军服。

〔11〕"羞为"句:骥是古之良马。这句诗承上二句,意思是说年纪虽老,壮心犹在,羞于像老骥那样伏在枥间悲鸣。曹操《步出夏门行》:"老骥伏枥,志在千里;烈士暮年,壮心不已。"陆游用其词意,而稍加变化。

〔12〕"宁作"句:这句诗是取用古乐府诗中"枯鱼过河"之句,以说明渡河杀敌之决心。(按原注第二句"何时复还入",郭茂倩《乐府诗集》所载《枯鱼过河泣》诗作"何时悔复及"。)

醉歌

我饮江楼上,阑干四面空[1]。手把白玉船[2],身游水精宫[3]。方我吸酒时,江山入胸中。肺肝生崔嵬[4],吐出为长虹。欲吐辄复吞,颇畏惊儿童[5]。乾坤大如许[6],无处著此翁[7]。何当呼青鸾[8],更驾万里风!

这首诗是乾道九年(1173)秋在嘉州时所作。作者在江天空旷极目无边的高楼上醉饮,颇有气吞河岳,神游天外之气概。

〔1〕阑干:即栏干。

〔2〕白玉船:白玉制的酒杯。这种酒杯椭圆形,旁有两翼,叫做"羽

觞"。因其形又颇似船,故名。

〔3〕"身游"句:楼临江水,作者醉后感到好像在水精宫里游历。

〔4〕崔嵬:山高不平貌,这里借指心中不平之感。

〔5〕儿童:借指世间庸人。

〔6〕乾坤:是《易经》中的两个卦名,代表天地。

〔7〕著(zhuó,音浊):安置。此翁:作者自谓。

〔8〕何当:犹何时。青鸾:凤凰一类的鸟。

宝剑吟

幽人枕宝剑[1],殷殷夜有声[2]。人言剑化龙[3],直恐兴风霆。不然愤狂虏,慨然思遐征[4]。取酒起酹剑[5]:至宝当潜形;岂无知君者,时来自施行;一匣有余地,胡为鸣不平[6]?

这首诗是乾道九年(1173)在嘉州时所作。诗中借宝剑自比,说宝剑想去远征侵略者,实际上是说自己;希望宝剑等待时机,不必着急。表面上是自慰,其实有壮志未伸,极端愤懑不平之意。

〔1〕幽人:幽居、隐居之人,这里指作者自己。

〔2〕殷殷:响声。

〔3〕剑化龙:相传晋张华叫雷焕替他寻找宝剑,雷焕找到了一对宝剑:一名龙泉,一名太阿。焕送一剑与华,留一自佩。华被诛,他的那支宝剑找不到了。雷焕死后,他的儿子雷华带着他所遗留下的宝剑走过延平津(在今福建南平),剑忽然从腰间跳出掉进水里。派人下水去找,但

见两龙,各长数丈,盘绕有文章,一会,光彩照水,波浪惊沸。原来雷焕送张华的那支宝剑也在水里,两条龙是两支剑变的。

〔4〕遐征:远征。

〔5〕酹(lèi,音泪):以酒浇地而祭叫作酹。

〔6〕"一匣"二句:匣是剑匣,一匣,比自己在幕府中做一个不重要的官。意思是说,宝剑藏在匣中未用,犹士之不得志,所以常作不平之鸣。陆游的《三月十七日夜醉中作》有句云"逆胡未灭心未平,孤剑床头铿有声",可以作为了解此诗的参考。

观大散关图有感

上马击狂胡,下马草军书,二十抱此志,五十犹癯儒[1]。大散陈仓间[2],山川郁盘纡[3],劲气钟义士[4],可与共壮图。坡陁咸阳城[5],秦汉之故都[6],王气浮夕霭,宫室生春芜[7]。安得从王师,汛扫迎皇舆[8]?黄河与函谷,四海通舟车。士马发燕赵,布帛来青徐[9]。先当营七庙[10],次第画九衢[11]。偏师缚可汗[12],倾都观受俘。上寿大安宫[13],复如正观初[14]。丈夫毕此愿,死与蝼蚁殊[15]!志大浩无期[16],醉胆空满躯[17]。

这首诗是乾道九年(1173)十月在嘉州时写的。诗中主要是写他自己理想中抗战胜利、国土恢复后的情况,表示这是自己整个生命的目标,但现实环境使他无法实现这种大志,只能成为梦想而已。

〔1〕癯(qú,音渠):瘦瘠貌。

30

〔2〕陈仓:古地名,在今陕西宝鸡县境。

〔3〕郁:树木茂盛貌。盘纡:盘曲纡回。

〔4〕"劲气"句:钟,凝聚。这句诗的意思是说,在忠义之士的身上凝聚着一种刚劲之气。

〔5〕坡陁:险阻不平貌。陁即陀字。

〔6〕"秦汉"句:秦都咸阳,在今陕西咸阳;西汉都长安,在今西安市。

〔7〕"王气"二句:王气,王者之气。古代一种迷信的说法,帝王将兴,其预兆见于某种气氛,谓之王气。这两句是说秦汉故都今皆沦陷于女真族,以致王气杂于雾霭之中,宫室变为荒芜之地。霭(ǎi,音矮),烟雾之类。

〔8〕汛扫:洒扫。

〔9〕青徐:青与徐皆古州名,青州在今山东省境,徐州在今江苏省北部。

〔10〕七庙:古制,天子有七个祖庙。《礼记·王制篇》:"天子七庙,三昭三穆,与太祖之庙而七。"

〔11〕九衢:九达的街道。

〔12〕偏师:全军中的一部分队伍。可汗:音克寒。古代西域回纥、突厥等族称其国王为可汗。此指金主言。

〔13〕上寿:举觞劝饮,表示祝贺之意。大安宫:本唐宫名,这里借指宋宫。

〔14〕正观:即贞观。唐太宗年号。宋人避讳改"贞"为"正"。

〔15〕"丈夫"二句:这是说,如果能够完成上述的志愿,即使死了也不是白死,这与渺小的蝼蚁之死是大不相同的。

〔16〕浩:渺茫。

〔17〕"醉胆"句:这是说醉后志气发扬,觉得自己满身是胆。

31

金错刀行[1]

黄金错刀白玉装[2]，夜穿窗扉出光芒。丈夫五十功未立，提刀独立顾八荒[3]。京华结交尽奇士[4]，意气相期共生死[5]。千年史策耻无名，一片丹心报天子。尔来从军天汉滨[6]，南山晓雪玉嶙峋[7]。呜呼，楚虽三户能亡秦，岂有堂堂中国空无人[8]！

  这首诗是乾道九年(1173)十月在嘉州时写的。诗中主要是说自己为国立功的志愿，始终不衰；也有不少志同道合的人，在同一个目标之下奋斗。由此证明中国一定不会灭亡，光复事业终将胜利。

  〔1〕金错刀：刀上纹饰嵌以黄金，称为金错刀，这种刀较名贵。《后汉书·舆服志》："佩刀乘舆，黄金通身雕错。"

  〔2〕装：指刀柄、刀鞘上的装饰。

  〔3〕八荒：八方荒远之地。

  〔4〕京华：即京师，指南宋都城临安。

  〔5〕意气：即志气。

  〔6〕天汉：指汉水。

  〔7〕南山：指终南山。

  〔8〕"楚虽"二句：战国时秦国用外交手段孤立了楚国，后又假说要割给楚六百里的地方，终又赖掉。楚怀王大怒，发兵攻秦，结果楚损兵折将，失去了汉中地方。后秦又假与楚交好，将怀王骗入武关，要求割地，怀王不答应，于是就被扣留，死在秦国。当时楚国人非常愤慨，民间有两

句谣谚说:"楚虽三户,亡秦必楚。"此借以说明宋徽、钦二帝虽为金国所虏,中原土地虽为金人侵占,但大宋是有决心并且一定能够灭金复仇的。

胡无人[1]

须如猬毛磔,面如紫石棱[2]。丈夫出门无万里,风云之会立可乘[3]。追奔露宿青海月[4],夺城夜蹋黄河水。铁衣度碛雨飒飒[5],战鼓上陇雷凭凭[6]。三更穷虏送降款[7],天明积甲如丘陵。中华初识汗血马,东夷再贡霜毛鹰[8]。群阴伏,太阳升,胡无人,宋中兴!丈夫报主有如此,笑人白首篷窗灯[9]。

这首诗是乾道九年(1173)冬在嘉州时写的。主要意思和前面《观大散关图有感》相近似,是写他自己幻想中北伐胜利的情况。

〔1〕胡无人:古乐府诗篇名。
〔2〕"须如"二句:刘惔尝称桓温眼如紫石棱,须作猬毛磔,孙仲谋、晋宣王之流亚也。见《晋书·桓温传》。磔,开张貌。
〔3〕风云之会:会是遇合。《易·乾》:"云从龙,风从虎。"是说龙得云而升天,虎遇风而出谷,谓之风云之会。这是指一种非常的际遇。
〔4〕追奔:追击逃奔的敌人。
〔5〕碛:沙石。
〔6〕陇:地名,即陇阪,今陕西西部和甘肃东南一带地方。
〔7〕降款:款是诚恳之意,降款即投降书。
〔8〕霜毛鹰:霜毛,形容鹰毛色白如霜。霜毛鹰,即白鹰,性勇猛。

唐代时新罗（在朝鲜之北部）、扶余（其领域相当于今辽宁昌图以北黑龙江双城以南一带地方）等国曾贡白鹰。

〔9〕"笑人"句：这是说自己不得志，白头臃下，应为窗灯所笑。

晓叹

一鸦飞鸣窗已白，推枕欲起先叹息。翠华东巡五十年[1]，赤县神州满戎狄[2]。主忧臣辱古所云，世间有粟吾得食[3]？少年论兵实狂妄，谏官劾奏当窜殛[4]。不为孤囚死岭海[5]，君恩如天岂终极？容身有禄愧满颜，灭贼无期泪横臆[6]。未闻含桃荐宗庙[7]，至今铜驼没荆棘[8]。幽并从古多烈士[9]，悒悒可令长失职[10]？王师入秦驻一月，传檄足定河南北。安得扬鞭出散关，下令一变旌旗色！

这首诗是孝宗淳熙元年（1174）夏季陆游在蜀州通判任时写的。诗中回顾南宋政权南渡偏安以来五十多年国家的局势，和自己当年因主张抗战而遭受排挤和打击的过程；指出陷区人民自古以来就有反抗侵略的传统，只要执政者有决心，扭转局势并非难事。

〔1〕翠华东巡：天子的车盖以翠羽为饰，故曰翠华。翠华东巡指宋高宗南渡迁都临安。

〔2〕赤县神州：战国时学者驺衍称中国为赤县神州，后人常用为中国的代称。

〔3〕"主忧"二句：我国封建社会中，臣下认为帝王有了忧虑就是自己的耻辱。《史记·范雎传》："（秦）昭王临朝叹息。应侯进曰：'臣闻主

忧臣辱,主辱臣死。今大王中朝而忧,臣敢请其罪。'"这两句诗的意思是说,当时中原沦陷,正是古人所谓主忧臣辱之时,在这种情形下,就是有饭也难以吃下去。下一句是借用《论语·颜渊篇》齐景公语。

〔4〕"少年"二句:孝宗乾道二年(1166),陆游在隆兴府(今江西南昌)通判任,言者劾陆游"交结台谏,鼓唱是非,力说张浚用兵"。遂被免官归山阴居住。二句事指此。

〔5〕岭海:五岭近海处,现在两广一带地方。宋代得罪的官员有时被放到这里。

〔6〕臆:胸。

〔7〕含桃荐宗庙:含桃即樱桃。《礼记·月令》:"是月也(仲夏之月,即旧历四月),天子乃以雏尝黍羞,以含桃先荐寝庙。"这句话意思是说帝王以祭品于宗庙祭祀祖先。

〔8〕"至今"句:宫门外的铜驼没于蓬蒿乱草之中,是指汴京沦陷后的凄凉景象。《晋书·索靖传》:"靖有先识远量,知天下将乱,指洛阳宫门铜驼叹曰:'今见汝在荆棘中耳!'"诗语本此。

〔9〕幽、并:古十二州有幽州、并州。幽州大略相当于今河北及辽宁一带地方。并州大略相当于今河北西部及山西北部一带地方。

〔10〕悒悒:犹郁郁,忧愁不乐。

对酒叹

镜虽明,不能使丑者妍;酒虽美,不能使悲者乐。男子之生桑弧蓬矢射四方〔1〕,古人所怀何磊落!我欲北临黄河观禹功〔2〕,犬羊腥膻尘漠漠〔3〕;又欲南适苍梧吊虞舜〔4〕,九疑难寻眇联络。惟有一片心,可受生死托。千金轻掷重意气〔5〕,

百舍孤征赴然诺[6]。或携短剑隐红尘,亦入名山烧大药[7]。儿女何足顾,岁月不贷人。黑貂十年弊[8],白发一朝新。半酣耿耿不自得[9],清啸长歌裂金石。曲终四座惨悲风,人人掩泪无人色。

这首诗是淳熙元年(1174)夏季陆游在蜀州时写的。诗中抒写了作者自己的雄心壮志,可是事与愿违,归隐不得,风尘十载,白发满头。在这种情况之下,虽是要借酒销愁,结果只是更增愤慨。

〔1〕"男子"句:《礼记·内则》:"国君世子生,射人以桑弧蓬矢六,射天地四方。"这是表示男子有四方之志。

〔2〕禹功:指龙门。龙门山在今山西河津西北及陕西韩城东北,分跨黄河两岸,相传为夏禹治水时所凿,故曰禹功。

〔3〕犬羊:这里借指金人。

〔4〕"南适"句:苍梧,山名,又名九疑山,在今湖南宁远县境。相传虞舜葬于苍梧山。这句诗有屈原《离骚》篇所说陈词重华(虞舜名),自诉孤忠的意思。

〔5〕"千金"句:言意气为重,千金为轻,如古乐府《白头吟》所谓"男儿重意气,何用钱刀为"之意。

〔6〕"百舍"句:三十里为一舍,一说百里为一舍。孤征,独行。然诺,答应。《战国策·宋策》:"公输般为楚设机,将以攻宋。墨子闻之,百舍重茧,往见公输般。"劝阻公输不要助楚攻宋。这就是上句所说重意气的例子。

〔7〕烧大药:指修炼丹药,服之以求长生。这是中国过去的道士们的一种不科学的做法。

〔8〕"黑貂"句:意思是说自己多年不为执政者所任用,主张不能实

现,生活也贫困不堪。此用苏秦故事。《战国策·秦策》:"苏秦说秦王,书十上而不行。黑貂之裘弊,黄金百斤尽,资用乏绝,去秦而归。"

〔9〕耿耿:忧闷不安的样子。

观长安城图

许国虽坚鬓已斑[1],山南经岁望南山。横戈上马嗟心在,穿堑环城笑虏孱[2]。谍者言虏穿堑三重环长安城。日暮风烟传陇上,秋高刁斗落云间[3]。三秦父老应惆怅[4],不见王师出散关!

这首诗是淳熙元年(1174)秋季陆游在蜀州时写的。诗中抒写了作者要求抵抗金人的坚强的战斗意志,反映了当时渴望自由的三秦人民因宋军不反攻金人恢复失地,而产生的失望。

〔1〕许国:献身祖国。
〔2〕堑:护城的濠沟。
〔3〕刁斗:军中用具,白天用以为炊,墓击之以警夜。
〔4〕三秦:指陕西一带地方。项羽三分关中,封秦降将章邯为雍王,司马欣为塞王,董翳为翟王,是为三秦。

秋夜怀吴中

秋夜挑灯读楚辞,昔人句句不吾欺。更堪临水登山处[1],正

37

是浮家泛宅时[2]。巴酒不能消客恨,蜀巫空解报归期。灞桥烟柳知何限,谁念行人寄一枝[3]?

这首诗是淳熙元年(1174)秋季陆游由蜀州至成都后所作,抒写作者远客怀乡的情绪。

[1] 临水登山:《楚辞·九辩》:"憭慄兮若在远行,登山临水兮送将归。"这里借用其词,以示远游之意。

[2] 浮家泛宅:流荡在外的意思。《新唐书·张志和传》:"颜真卿为湖州刺史,志和谒,真卿以舟敝漏,请更之。志和曰:'愿为浮家泛宅,往来苕霅间。'"

[3] "灞桥"二句:灞桥,地名,在长安东三十里灞水上,古时长安人多在这里送别。所谓"年年柳色,灞陵伤别"者即指此。行人,指作者自己。二句意思是说有谁怀念我远行在外而折一枝柳条寄赠我呢?古人有折柳赠行的习惯,"柳"与"留"声相近,表示攀留惜别的意思。

江上对酒作

把酒不能饮,苦泪滴酒觞。醉酒蜀江中,和泪下荆扬。楼橹压溢口[1],山川蟠武昌。石头与钟阜[2],南望郁苍苍。戈船破浪飞[3],铁骑射日光[4];胡来即送死,讵能犯金汤[5]?汴洛我旧都,燕赵我旧疆,请书一尺檄,为国平胡羌。

这首诗是淳熙元年(1174)秋季陆游在成都时写的。诗中描述了当时长江下游的形势和防务,并且表示了作者对收复旧都旧疆的决心。

〔1〕楼橹:本是古代军事上守御用的望楼,这里指高大的战船。溢口:即溢浦,在今江西九江,溢水经溢口流入长江。

〔2〕钟阜:即钟山,在今南京东北,一名紫金山。

〔3〕戈船:犹言战船。

〔4〕铁骑:古时战马披铁甲,故曰铁骑。

〔5〕金汤:谓城坚如金,池沸如汤。金城汤池,形容城防坚固不可侵犯。

离堆伏龙祠观孙太古画英惠王像〔1〕

岷山导江书禹贡〔2〕,江流蹴山山为动。呜呼秦守信豪杰,千年遗迹人犹诵!决江一支溉数州,至今禾黍连云种。孙翁下笔开生面,岌嶪高冠摩屋栋〔3〕。徙木遗风虽峭刻,取材尚足当世用〔4〕。寥寥后世岂乏人,尺寸未施谗已众〔5〕。要官无责空赋禄,轩盖传呼真一哄〔6〕。奇勋伟绩旷世无〔7〕,仁人志士临风恸。我游故祠九顿首〔8〕,夜遇神君了非梦〔9〕,披云激电从天来,赤手骑鲸不施鞚〔10〕。

陆游在淳熙元年(1174)冬摄荣州(州治在今四川荣县)事。这首诗是这年冬初自成都赴荣州过离堆时所作。诗中对于周末秦国蜀守李冰所兴建的水利事业备致歌颂,认为李冰之所以能够成功,是和秦国当时的政治分不开的,因而慨叹后代(实际上指南宋)用人行政,不容许有人真正做一番事业。

〔1〕离堆:地名,在今四川灌县西南。伏龙祠:祠在灌县离堆,离堆

39

附近有深潭,传说李冰曾锁孽龙于此。孙太古:孙知微,字太古,是北宋时的画家。英惠王:指李冰。秦昭王时,李冰为蜀守,凿离堆,解除沫水水患,并且利用江水灌溉农田,民得其利。

〔2〕"岷山"句:《尚书·禹贡》:"岷山导江。"岷山在四川松潘北,岷山导江,古时认为,长江导源于岷山。

〔3〕岌峚:高壮的样子。

〔4〕"徙木"二句:徙木,搬运木头。战国时秦孝公用商鞅变法图强,实行各种改革。当初商鞅恐人民不相信自己,于是就在国都南门立了一根三丈长的木头,说谁能把它搬到北门,就给他十金。人们感到很奇怪,没有人敢搬。于是又说,谁要能搬,就给谁五十金。有一个人把木头搬到了北门,果然就立刻给他五十金,这样来证明他是不欺骗人的。二句意思是说,秦国法律虽严刻,但如昭王用李冰,还算是能够选拔人材为当世之用的。

〔5〕"尺寸"句:意思是说贤材刚一任事,还没有施展尺寸之长,就遭到了很多谗毁。

〔6〕轩盖:轩是轩车,盖是车盖。轩盖,指达官贵人的车乘。

〔7〕旷世无:旷世,绝世;旷世无,言其勋绩为当世所没有。

〔8〕九顿首:古代最尊敬的礼节。

〔9〕神君:指英惠王。

〔10〕"披云"二句:鞿是驭马的衔勒。二句形容梦中想见英惠王从天而降的雄姿。

楼上醉歌

我游四方不得意,阳狂施药成都市[1]。大瓢满贮随所求,聊为疲民起憔悴[2]。瓢空夜静上高楼,买酒卷帘邀月醉[3]。醉中拂剑光射月,往往悲歌独流涕。划却君山湘水平[4],斫却桂树月更明[5]。太白诗:划却君山好,平铺湘水流。老杜诗:斫却月中桂,清光应更多。丈夫有志苦难成,修名未立华发生[6]!

陆游淳熙二年(1175)正月自荣州返回成都,任成都府路安抚司参议官兼四川制置使司参议官。这首诗是淳熙二年夏季在成都时写的。诗中叙述了作者慷慨施药济民之事,并且描写了醉中抚剑悲歌,慨叹壮志不遂的情形。

〔1〕阳狂:即佯狂,伪装狂人。施药:施送药物,为人治病。
〔2〕疲民:指穷苦的人民。起憔悴:谓使憔悴的病人恢复健康。
〔3〕帘:酒家所挂的旗帜,即市招。
〔4〕"划却"句:君山,山名,在洞庭湖中。原注所引太白诗见李白《陪侍郎叔游洞庭醉后三首》诗之三。
〔5〕"斫却"句:古时神话:月亮里的暗影是一棵桂树,高五百丈。树下边有个叫吴刚的人常常拿斧头斫桂树,桂树随斫随合。原注所引老杜诗见杜甫《一百五日夜对月》诗。以上二句含有划除前进中的障碍、追求光明的意思。
〔6〕修名:美名。华发:白发。

喜谭德称归[1]

少鄙章句学[2],所慕在经世[3];诸公荐文章,颇恨非素志。一朝落江湖,烂漫得自恣[4]。讨论极王霸[5],事业窥莘渭[6]。孔明景略间,却立颇眦睨[7]。从人无一欣,对食有三喟[8]。谭侯信豪隽[9],可共不朽事。天涯再相见,握手更抆泪[10]。欲寻西郊路,斗酒倾意气[11],浩歌君和我[12],勿作寻常醉。

这首诗是淳熙三年(1176)春季陆游在成都时写的。作者向他的好友谭德称述说他自己的抱负,并勉励共为不朽的事业。

〔1〕谭德称:名季壬。

〔2〕章句学:汉代一派儒者解经,只注重解释章节,分析句读,号为章句之学。

〔3〕经世:治国安民的意思。

〔4〕自恣:放纵自己,不受世俗的约束。

〔5〕王霸:即王道、霸道,是我国封建社会中两种治理国家的理论和方法。

〔6〕"事业"句:莘(shēn,音身),古国名,即有莘。伊尹耕于有莘之野,商汤聘他为右相,后来他协助商汤灭夏。渭是陕西的渭水。吕尚钓于渭滨,周文王举以为师,后来他协助文王治理周国,协助武王攻灭商纣。这句诗意思是说要把伊尹、吕尚二人的事业作为自己努力的目标。

〔7〕"孔明"二句:诸葛亮,字孔明,蜀国丞相,辅佐蜀政,使蜀与魏、吴成鼎足三立的形势。王猛,字景略,前秦丞相,辅佐苻坚,使前秦势力强盛,与东晋相对立。却立,退立。眦睨(zì nì,音字腻),扬眉斜视的样子。这两句诗意思是说诸葛亮、王猛二人各辅佐偏安之主,都没有能够统一中国,比较伊尹、吕尚终有逊色,于是作者退立斜视,表示对他们看不起。

〔8〕喟(kùi,音愧):叹息。

〔9〕隽:这里作"俊"字讲。

〔10〕抆(wěn,音吻)泪:揩眼泪。

〔11〕"斗酒"句:斗,酒器。这句的意思是说要痛饮一场,把平生的心志倾吐出来。

〔12〕浩歌:长歌。

花时遍游诸家园(十首选二)

其二

为爱名花抵死狂,只愁风日损红芳。绿章夜奏通明殿[1],乞借春阴护海棠。

《花时遍游诸家园》诗是淳熙三年(1176)春季陆游在成都时写的。

〔1〕绿章:即青词。迷信的做法:道观中祭告鬼神的文词,用朱笔写在青藤纸上,叫作青词。通明殿:道教的说法:通明殿是最高天神玉帝的宫殿。末二句的意思是说,想要求上帝多多安排阴天,无风无日,使海棠的颜色得以长期保持。这显示出作者对名花的爱惜。

其九

飞花尽逐五更风[1],不照先生社酒中。输与新来双燕子,衔泥犹得带残红[2]。今年二月二日社,而海棠已过。

〔1〕"飞花"句:是说五更时风起,海棠花都随风飘去。

〔2〕"输与"二句:输与,犹言不及。海棠花都被风吹落了,而燕子衔的泥里却带有残花,故羡慕之。二句生动地表达了作者对于海棠花的喜爱。

雨

映空初作茧丝微[1],掠地俄成箭镞飞[2]。纸帐光迟饶晓梦[3],铜炉香润复春衣[4]。池鱼鲅鲅随沟出,梁燕翩翩接翅归[5]。惟有落花吹不去,数枝红湿自相依[6]。

这首诗是淳熙三年(1176)春末陆游在成都时写的。

〔1〕茧丝:细雨如丝。

〔2〕掠:拂过。箭镞飞:这里用来形容大雨落地的情状。

〔3〕"纸帐"句:纸帐,是一种用剡溪藤纸所制的帐子。饶,多的意思。这是说天雨则帐内昏暗,不觉天亮,因而醒得晚,所以梦多。

〔4〕"铜炉"句:这是说雨天潮,把衣服覆在薰香的铜炉上面薰香烤干。

〔5〕"池鱼"二句:鲅鲅,即泼泼,鱼跳声。二句是说天雨则鱼喜出游,而燕子却归巢避雨。

〔6〕"惟有"二句:言雨湿花枝,则落花沾住,风吹不起,故曰红湿相依。红指花,湿指雨。

题醉中所作草书卷后

胸中磊落藏五兵[1],欲试无路空峥嵘。酒为旗鼓笔刀槊,势从天落银河倾[2]。端溪石池浓作墨[3],烛光相射飞纵横。须臾收卷复把酒,如见万里烟尘清。丈夫身在要有立,逆虏运尽行当平;何时夜出五原塞,不闻人语闻鞭声[4]?

这首诗是淳熙三年(1176)春末陆游在成都时写的。诗中表明自己为国而战的愿望无由实现,姑且发泄在书法艺术当中;但依然不能忘情现实,还希望有出塞北伐的一天。

〔1〕五兵:即戈、殳、戟、酋矛、夷矛五种古代兵器。

〔2〕"酒为"二句:上句是把醉中作草书比作作战的情形;下句是说,笔势急骤,好像银河从天上倾泻下来。

〔3〕端溪石池:端溪,水名,在今广东高要县。石池,指砚台。端溪边的石头宜于制砚,端溪砚为书家所看重。

〔4〕"何时"二句:五原塞,汉代边界要塞,在今内蒙五原县境。汉朝军队曾出五原塞北击匈奴。这里借喻盼望宋军能北伐金人。

过野人家有感

纵辔江皋送夕晖[1],谁家井臼映荆扉?隔篱犬吠窥人过,满箔蚕饥待叶归。吴人直谓桑曰叶。世态十年看烂熟,家山万里梦依稀。躬耕本是英雄事,老死南阳未必非[2]!

淳熙三年(1176)春末,陆游被免除参议官职。这首诗是免官后不久在成都居住时写的。诗人因免官后过田野农家,想起了自己的家乡,但仍以诸葛亮自比,实际上对国家安危还是不能忘怀。

〔1〕纵辔(pèi,音佩):辔本是马缰,纵辔,犹纵马。江皋(gāo,音高):江边。夕晖:夕阳之光。

〔2〕南阳:汉南阳郡治在今河南南阳县。诸葛亮曾经躬耕于此。

病起书怀

病骨支离纱帽宽[1],孤臣万里客江干[2]。位卑未敢忘忧国,事定犹须待阖棺[3]。天地神灵扶庙社[4],京华父老望和銮[5]。出师一表通今古[6],夜半挑灯更细看。

这首诗是淳熙三年(1176)陆游在成都时写的。

〔1〕纱帽宽:病后瘦损,故感到纱帽宽松。

〔2〕江干:江边,江指岷江。

〔3〕阖(hé,音合)棺:盖棺,指人死说。

〔4〕庙社:宗庙、社稷,封建时代把它们作为国家的代表。

〔5〕京华:即京师,这里指北宋京都汴京。和銮:车铃,在车子前面的叫和,在马衔上面的叫銮,一般用以指皇帝的车驾。

〔6〕出师一表:公元227年,蜀丞相诸葛亮伐魏,率军北驻汉中,临行前上后主刘禅一表,后人谓之《出师表》。

夜读东京记[1]

海东小胡幸覆冒[2],敢据神州窃名号[3];幅员万里宋乾坤[4],五十一年仇未报[5]。煌煌艺祖中天业[6],东都实宅神明隩[7]。即今犬豕穴宫殿,安得旄头下除扫[8]?宝玉大弓久不获[9],臣子义敢忘巨盗!景灵太庙威神在[10],北乡恸哭犹可告[11]。壮士方当弃躯命,书生讵忍开和好[12]?孤臣白首困西南,有志不伸空自悼。

这首诗是淳熙三年(1176)夏季陆游在成都时写的。诗人因读《东京记》,怀想久已沦陷的北宋旧京,痛心于"五十一年仇未报",严正地斥责了当时政府中投降派的卖国活动,慨叹自己"有志不伸"。

〔1〕东京记:陈振孙《直斋书录解题》著录《东京记》三卷,宋敏求撰,今佚。疑陆游所读《东京记》即此书。宋以汴都为东京,即今河南开封。

〔2〕"海东"句:海东小胡,指金人。幸,幸负。覆冒,犹覆盖、覆育之意。《金史·本纪》:"金之先,出靺鞨氏。……唐初有黑水靺鞨,居肃慎地。开元中来朝,置黑水府,以部长为都督刺史,置长史监之。赐都督姓李氏,名献诚。领黑水经略使。"作者的意思大约是说:女真族曾受中国封爵,现在反而侵略中国,是辜负了中国覆育之恩。

〔3〕窃名号:盗窃帝王的称号。

〔4〕幅员:即疆域。广狭曰幅,周围曰员。

〔5〕"五十"句:金于靖康元年(1126)闰十一月攻陷汴京,陆游于淳

47

熙三年(1176)写此诗,上距汴京失陷已五十一年。

〔6〕煌煌:光明伟大之意。艺祖:开国的帝王称为艺祖,这里指宋太祖。中天:天运正中之时,谓太平盛世。

〔7〕东都:即东京。神明隩(ào,音傲):言为神灵所居的地方,是歌颂汴京的说法。

〔8〕"安得"句:《史记·天官书》:"旄头,胡星也。"古代有一种迷信的说法:天上星辰的变化与人事有相联属的关系。这句诗是说如何能把旄头这颗胡星扫除下来,也就是如何能扫除金人的意思。或者说旄头是帝王的先驱骑士,这里借指宋军。除扫,承上文,指驱逐金人说。这句诗是盼望宋军扫除金人的意思。这种解释也可以通。

〔9〕"宝玉"句:《春秋》定公八年《左传》:"盗宝玉大弓。"注云:"宝玉,夏后氏之璜;大弓,封父之繁弱。"宝玉大弓都是国家的重器。宝玉大弓被盗已久,比喻金人窃据中原,国土久未恢复。

〔10〕景灵:宋宫名。

〔11〕乡:通"向"。可告:可告于祖宗神灵。

〔12〕"书生"句:书生,指妥协求和派的文臣。和好,指与金国议和。南宋当时奉行着隆兴二年(1164)签订的"和议",主要内容是:宋金东以淮水西以大散关为界,宋割唐、邓二州及商、秦之半;宋主称金主为叔父;宋每年纳银绢各二十万两匹。

万里桥江上习射[1]

坡陇如涛东北倾[2],胡床看射及春晴[3]。风和渐减雕弓力[4],野迥遥闻羽箭声[5]。天上欃枪端可落[6],草间狐兔不须惊[7]。丈夫未死谁能料?一笴他年下百城[8]。

陆游于淳熙三年(1176)夏秋之间至淳熙五年(1178)正月主管台州桐柏山崇道观,仍在成都居住。这首诗是淳熙四年(1177)初春在成都时写的。诗意与《八月二十二日嘉州大阅》略相近似。

〔1〕万里桥:在四川华阳县南。

〔2〕坡陇如涛:言其地势丘垄起伏不平,好像水中波涛的形状。

〔3〕胡床:即今之交椅,本自外地传入中国,故名胡床。

〔4〕"风和"句:古时角弓,用胶粘结兽角制成。春晴气候转暖,胶的粘结力受影响,所以弓力亦渐减弱。

〔5〕野迥(jiǒng,音窘):迥,远的意思。野迥,野外旷远的地方。

〔6〕"天上"句:欃、枪,星名,都是彗星。古代迷信的说法:以为欃、枪出现,则天下将有兵乱。这里以射落欃枪比喻驱逐金人,恢复中原,使天下重得太平。

〔7〕狐兔:比寻常盗贼。

〔8〕一笴(gě,音戈):笴,箭干,一笴犹一箭。

关山月〔1〕

和戎诏下十五年〔2〕,将军不战空临边,朱门沉沉按歌舞〔3〕,厩马肥死弓断弦!戍楼刁斗催落月,三十从军今白发。笛里谁知壮士心〔4〕?沙头空照征人骨。中原干戈古亦闻,岂有逆胡传子孙?遗民忍死望恢复,几处今宵垂泪痕!

这首诗是淳熙四年(1177)初春陆游在成都时写的。大意是说孝

49

宗隆兴二年向金人屈辱议和以来,豪门贵族一直过着极其奢侈腐朽的生活,将军们按兵不战,士兵们白白地在边界军中消磨岁月,因而金人得以长期侵占中原,陷区人民却忍受着极大的痛苦,迫切地盼望着宋军能够前来收复失地。

〔1〕关山月:汉乐府中"横吹曲"名之一,横吹曲本是西域军乐。

〔2〕"和戎"句:宋孝宗隆兴二年(1164),下诏与金议和,计至淳熙四年(1177)陆游写此诗已历十四年,这里十五年是举其概数。

〔3〕朱门沉沉:封建社会的大官之家,得用朱红的颜色涂漆门户,后来朱门就成了豪门贵族的代称。沉沉,深远的意思。

〔4〕笛里:横吹曲的乐器中有用笛的,故曰笛里。

出塞曲[1]

佩刀一刺山为开[2],壮士大呼城为摧。三军甲马不知数,但见动地银山来[3]。长戈逐虎祁连北[4],马前曳来血丹臆[5];却回射雁鸭绿江[6],箭飞雁起连云黑。清泉茂草下程时[7],野帐牛酒争淋漓。不学京都贵公子,唾壶麈尾事儿嬉[8]。

这首诗是淳熙四年(1177)初春陆游在成都时写的。这首诗写的是想像出兵塞外,攻克敌城以及远征行军射猎的情形;并有对当时统治集团优游享乐、无志恢复表示鄙视之意。

〔1〕出塞曲:汉乐府诗中"横吹曲"名之一。

〔2〕"佩刀"句:东汉耿恭率汉兵与匈奴作战,占据疏勒城。匈奴在

城下壅绝涧水。城中乏水,耿恭于城中凿井深十五丈,但仍然得不到水。耿恭仰天叹曰:"闻昔贰师将军拔佩刀刺山,飞泉涌出,今汉德神明岂有穷哉!"于是就有水泉从井中奔出。贰师将军,即李广利。汉武帝时李广利曾率汉兵攻西域大宛国(在今乌兹别克共和国境)。

〔3〕银山:言日光照耀白甲,看去好像银山一样,形容三军甲马之多。

〔4〕祁连:山名。主峰在今甘肃张掖西南。

〔5〕丹臆:谓染红了的胸部,指打伤猎获的虎说。

〔6〕鸭绿江:源出辽宁省长白山南麓,流入黄海,为我国与朝鲜的界水。

〔7〕下程:程,路程;下程,途中息止的意思。

〔8〕"唾壶"句:唾壶,承唾之具。麈(zhǔ,音主)尾,拂尘之具。东晋王敦尚清谈,常在酒后咏魏武帝曹操乐府歌曰:"老骥伏枥,志在千里,烈士暮年,壮心不已。"以如意击打唾壶为拍节,壶边都被打缺了。又东晋王衍亦好清谈,每捉玉柄麈尾,与手同色。按这句诗是讽刺南宋贵族子弟生活暇逸,全无斗志,有如东晋士大夫以追逐清谈宴乐为事。

战城南[1]

王师出城南,尘头暗城北。五军战马如错绣[2],出入变化不可测。逆胡欺天负中国,虎狼虽猛那胜德?马前呕咿争乞降[3],满地纵横投剑戟。将军驻坡拥黄旗[4],遣骑传令勿自疑,诏书许汝以不死,股栗何为汗如洗[5]!

51

这首诗是淳熙四年(1177)初春陆游在成都时写的。诗中描写想像中的宋军战胜金兵、金兵纷纷投降的情形。诗意与上一首相近似。

〔1〕战城南:汉乐府诗"鼓吹曲"中"铙歌"曲名之一。

〔2〕错绣:错,相互交错;绣,五采成文的丝刺叫作绣。错绣,这里用来形容军队阵容错杂变化的情形。

〔3〕喔咿(wā yī,音洼衣):形容金兵说话的声音。

〔4〕黄旗:宋军所用的旗帜。

〔5〕股栗:两腿发抖。

读书(二首选一)

其二

归老宁无五亩园[1],读书本意在元元[2]。灯前目力虽非昔,犹课蝇头二万言[3]。时方读小本通鉴。

这首诗是淳熙四年(1177)初春陆游在成都时写的。诗中自述读书的目的本来就是为了人民;并且说到他自己年老苦学的情况。

〔1〕归老:年老致仕归家休养。宁无:岂无。

〔2〕元元:谓人民。

〔3〕课:这里作阅读每日所规定的一定数量的书讲。蝇头:谓如苍蝇头一样小的字。

夜读唐诸人诗，多赋烽火者。因记在山南时，登城观塞上传烽，追赋一首[1]

我昔游梁州[2]，军中方罢战。登城看烽火，川迥风裂面。青荧并骆谷[3]，隐翳连鄠县[4]。月黑望愈明，雨急灭复见。初疑云罅星[5]，又似山际电。岂无酒满尊，对此不能咽。低头愧虎帐，零落白羽箭。何时复关中，却照甘泉殿[6]！

这首诗是淳熙四年（1177）春陆游在成都时写的。诗中追述了作者陕南从军时所见山南边防传烽的情景。

〔1〕传烽：古时边疆报警的办法：筑高土台，积薪草，有敌警，夜则举火燃烧，以相传告，谓之举烽；白天则燃烧积薪或狼粪以望其烟谓之燔燧。这里的传烽包括举烽和燔燧二者而言。

〔2〕"我昔"句：梁州，古地名，包括今四川及陕西南郑一带地方。陆游于乾道八年（1172）任四川宣抚使司干办公事兼检法官，曾随军驻终南山以南军中。全句事指此。

〔3〕青荧：光明的样子，这里形容烽火火光。并：依傍，傍着。骆谷：骆谷北起陕西鄠县界，南至洋县界，全长约四百余里。

〔4〕隐翳（yì，音义）：形容烽火光隐约不显。

〔5〕云罅（xià，音下）：云的间隙。

〔6〕甘泉：汉宫名，在今陕西淳化县。

楼上醉书

丈夫不虚生世间,本意灭虏收河山。岂知蹭蹬不称意[1],八年梁益凋朱颜[2]!三更抚枕忽大叫,梦中夺得松亭关[3]。中原机会嗟屡失,明日茵席留余潸[4]。益州官楼酒如海,我来解旗论日买[5]。酒酣博簺为欢娱[6],信手枭卢喝成采[7]。牛背烂烂电目光[8],狂杀自谓元非狂[9]。故都九庙臣敢忘[10]?祖宗神灵在帝旁[11]!

这首诗是淳熙四年(1177)春季陆游在成都时写的。诗中主要是说自己收复河山的雄心屡遭挫折,无可奈何的情况之下,只有借酒浇愁,可是虽然如此,对于沦陷已久的故都仍然念念不忘。

〔1〕蹭蹬:本行路失势之貌,这里是不得志的意思。

〔2〕八年梁益:梁,梁州。益,益州。梁、益即今四川省全部及陕西省西南部之地。陆游于乾道六年(1170)入蜀,至淳熙四年(1177)作此诗,其中约近一年在南郑,七年居四川,故总曰:八年梁益。

〔3〕松亭关:在今河北迁安西北,是金之军事要地。

〔4〕"明日"句:这是承上句说梦醒之后,始知是梦,不觉叹息流涕,枕席之上次日犹有泪湿。潸(shān,音衫),流涕貌。

〔5〕解旗:酒家悬旗帜为标志,解旗,疑指酤酒说。

〔6〕博簺(sài,音塞):古代一种局戏,行棋相塞,故谓之簺。

〔7〕枭卢:古代一种博戏,用五木为子,博头刻有枭、卢、雉、犊、塞以为胜负之采。其中以枭为最胜,卢次之。

〔8〕"牛背"句:牛背,谓骑在牛背上。烂烂,光明貌。王戎的眼睛能"视日不眩",裴楷说:"戎眼烂烂如岩下电!"(见《世说新语·容止篇》及《晋书·王戎传》)。

〔9〕元:通"原"。

〔10〕九庙:汉后皇帝有九庙,以供奉其祖先。

〔11〕"祖宗"句:是说列祖列宗之灵犹在天帝之旁,有自誓不忘故国宗庙之意。

送范舍人还朝[1]

平生嗜酒不为味[2],聊欲醉中遗万事[3]。酒醒客散独凄然,枕上屡挥忧国泪。君如高光那可负[4],东都儿童作胡语[5],常时念此气生瘿,况送公归觐明主[6]。皇天震怒贼得长?三年胡星失光芒,旄头下扫在旦暮,嗟此大议知谁当[7]?公归上前勉画策,先取关中次河北。尧舜尚不有百蛮,此贼何能穴中国?黄扉甘泉多故人[8],定知不作白头新[9],因公并寄千万意,早为神州清虏尘。

淳熙二年(1175)范成大为四川制置使,驻成都,与陆游为文字交。四年(1177)六月,范成大奉旨召对,东归,陆游送行直至眉州(今四川眉山)。这首诗就是陆游送范成大至眉州时写的。诗中希望范成大回朝后能建议北伐。

〔1〕范舍人:范成大,字致能,号石湖居士,吴县人,是南宋著名诗人之一。曾官中书舍人,故称之为范舍人。

〔2〕"平生"句：嗜是爱好，全句是说平生爱好喝酒不是为了酒的味道。

〔3〕遗：遗忘。

〔4〕高光：高，指西汉高帝；光，指东汉光武帝。

〔5〕"东都"句：东都汴京时已沦陷五十余年，故儿童能作女真语。

〔6〕觐：朝见。

〔7〕"嗟此"句：大议指出师北伐。当，主持。这句的意思是说，只有范成大才能建此北伐之策。

〔8〕黄扉：扉，门。古代宰相厅门涂黄色，故黄扉为宰相厅事的代称。甘泉：本汉宫名，这里借指宋宫殿。

〔9〕白头新：古谚："白头如新。"是说缺乏深刻了解的朋友，虽然相交到头发都白了的时候，还是和新交识的人一样，并没有深厚的友谊。

浣花女〔1〕

江头女儿双髻丫〔2〕，常随阿母供桑麻〔3〕，当户夜织声咿哑〔4〕，地炉豆黁煎土茶〔5〕。长成嫁与东西家，柴门相对不上车；青裙竹笥何所嗟〔6〕？插髻烨烨牵牛花〔7〕。城中妖姝脸如霞〔8〕，争嫁官人慕高华；青骊一出天之涯，年年伤春抱琵琶〔9〕。

这首诗是淳熙四年（1177）六七月间陆游在成都时写的。诗题一作《浣溪女》。诗中歌咏了当时农村姑娘的劳动生活和婚嫁情况。并且以城市争慕高华嫁与官人的妖艳女子的不幸结局为对比。

〔1〕浣花:即浣花溪,在四川成都西五里。
〔2〕双髻丫:未成年女子把头发编成两个小辫子,再总结起来。
〔3〕供桑麻:从事采桑纺麻的劳动。
〔4〕咿哑:这里指织机声。
〔5〕豆虆:即豆秸。"虆"同"秸"。
〔6〕青裙竹笥:青布裙子和竹篾箱子,言嫁妆的朴素与菲薄。
〔7〕烨(yè,音叶)烨:本光盛貌,这里是形容牵牛花的光彩。
〔8〕妖姝:妖艳的女子。
〔9〕"青骊"二句:青骊,纯黑色的马。这二句是说女子嫁与官家,做官的并不看重爱情,离家远游,结果只有弹着琵琶,在曲中诉说自己的幽愁怨恨,其遭遇就与白居易《琵琶行》诗中所写的嫁与了重利轻别离的商人那个妇人相像。

登城

我登少城门[1],四顾天地接[2]。大风正北起,号怒撼危堞。[3]九衢百万家,楼观争岌峣。卧病气壅塞,放目意颇惬。永怀河洛间,煌煌祖宗业,上天祐仁圣,万邦尽臣妾。横流始靖康[4],赵魏血可蹀[5]。小胡宁远略,为国恃剽劫[6]。自量势难久,外很中已慑[7]。籍民备胜广,陛戟畏荆聂[8]。谁能提万骑,大呼_{去声}拥马鬣,奇兵四面出,快若霜扫叶,植旗朝受降,驰驿夜奏捷[9]!豺狼一朝空,狐兔何足猎!遗民世忠义[10],泣血受污胁;系箭射我诗,往檄五陵侠[11]。

这首诗是淳熙四年(1177)七月陆游在成都时写的。作者因登城远望,联想起靖康以来,金人残杀抢劫汉族人民,以及金国势力已衰,惧怕和镇压汉族人民反抗的情形。诗中并对陷区被压迫人民的抗金行动,表示了自己的希望。

〔1〕少城:四川成都旧有太城、少城,少城在太城西,一名龟城。

〔2〕天地接:极目远望,好像天地接连在一起的样子。

〔3〕危堞:堞是城上有垛口的墙,即女墙。危堞谓高的女墙。

〔4〕横流:洪水泛滥,横行不由水道为横流。这里比喻金人入侵,北方大乱的情形。靖康:宋钦宗年号。靖康元年(1126),金人攻破汴京,次年虏宋徽宗、钦宗北去。

〔5〕"赵魏"句:赵、魏,战国时代两个国家。赵国领域约相当于今山西、河南、河北各一部分,魏国领域约相当于今河南、山西各一部分。这里举以代表黄河南北一带金兵攻占的地方。血可蹀,血流甚多,人竟可从血上走过,形容金兵残暴野蛮,杀人极多。

〔6〕剽劫:抢掠。

〔7〕"外很"句:外面凶恶,心中害怕,也就是外强中干的意思。

〔8〕"籍民"二句:籍民,登记户口。备,防备。胜广,即陈胜、吴广,是秦末农民起义运动的两个著名的领袖。陛戟,古代帝王宫殿阶陛两旁设立卫士,手持剑戟以资保护,谓之陛戟。荆聂,指荆轲和聂政,是战国时两个著名的刺客。荆轲为燕太子丹刺秦始皇,不中,被杀。聂政为严仲子刺杀韩相侠累,成功后自杀。二句是说金王朝登记户口,严防人民群众起义;同时又畏惧刺客,防卫森严。

〔9〕奏捷:即报捷。

〔10〕遗民:指沦陷区的汉族人民。

〔11〕五陵侠:五陵,即汉长陵、安陵、阳陵、茂陵、平陵,为汉高帝、惠帝、景帝、武帝、昭帝所葬处。汉代时五陵地方住有有豪侠气节的人。这

里五陵侠借指陷区英勇抗金的人民。按篇末二句是说,要以此诗号召和发动陷区的爱国义民来驱逐敌人。

猎罢夜饮示独孤生(三首选一)[1]

其二

关辅何时一战收[2]?蜀郊且复猎清秋。洗空狡穴银头鹘[3],突过重城玉腕骝[4]。贼势已衰真大庆,士心未振尚私忧。一樽共讲平戎策,勿为飞鸢念少游[5]。

  淳熙四年(1177)九月间陆游赴汉州(今四川广汉一带地方)小猎。这首诗就是在这次出猎时写的。诗中自述清秋出猎,有习武事以备北伐之意,并指出当时金势已衰,可惜南宋一些人仍然畏避苟安,不能利用这个良好时机。

  〔1〕独孤生:名策,字景略,河中人。工文章,善骑射。陆游结识于蜀中,推之为一世奇士。(见《剑南诗稿》卷十四)

  〔2〕关辅:汉于京师设置京兆、左冯翊、右扶风三个行政区,号称关中三辅(在今陕西西安一带地方)。

  〔3〕狡穴:狡兔的窟穴。银头鹘(hú,音胡):鹘即隼,猛禽类鸟。银头鹘,头上毛是银白色的隼。

  〔4〕玉腕骝:玉腕,谓马足洁白如玉;骝,黑鬣赤身的马;玉腕骝,是一种良马。

〔5〕"勿为"句:东汉光武帝时马援攻交趾(在今越南),得胜,封新息侯。于是就杀牛备酒,慰劳军士,从容地对部下说:"我的从弟少游常嫌我慷慨多大志,他曾对我说:'士生一世,但求衣食足,坐一辆短毂的车子,驾着一匹走得很慢的马,作一个郡吏,顺便还可以照顾家里,而乡里都说是个好人,就可以了。如果再想多求,那就是自找苦恼。'当我在浪泊、西里的时候,敌人还没有打败,地下是潦,天上是雾,毒气中人,抬头看见飞鸢都跕跕堕入水中。那时回念少游平时所说的事,哪里能够做到呢?现在赖大家的努力,打胜了仗,我自己首先得到奖赏,真是又喜欢又惭愧。"陆游这句诗是借用马援攻交趾途中见飞鸢堕水,因而想起少游的话这一史实,来说明有志北伐抗金的人,不应因为战争环境的艰苦就产生退缩的心情。

秋晚登城北门[1]

幅巾藜杖花城头[2],卷地西风满眼愁。一点烽传散关信,两行雁带杜陵秋[3]。山河兴废供搔首[4],身世安危入倚楼[5]。横槊赋诗非复昔[6],梦魂犹绕古梁州。

这首诗是淳熙四年(1177)九月陆游在成都时所作。诗人对着晚秋景物的萧条,想念着关中的失地,空有雄心壮志,不得实现,登楼怅望,充满了忧国伤时的苦闷。

〔1〕城北门:指成都城北门。
〔2〕幅巾:不着冠,只用丝巾一幅束头,谓之幅巾。藜杖:藜,草本植物。藜茎所做的手杖,谓之藜杖。

〔3〕"两行"句:是说鸿雁南飞,带来了长安杜陵秋意,表示对关中失地怀念的情绪。

〔4〕"山河"句:意思是说中原山河沦陷,至今未复,因之使人搔首不安。

〔5〕"身世"句:身世,指自己一生所处之世。这句的意思是说,当此倚楼远望之时,想到国家前途安危未卜,不禁百感交集。

〔6〕横槊赋诗:横槊已见《夜读岑嘉州诗集》诗注。横槊赋诗,借指乾道八年(1172)陆游于南郑任四川宣抚使幕府职时在军中作诗事。

遣 兴

耆旧日凋谢〔1〕,将如此老何?懑拈如意舞,狂叩唾壶歌〔2〕。郡县轻民力,封疆恃虏和。功名莫看镜〔3〕,吾意已蹉跎!

这首诗是淳熙四年(1177)初冬陆游在成都时作。诗中是愤慨自己年岁已老,救国壮志还不能实现;并指斥南宋政权内政败坏,滥用民力,专靠妥协求和来保障小朝廷在东南一角的偏安。

〔1〕耆旧:年老而负重望的人。

〔2〕"懑拈"二句:愤懑时则手拈如意而舞,狂放时则敲唾壶而歌,表示慷慨不平。这里是用晋王敦以如意击打唾壶事。参看《出塞曲》唾壶句注。

〔3〕"功名"句:是说功名未立,忽已老大,看镜则白发衰颜,益增感慨。

61

江楼吹笛饮酒大醉中作

世言九州外,复有大九州[1],此言果不虚,仅可容吾愁。许愁亦当有许酒[2],吾酒酿尽银河流。酌之万斛玻璃舟[3],酬宴五城十二楼[4]。天为碧罗幕,月作白玉钩,织女织庆云[5],裁成五色裘。披裘对酒难为客,长揖北辰相献酬[6]。一饮五百年,一醉三千秋。却驾白凤骖班虬[7],下与麻姑戏玄洲[8]。锦江吹笛余一念,再过剑南应小留[9]。

这首诗是淳熙四年(1177)陆游在成都时写的。诗中用神话故事中的素材,发挥自己的奔放的幻想,抒写自己的深沉的愁闷。

〔1〕"世言"二句:战国时齐国学者驺衍称中国为赤县神州。赤县神州内自有九州。而中国之外,如赤县神州者九,也叫做九州。(见《史记·孟子荀卿列传》)这种九州外复有大九州的说法,是我国古代学者对于世界的一种推测。

〔2〕许愁:许是约计数量之词,许愁就是这么多忧愁的意思。

〔3〕玻璃舟:谓酒杯。

〔4〕五城十二楼:相传昆仑山上有五城十二楼,是黄帝所造以候仙人的地方。这是汉代方士们欺骗汉武帝的话。(见《汉书·郊祀志》)

〔5〕庆云:古代迷信的说法:有一种五色的似云似烟的东西,叫作庆云,是太平之应。

〔6〕北辰:即北极星。相献酬:宾主相互敬酒。

〔7〕骖班虬(qiú,音求):凡车驾之马在旁者为骖。虬,相传龙子之

有角者叫作虬。骖班虬是说以斑白色的虬龙拉车。

〔8〕麻姑:神话中的人物,相传为古仙女。玄洲:神话中的地名,相传是神仙所居住的地方。

〔9〕"锦江"二句:锦江,在今四川华阳县境。剑南,今四川剑阁以南长江以北一带地方。锦江吹笛,传说仙人费文祎骑黄鹤,吹玉笛,往来锦江。这一句诗是说自己若果能摆脱愁闷,与传说中的人物一样成仙而去,心中却还有一个念头,就是再过剑南时,要稍作停留,不忍即刻离去。

晚登子城

江头作雪雪未成,北风吹云如有营[1]。驱车出门何所诣[2]?一放吾目登高城。城中繁雄十万户,朱门甲第何峥嵘[3]!锦机玉工不知数,深夜穷巷闻吹笙。国家自从失河北,烟尘漠漠暗两京。胡行如鬼南至海,寸地尺天皆苦兵[4]。老吴将军独护蜀[5],坐使井络无欃枪[6],名都壮邑数千里,至今不闻戎马声。安危自古有倚伏[7],相持默默非敌情[8]。棘门灞上勿儿戏,犬羊岂惮渝齐盟[9]!

这首诗是淳熙四年(1177)冬季陆游在成都时写的。诗人因蜀中富裕繁荣,安靖无事,想到吴玠将军抗金保蜀的功绩;后四句针对当时一些执掌军权的人依恃和议,不防备金人的情况,提出了及时的警告。

〔1〕如有营:好像有所经营,是说天气正在酝酿下雪。

〔2〕诣:往。

〔3〕甲第:高门大宅。

〔4〕"国家"四句：徽宗宣和七年（1125）冬，金兵南侵，黄河以北各城先后失守，开封于靖康元年（1126）闰十一月被金兵攻陷，洛阳于建炎二年（1128）被攻陷。建炎三年（1129）冬金宗弼率兵渡长江南侵，金兵所至，杀烧抢掠。高宗一路由临安逃至明州（今浙江鄞县），又乘船逃至海上，金兵下海穷追三百余里，不及而还。两京，宋以开封为东京，洛阳为西京，号称两京。

〔5〕老吴将军：指宋将吴玠。绍兴元年（1131）金宗弼企图自陕略取四川，吴玠与其弟吴璘大败之于和尚原，宗弼身中两矢，割须而逃。四年（1134）又败金兵于仙人关。川蜀得以保全，吴玠的战功是很大的。

〔6〕井络：井，井星；络，维络之意。这是说东井星在天文上为蜀地分野（列宿所当的地区）。扬雄《蜀都赋》说："上稽乾度，则井络储精。"左思《蜀都赋》亦说："远则岷山之精，上为井络。"诗中本述蜀事，故以井络代表蜀地。

〔7〕倚伏：凡事相为因果的意思。《老子》："祸兮福所倚，福兮祸所伏。"

〔8〕"相持"句：是说当时宋金两国议和，彼此息兵相持，默默不动，但这只是表面情况，敌人的野心决不止此。

〔9〕"棘门"二句：棘门，在今陕西咸阳；灞上，在今西安以东。汉文帝时，匈奴入侵，将军徐厉驻棘门，刘礼驻灞上，周亚夫驻细柳（在今陕西咸阳），以防备匈奴。文帝亲自前来劳军，至灞上及棘门军，皆直驰而入。后至细柳军，军士披甲执兵，彀弓持满，文帝不得进入。文帝使持节诏说明前来劳军后，才得进壁门。既进，又受军中规定约束，马不得驰驱，于是文帝按辔徐行至营。亚夫见到文帝时，不拜，结果以军礼相见。文帝出门后叹说："嗟乎！周亚夫才是个真正的将军！灞上棘门军，真若儿戏。他们那些将军若受到敌人袭击，都会成为俘虏的。至于亚夫，谁能够侵犯他呢？"（见《史记·绛侯世家》）二句意思是希望当时南宋掌握军

权的人,不要像汉代棘门、灞上的防备匈奴的将军一样玩忽儿戏;而应该像周亚夫治军那样,随时都严加防备。因为和约是不可依赖的,金人随时都可能撕毁和约,重来进犯。齐盟,即同盟,这里指宋金间的和议。

草堂拜少陵遗像[1]

清江抱孤村[2],杜子昔所馆。虚堂尘不扫,小径门可款[3]。公诗岂纸上?遗句处处满。人皆欲拾取,志大才苦短。计公客此时,一饱得亦罕[4],厄穷端有自,宁独坐房琯[5]?至今壁间像,朱绶意萧散[6]。长安貂蝉多[7],死去谁复算?

这首诗是淳熙四年(1177)陆游在成都作。诗中主要是歌颂伟大诗人杜甫及其长远广泛的影响,肯定他的人格和诗歌艺术成就是永垂不朽的。

[1] 草堂:杜甫于唐上元元年(760)在成都浣花溪旁筑茅屋居住,号称草堂。

[2] "清江"句:杜甫《江村》诗有"清江一曲抱村流"句,以描写草堂所在地形势。

[3] 门可款:言可叩门而入。

[4] "计公"二句:公,指杜甫。按杜甫在成都草堂居住期间,生活贫困,故云。

[5] "厄穷"二句:是说杜甫之所以穷困,正有其原因,不单是为了救房琯的事。按杜甫与房琯友善。唐肃宗时,房琯为宰相,自请率师讨安禄山,与安禄山的军队战于陈涛斜,兵败,加以客董庭兰纳贿,因而被

贬为邠州刺史。杜甫当时任左拾遗职,上疏力争,说房琯有才,不宜因小事免大臣。肃宗大怒,于是杜甫就坐房琯党,自拾遗职出为华州司功参军。

〔6〕朱绶:用红丝编织成绦,以系印环,古代常用以代表官阶品位。

〔7〕貂蝉:一种冠上的装饰品,汉时侍从贵臣用之。这里用作达官贵人的代称。

感兴(二首)

其一

少小遇丧乱[1],妄意忧元元。忍饥卧空山,著书十万言。贼亮负函贷,江北烟尘昏[2]。奏记本兵府,大事得具论[3]。请治故臣罪,深绝衰乱据[4]。言疏卒见弃[5],袂有血泪痕[6]!尔来十五年,残虏尚游魂。遗民沦左衽[7],何由雪烦冤!我发日益白,病骸宁久存?常恐先狗马[8],不见清中原!

《感兴》诗是淳熙四年(1177)陆游在成都时作。白发的诗人回顾自己的一生,始终为着人民和国家的利益而奋斗,但却受到了执政者的排挤和打击。诗人相信自己的愿望终将实现,只是耽心自己不能亲眼见到收复中原的那一天了。

〔1〕"少小"句:陆游于徽宗宣和七年(1125)冬十月生于淮上,次年

钦宗靖康元年(1126)闰十一月,金人陷汴京,陆游随其父陆宰自荥阳(今河南荥阳)避金兵移居寿春(今安徽凤阳),建炎元年(1127)又渡江归山阴。建炎三年(1129)冬金宗弼渡江南侵。次年陆游又随其父避居东阳(今浙江金华),至绍兴三年(1133)陆游九岁时才回到山阴定居。所以说是少小遇丧乱。

〔2〕"贼亮"二句:贼亮指金主完颜亮;负函贷,是说辜负了对他的包容宽大。绍兴三十一年(1161)完颜亮撕毁"绍兴和议",率大军渡淮,并进追长江。二句事指此。

〔3〕"奏记"二句:奏记,即上书。兵府,指枢密院。二句包括《八月二十二日嘉州大阅》诗"早事"句注所述诸事。

〔4〕"请治"二句:故臣,指权臣曾觌、龙大渊。陆游曾对大臣张焘说他们"招权植党,荧惑圣德",并劝他早日将这种情况告诉孝宗。二句事指此。

〔5〕"言疏"句:指陆游因反对权臣曾觌、龙大渊,被免枢密院编修,及其后因"交结台谏,鼓唱是非,力说张浚用兵"坐免隆兴通判归山阴事。

〔6〕袂(mèi,音妹):衣袖。

〔7〕沦左衽:古者"夷"、"狄"之服,其衣襟前幅向左掩,故曰左衽。沦左衽,比喻陷于金人统治之下。

〔8〕先狗马:早死之意。《史记·公孙弘传》:"恐先狗马填沟壑。"但说"先狗马",是歇后语。

其二

高帝王蜀汉,天下岂易图?幡然用其锋,项羽不支梧[1]。嗟

67

余昔从戎,久戍南郑墟[2];登高望夕烽,咫尺咸阳都。群胡本无政,剽夺常自如;民穷诉苍天,日夜思来苏[3]。连年况枯旱,关辅尤空虚[4]。安得节制帅[5],弓刀肃驰驱?父老上牛酒,善意不可孤[6]。诸将能办此,机会无时无!

这首诗是说汉高帝以巴蜀、汉中一隅能够统一中国,攻灭项羽。今中原被金侵占,人民痛苦,渴望恢复;加以连年大旱,关中尤其空虚,只要有决心从汉中出兵北伐,机会是随时都有的。

〔1〕"高帝"四句:秦末刘邦攻入秦都咸阳后,因势力不及项羽,故不得不受项羽所封汉王的称号,领巴蜀、汉中一带地方。在这种形势下,他要想统一中国是不容易的。但结果刘邦能够幡然改变策略,愈战愈强,自汉中出兵,入据关中,打败项羽,统一中国。高帝,即汉高帝刘邦。幡然,改变的意思。锋,指军士的锐气。支梧,即枝梧,对抗的意思。

〔2〕南郑:今陕西南郑县,即古汉中郡,刘邦为汉王时都此。

〔3〕"日夜"句:是说陷区人民日夜想望宋军前来解救。来苏,《尚书·仲虺之诰》:"后来其苏。"旧注:"待我君来,其可苏息。"后来"来苏"二字连用本此。这里是从困苦中解救出来的意思。

〔4〕"连年"句:淳熙二年(1175)金国有旱灾,三年金陕西等十路又有旱灾,故说连年枯旱,关辅空虚。

〔5〕节制:指挥统辖的意思。

〔6〕"父老"二句:是说关中父老将献牛酒以欢迎王师,不应辜负了他们这种好意,叫他们失望。

枕上

枕上三更雨,天涯万里游。虫声憎好梦[1],灯影伴孤愁。报国计安出？灭胡心未休。明年起飞将,更试北平秋[2]。

这首诗是淳熙四年(1177)陆游在成都时作。

〔1〕"虫声"句:憎,憎恶。这是说虫声扰人睡眠,好像是有意憎恶人酣睡入梦。

〔2〕"明年"二句:汉武帝时李广为右北平太守,匈奴畏避,称他为汉之"飞将军"。《汉书·李广传》,武帝报书曰:"将军其率师东辕,弥节白檀,以临右北平盛秋。"意思是说盛秋马肥,恐匈奴入寇,故令其戒备。这是借用李广事,希望宋朝廷能够起用良将,打退金人。

游诸葛武侯书台[1]

沔阳道中草离离[2],卧龙往矣空遗祠[3]。当时典午称猾贼,气丧不敢当王师[4]。定军山前寒食路[5],至今人祠丞相墓。松风想像梁甫吟[6],尚忆幡然答三顾[7]。出师一表千载无,远比管乐盖有余[8]。世上俗儒宁办此？高台当日读何书[9]？

这首诗是淳熙五年(1178)初春陆游在成都时作。诗人因游诸葛亮读书台,想到这位古代政治家当年的生活、出处和事业,尤其是他坚持北伐的精神,因而对他表示景仰。

〔1〕诸葛武侯书台:诸葛亮为蜀丞相,死后谥为忠武侯。相传诸葛亮相蜀时,曾在成都北筑读书台,以集诸儒,兼接待四方贤士。(见《太

平寰宇记》）

〔2〕沔阳:沔阳县,汉置,故城在今陕西沔县。蜀丞相诸葛亮率兵由汉中攻魏时,曾屯兵于此。离离:草长貌。

〔3〕卧龙:即诸葛亮。三国时徐庶曾向刘备推荐诸葛亮,说:"诸葛孔明(亮字)者,卧龙也。"祠:指沔阳道中所见的诸葛武侯祠。

〔4〕"当时"二句:典午,本"司马"二字的隐语,指司马懿。典谓主管(司);午,按照十二属的序列,午属马。诸葛亮与魏将司马懿在陕西武功一带相持。司马懿采取防御政策,诸葛亮几次挑战,他都不应。故陆游说他是"气衰不敢当王师"。

〔5〕定军山:在陕西沔县。《三国志·诸葛亮传》:"亮遗命葬汉中定军山,因山为坟冢。"寒食:旧时节日名。在冬至后一百零五日,禁火三日,故名寒食。按寒食节在清明前一二日,旧时在清明节有扫墓的习惯,故下文说:"至今人祠丞相墓。"

〔6〕梁甫吟:古歌曲名,一作梁父吟。诸葛亮未遇刘备以前,家居隆中,躬耕陇亩,好为《梁甫吟》。

〔7〕三顾:顾,这里是访求的意思。刘备曾亲自三次拜访诸葛亮,到第三次才得会见。于是诸葛亮始与刘备畅论天下形势,出为辅佐。诸葛亮《出师表》:"先帝不以臣卑鄙,猥自枉屈,三顾臣于草庐之中,谘臣以当世之事。"

〔8〕远比管乐:管,即管仲,是春秋时的政治家。管仲相齐桓公,齐国得以强盛,称霸诸侯。乐即乐毅,是战国时燕国大将。燕国先曾为齐战败,燕昭王立后,乐毅助昭王复仇,大败齐国,攻下齐国七十余城。诸葛亮未仕时,常以管仲、乐毅自比。

〔9〕"高台"句:高台,指读书台。这是说不知诸葛亮当年在这里读了些什么书,才具有管仲、乐毅那样的经世之略,言外有惊叹仰慕之意。

龙兴寺吊少陵先生寓居[1]

中原草草失承平[2],戎火胡尘到两京[3]。扈跸老臣身万里[4],天寒来此听江声!以少陵诗考之,盖以秋冬间寓此州也。寺门闻江声甚壮。

淳熙五年(1178)正月孝宗召陆游东归,二月间陆游离成都顺长江东下,秋天到达临安。这首诗是在四月间路过忠州时写的。诗人凭吊前代诗人杜甫的寓居,对于杜甫的爱国主义精神和他的遭遇,有异代同心之感。

〔1〕龙兴寺:在唐之忠州,今四川省忠县。永泰元年(765)五月杜甫离成都东下,入秋至忠州,在龙兴寺大约住了两个月的时间。少陵先生:即杜甫,参见《游锦屏山谒少陵祠堂》诗注。

〔2〕草草:仓猝之意。承平:本意是说继承已往治平之世,后遂泛用作太平讲。

〔3〕"戎火"句:两京,唐以长安、洛阳为两京。唐天宝十四年(755)安禄山据范阳叛变,率领由契丹、奚、突厥等族所组成的军队攻陷了洛阳,次年又陷长安。所以说戎火胡尘到两京。

〔4〕"扈跸"句:扈跸谓随从皇帝车驾。老臣,指杜甫。安禄山陷长安后,玄宗逃蜀,太子即位灵武,是为肃宗。杜甫由长安奔至凤翔,谒见肃宗,拜左拾遗。肃宗还长安,杜甫又随从回京。后杜甫因救房琯被调出京,穷困流离,辗转万里,至于忠州。

醉中下瞿唐峡中流观石壁飞泉[1]

吾舟十丈如青蛟,乘风翔舞从天下。江流触地白盐动[2],滟滪浮波真一马[3]。主人满酌白玉杯,旗下画鼓如春雷[4]。回头已失瀼西市[5],奇哉,一削千仞之苍崖!苍崖中裂银河飞[6],空里万斛倾珠玑。醉面正须迎乱点[7],京尘未许化征衣[8]。

这首诗是淳熙五年(1178)五月陆游东归路过四川奉节瞿唐峡时写的。

〔1〕石壁飞泉:即瀑布。

〔2〕白盐:江中浪花,看去好像白盐形状。

〔3〕"滟滪"句:滟滪,即滟滪堆,在瞿唐峡口,由石头堆于江中而成。水势湍急,四五月间江水盛涨,情势尤为险恶。行舟人有"滟滪大如马,瞿唐不可下"的谚语。陆游乘船下峡,正值五月间滟滪堆水涨的时候,所以说"滟滪浮波真一马"。

〔4〕"旗下"句:旗,谓船桅所挂的旗。画鼓,鼓上饰以图画。放舟出峡时,舟人往往击鼓而行。如春雷,形容鼓声之响。

〔5〕瀼西:即今四川奉节,其地在瀼水之西,故称瀼西。

〔6〕银河飞:谓瀑布飞流,如银河从天而下。

〔7〕乱点:谓瀑布飞沫。

〔8〕化:沾污的意思。征衣:行旅的衣服。

屈平庙[1]

委命仇雠事可知[2],章华荆棘国人悲[3]。恨公无寿如金石,不见秦婴系颈时[4]!

这首诗是淳熙五年(1178)陆游东归路经归州(今湖北秭归)时作。诗中指责楚怀王不应该向敌国屈辱求和,惋惜屈原没有能够亲见秦国的覆灭,这都是和作者自己对现实的感慨交织在一起的。

〔1〕屈平庙:屈平,屈原名。《剑南诗稿·归州重五》诗原注:"屈平祠在州东南五里归乡沱。"屈平庙当即指此。

〔2〕"委命"句:这是说秦国是楚国的仇敌国,楚怀王、襄王不抗秦而亲秦,竟把自己的命运交到仇敌手里,其国事前途不问可知。战国时秦楚争霸,怀王不听从屈原联齐抗秦的政策,楚国陷于孤立,为秦惠王所败。后怀王又应秦昭王之约入秦,被扣,死在秦国。楚顷襄王继立,信赖权臣,放逐屈原,继续执行亲秦政策。后秦兵大破楚,攻破楚郢都。至秦始皇二十四年(前223)楚终为秦所灭。

〔3〕"章华"句:言楚亡之后,宫殿荒芜,人民悲痛。章华,台名,楚灵王所建筑,故址在今湖北监利县西北。

〔4〕"恨公"二句:古诗云:"人生忽如寄,寿无金石固。"二句是说屈原不能如金石之长寿,亲眼看见秦婴系颈,故陆游引以为恨。汉元年(206)十月,刘邦兵攻入咸阳。"秦王子婴素车白马,系颈以组(丝制的绦绳),封皇帝玺、符、节(都是印信之属)",向刘邦投降。秦婴系颈事指此。(见《史记·高祖本纪》)

楚城[1]

江止荒城猿鸟悲,隔江便是屈原祠。一千五百年间事,只有滩声似旧时[2]。

这首诗是淳熙五年(1178)路过归州时写的。

〔1〕楚城:楚王城在归州境长江南岸。见陆游《入蜀记》。

〔2〕"一千"二句:一千五百年,屈原是公元前三四世纪时人,陆游写这首诗是在公元后十二世纪,故距屈原时已大约有一千五百年。这二句是说这一千五百年间,世事变迁,只有江上滩声还是和从前一样。这反映了作者感慨时事的心情。

小雨极凉,舟中熟睡至夕

舟中一雨扫飞蝇,半脱纶巾卧翠藤[1]。清梦初回窗日晚,数声柔橹下巴陵[2]。

这首诗是淳熙五年(1178)夏陆游东归将近巴陵时作。

〔1〕纶(guān,音关)巾:是用青丝绶做的一种冠。翠藤:此指藤制卧具。

〔2〕巴陵:地名,即今湖南岳阳。

六月十四日宿东林寺[1]

看尽江湖千万峰,不嫌云梦芥吾胸[2]。戏招西塞山前月[3],来听东林寺里钟。远客岂知今再到[4],老僧能记昔相逢。虚窗熟睡谁惊觉[5]?野碓无人夜自舂[6]。

这首诗是淳熙五年(1178)六月陆游东归路过江西九江时作。

〔1〕东林寺:在江西九江庐山麓,为我国古代著名寺院之一。
〔2〕云梦:见《哀郢》诗"云梦"注。芥吾胸:犹芥蒂,芥蒂是鲠碍之物。芥吾胸,是说心胸为之鲠碍阻塞。
〔3〕西塞山前月:西塞山,这里是指湖北大冶县东的西塞山,山临长江。乾道六年(1170),陆游入蜀时曾住宿在西塞山的对岸。当夜正是八月中秋时节,陆游曾这样记述当时的月景:"空江万顷,月如紫金盘,自水中涌出,平生无此中秋也。"(见《入蜀记》)
〔4〕"远客"句:远客,作者自谓。陆游入蜀路过九江时,曾游历庐山,并住宿在东林寺,故说是"再到"。
〔5〕虚窗:指窗户说,凡开窗户,必空其中,故云。
〔6〕野碓(duì音对):碓,舂米之具。野碓,田野间的水碓。

登赏心亭[1]

蜀栈秦关岁月遒[2],今年乘兴却东游。全家稳下黄牛

75

峡[3],半醉来寻白鹭洲[4]。黯黯江云瓜步雨[5],萧萧木叶石城秋[6]。孤臣老抱忧时意,欲请迁都涕已流[7]。

这首诗是淳熙五年(1178)陆游东归路过江宁(今南京)时作。作者因登亭眺望江宁附近景色,再一次想起了他从前上书请求经营建康(即南京)为国都的建议。

〔1〕赏心亭:在江宁西下水门城上,亭临秦淮河。《入蜀记》:"自新河入龙光门,城上旧有赏心亭。"

〔2〕"蜀栈"句:川陕之间,山势极险,架木为路,以通行人,谓之栈道。(参看《旧次汉中境上》"云栈"注)岁月遒(qiú,音求),时光迫促、忽忽已尽之意。这句诗是说陆游在四川陕南八年,匆匆就过去了。

〔3〕黄牛峡:在今湖北宜昌西。长江流经黄牛峡,水势湍急纡曲。

〔4〕白鹭洲:在今南京西南长江中。

〔5〕瓜步:地名,在今江苏六合东南,东临长江。

〔6〕石城:即石头城,南京古号石头城。

〔7〕迁都:陆游认为南宋不宜以临安为都城,而应以建康(今南京)为都城。孝宗隆兴元年(1163)陆游有《上二府论都邑札子》,其中说:"江左自吴以来,未有舍建康他都者。……车驾驻跸临安,出于权宜,本非定都。以形势则不固,以馈饷则不便,海道逼近,凛然常有意外之忧。"(见《渭南文集》)

冬夜闻雁有感

从军昔戍南山边,传烽直照东骆谷。军中罢战壮士闲,细草平郊恣驰逐。洮州骏马金络头[1],梁州球场日打球。玉杯传酒和鹿血,女真降虏弹箜篌[2]。大呼拔帜思野战,杀气当年赤浮面。南游蜀道已低摧[3],犹据胡床飞百箭。岂知蹭蹬还江边,病臂不复能开弦。夜闻雁声起太息,来时应过桑干碛[4]。

陆游于淳熙五年(1178)秋自蜀抵临安后,曾暂回山阴镜湖故居。这首诗就是这年初冬在山阴时写的。诗中因闻北来雁讯,回忆起自己在陕南从军以及在四川时期的生活,并因自己已脱离戎幕,而北方失地尚未收复,不禁感慨叹息。

〔1〕洮州:州治在今甘肃临潭。络头:马笼头。
〔2〕女真:女真族。金国即女真族所建。箜篌:古乐器名,二十五弦。
〔3〕低摧:谓豪气低落摧折。
〔4〕桑干:河名,即今永定河。源出山西朔县,流入河北境,至天津浦口入运河。

过灵石三峰(二首选一)[1]

其一

奇峰迎马骇衰翁[2],蜀岭吴山一洗空[3]。拔地青苍五千仞,劳渠蟠屈小诗中[4]。

这首诗是淳熙五年(1178)冬陆游自山阴赴福建建安任提举福建常平茶盐公事,路过灵石山时写的。

〔1〕灵石三峰:灵石山即江郎山,又名须郎山,在浙江江山县南,拔地如笋,高六百寻(八尺为一寻),上有三峰,峰各有巨石,高数十丈。

〔2〕衰翁:作者自谓。

〔3〕"蜀岭"句:这句的意思是说,巴蜀和江南的山都不如灵石三峰之奇,相形之下,为之减色,这样就好像吴蜀两地简直就没有山似的。

〔4〕"拔地"二句:仞,古以周尺七尺或八尺为一仞。五千仞,极言其高。渠与"其"通,指灵石三峰。二句是说灵石三峰拔地数千尺,高入云霄,要把这样峻高奇伟的山峰写在一首小诗里,真是委屈它。

前有樽酒行(二首选一)

其二

绿酒盎盎盈芳樽[1],清歌袅袅留行云[2]。美人千金织宝裙,水沉龙脑作燎焚[3]。问君胡为惨不乐?四纪妖氛暗幽朔[4];诸人但欲口击贼[5],茫茫九原谁可作[6]!丈夫可为酒色死?战场横尸胜床笫[7]。华堂乐饮自有时,少待擒胡献天子。

这首诗是淳熙六年(1179)夏陆游在建安(今福建建瓯县)时写的。

诗中暴露了当时达官贵人们酒色荒淫的生活,斥责他们在荒淫生活中口头空谈抗敌,肯定为国战死才是最光荣的,指出现在敌人还没有打败,不应该忙于华堂宴饮。

〔1〕盎盎:杯中酒满的样子。

〔2〕"清歌"句:清歌,独歌。袅袅,形容歌声悠扬婉转。这句诗是说歌声美妙,简直都能使天上的行云停止不前。这是借用古代歌手秦青的故事。相传秦青"抚节悲歌,声振林木,响遏行云"。(见《列子·汤问》)

〔3〕水沉:即沉香。龙脑:即龙脑香。燎:即火把。

〔4〕幽朔:泛指北方沦陷地区。

〔5〕口击贼:嘴里空嚷打击敌人,实际上并不在这方面作真正的努力。《晋书·朱伺传》:"江夏太守杨珉,每请督将议拒贼之计,伺独不言。珉曰:'朱将军何以不言?'伺答曰:'诸人以舌击贼;伺惟以力耳!'"

〔6〕"茫茫"句:九原,本春秋时晋国卿大夫墓地,后通用为九泉或地下之义。作,这里是死而复生的意思。这句意思是慨叹一些真能击贼的有为之士已死去不能复生。

〔7〕"丈夫"二句:是说大丈夫岂可无志气,荒淫逸乐,死于酒色之中,牺牲在战场上比死在家里要光荣得多。笫(zǐ,音紫),即竹床。《后汉书·马援传》:"男儿要当死于边野,以马革裹尸还葬耳。何能卧床上,在儿女子手中邪?"

雨夜不寐,观壁间所张魏郑公砥柱铭[1]

疾风三日横吹雨[2],竹倒荷倾可怜汝。空堂无人夜向中[3]，卧看床前烛花吐。壮怀耿耿谁与论[4]？搘床老龟不能语[5]。世间岂无一好汉，叱咤暗呜气吞虏[6]？壁间三丈砥柱铭，贞观太平如更睹[7]。何当鼓吹渡河津[8]，下马观碑驰马去？

这首诗是淳熙六年（1179）夏陆游在建安时写的。诗人在夜雨中睡不着觉，看着壁上张挂的"砥柱铭"，联想到刻铭的时间乃是中国国势最盛的一个时代，可是现在刻铭的地方还沦陷在金人手里，因而又激起他的雄心，渴望有一天收复失土，亲自到那刻石的地方，下马观碑，驰马而去。

〔1〕魏郑公：即魏徵。唐太宗时，官至左光禄大夫，进封郑国公。砥柱铭：砥柱，山名，即底柱山，又名三门山。在今河南陕县黄河中流，相传夏禹凿砥柱山，以通河水。贞观十二年（638），太宗观砥柱，勒石纪功，魏徵为之铭。

〔2〕疾风：急风。

〔3〕夜向中：将近夜半。

〔4〕耿耿：光明磊落之意。

〔5〕搘（zhī，音之）床老龟：搘，支撑。传说古代南方有老人用龟搘床足。过了二十多年，老人死了，别人把床搬移，发现龟还活着。（见《史记·龟策列传》）

〔6〕叱咤：发怒声。喑（yīn，音音）呜：心怀怒气。

〔7〕贞观太平：魏徵辅佐唐太宗实行一些缓和当时社会矛盾和恢复社会生产的政策，使唐太宗统治时期成为我国封建社会著名的社会秩序安定时期，史称"贞观之治"。贞观（627—649），是唐太宗年号。

〔8〕鼓吹：本箫、笳、钲、鼓等合奏的军乐，此处作奏军乐讲。河津：

即龙门,在今山西河津县西。这里泛指黄河的津渡。

醉书

半年愁病剧[1],一雨喜凉新。稍与药囊远[2],初容酒盏亲[3]。浩歌惊世俗,狂语任天真。我亦轻余子[4],君当恕醉人[5]。

  这首诗是淳熙六年(1179)秋陆游在建安时写的。诗中对世俗庸碌的人物有鄙视的意思。
  [1]"半年"句:陆游自淳熙六年春末生病,至秋天约已病了半年。病剧,病得厉害。
  [2]药囊:煎药的布袋。
  [3]"初容"句:陆游自春末以来,因病止酒,到写此诗时病稍转轻,刚能饮酒。盏,酒杯。
  [4]"我亦"句:后汉祢衡看不起当时一班士大夫,只同孔融、杨修二人交好,常常说:"大儿孔文举(融字),小儿杨德祖(修字),余子碌碌,莫足数也!"余子,指孔、杨以外的其余那些人。这里陆游浩歌狂语,对世上庸俗的人表示轻视,故以祢衡自比。
  [5]"君当"句:意思是说:我醉后浩歌狂语,你们应当谅恕。按这句诗是借用陶渊明《饮酒》诗"但恨多谬误,君当恕醉人"句。

枕上感怀

五更揽辔山路长,老夫诵书声琅琅。古人已死心则在,度越秦汉窥虞唐[1]。三更投枕窗月白,老夫哦诗声啧啧。渊源雅颂吾岂敢,屈宋藩篱或能测[2]。一代文章谁汝数[3]?老不能闲真自苦。君王虽赏于蔿于,无奈宫中须羯鼓[4]!

淳熙六年(1179)秋末陆游自建安北上,这首诗是行近衢州(今浙江衢县)时写的。诗中述说了作者勤奋诵读古代典籍,及其在诗歌方面学习古人的情形,并因自己的作品得不到应有的重视,感到苦闷。

〔1〕度越:超过。

〔2〕"渊源"二句:《诗经》是我国周代诗歌的总集,中包括"风"、"雅"、"颂"三个组成部分。这里举"雅颂"代表《诗经》。屈宋,指战国时作家屈原和宋玉。藩篱是户外的篱笆。这二句是作者自谦说他的诗作不敢自说是渊源于《诗经》,但或者刚刚能够窥见屈原、宋玉的门墙而已。

〔3〕谁汝数:汝,作者自指。数,数算之意。是说谁会数到我自己。

〔4〕"君王"二句:于蔿于,唐玄宗在洛阳大举宴饮,命三百里内县令刺史都带着声乐来集会。河内太守乐伎几百人,很为奢丽;而鲁山令元德秀却只有几十个歌伎,歌唱他自己编制的歌曲《于蔿于》。玄宗听了《于蔿于》之后,很为惊异,叹说:"贤人之言哉!"同时认为河内太守一定给老百姓造成很多困苦,就黜免了他。(见《新唐书·元德秀传》)羯鼓,羯族所制的乐器,两头可击。唐玄宗曾在二月初雨后放晴柳杏将吐芽的一个早晨,刚刚梳洗完毕,就命在宫中纵击羯鼓,自制《春光好》曲。等到回头一看,殿庭内的柳杏却都已发出嫩芽来。(见南卓《羯鼓录》)二句是说唐玄宗虽然也赏识《于蔿于》那样的诗作,但他宫中所真正爱好的还只是可供颂扬风光的羯鼓所奏出的乐声。这两句诗里包含着诗人对自己平生遭遇的不平和怨叹。按此用李白《玉壶吟》篇末句法。

弋阳道中遇大雪[1]

我行江郊暮犹进,大雪塞空迷远近。壮哉组练从天来[2],人间有此堂堂阵[3]。少年颇爱军中乐,跌宕不耐微官缚[4],凭鞍寓目一怅然,思为君王扫河洛。夜听簌簌窗纸鸣[5],恰似铁马相磨声[6]。起倾斗酒歌出塞[7],弹压胸中十万兵[8]。

淳熙六年(1179)冬十二月陆游去抚州(今江西临川县)任提举江南西路常平茶盐公事职。这首诗是他由衢州(今浙江衢县)去抚州行经弋阳道中时写的。

〔1〕弋阳:即今江西弋阳县。

〔2〕组练从天来:组练,原是组甲和被练,都是古代士卒的甲服。组甲,谓以组缀甲,车士服之;被练,以帛缀甲,步卒服之。组练是白色,故以组练从天而降比塞空大雪。

〔3〕堂堂阵:庄严盛大的阵容。

〔4〕跌宕:放纵不羁。

〔5〕簌(sù,音素)簌:窗纸响的声音。

〔6〕铁马:披铁甲的战马。

〔7〕出塞:汉横吹曲名。陆游也有以《出塞曲》为题的诗。

〔8〕"弹压"句:弹压犹镇压。这是因大雪想到行军,好像有十万大兵在胸中活动,因而想痛饮高歌,把激动的情绪镇压下去。

雪后苦寒,行饶抚道中有感[1]

残雪暮还结[2],朔风晴更寒[3]。重裘犹粟肤[4],连酌无骍颜[5]。指直不可握,终日缩袖间。十年走万里[6],何适不艰难[7]?附火财须臾[8],揽辔复慨叹[9]:恨不以此劳,为国戍玉关!

这首诗是淳熙六年(1179)十二月陆游将至抚州时写的。诗人在长途风雪中慨叹自己十年来奔走万里,于国家无补,并不能将这种辛劳用到为国家戍守边疆的事业上去,故引以为恨。

〔1〕饶抚:饶,饶州,州治在今江西鄱阳县。抚,即抚州。
〔2〕结:谓冻结。
〔3〕朔风:北风。
〔4〕粟肤:皮肤受了寒冻,发生一种像粟米般的颗粒。
〔5〕骍(xīng,音兴)颜:骍是赤色,骍颜是说面色发赤。
〔6〕"十年"句:陆游自乾道六年(1170)自浙江山阴入蜀,后又至陕南,又自成都东归临安,又去福建建平,现在又去江西抚州,故十年间奔走已有万里。
〔7〕何适:何往。
〔8〕财:通"才"。
〔9〕叹:此处读平声。

闻雁

过尽梅花把酒稀,熏笼香冷换春衣[1]。秦关汉苑无消息,又在江南送雁归[2]!

这首诗是淳熙七年(1180)正月陆游在抚州时写的。

〔1〕"熏笼"句:熏炉上面覆笼,谓之熏笼。冬天熏衣时炉中杂以香料,现在天气渐暖,已换春衣,则炉火停烧,故曰香冷。

〔2〕"秦关"二句:秦关即秦函谷关,在今河南灵宝县西南。汉苑指西汉上林苑,在今陕西西安市附近,是西汉帝王射猎的地方。这是说秦关汉苑地方都沦于金人,渺无消息,而自己却又在江南目送北雁归去,所以心里非常难过。

登拟岘台[1]

层台缥缈压城闉[2],倚杖来观浩荡春[3]。放尽樽前千里目,洗空衣上十年尘。萦回水抱中和气[4],平远山如酝藉人[5]。更喜机心无复在[6],沙边鸥鹭亦相亲。

这首诗是淳熙七年(1180)正月陆游在抚州时写的。

〔1〕拟岘(xiàn,音现)台:在今江西临川县。台下临汝水,风景极佳。

〔2〕城闉(yīn,音阴):城曲。

〔3〕浩荡春:广大无边的春光。

〔4〕萦回:纡回旋绕。中和气:言其水势回环平缓,无奔流激湍,故有雍容和平气象。

〔5〕酝藉人:有含蓄修养的人。

〔6〕机心:机变谋人之心。

庚子正月十八日送梅[1]

满城桃李争春色,不许梅花不成雪[2]。世间尤物无盛衰,万点萦风愈奇绝[3]。我行柯山眠酒家[4],初见窗前三四花。恨无壮士挽斗柄,坐令东指催年华[5]。今朝零落已可惜,明日重寻更无迹。情之所钟在我曹[6],莫倚心肠如铁石[7]。

这首诗是淳熙七年(1180)正月陆游在抚州时写的。

〔1〕庚子:宋孝宗淳熙七年为庚子年。送梅:梅花已在凋谢,作诗送之。

〔2〕成雪:是说梅花花瓣飘落就好像下雪一样。

〔3〕"世间"二句:尤物,特异之物。指梅花。万点,极言飞落梅花花瓣之多。二句是说梅花在盛开时固然是美,然而在随风飘落的时候,却更显得风姿独绝。

〔4〕我行柯山:柯山,即烂柯山,在今浙江衢县。陆游淳熙六年(1179)年底来抚州时曾行经柯山。

〔5〕"恨无"二句:斗柄,北斗七星的第五、第六、第七三星叫作斗

柄。东指,北斗四时运转,斗柄指向东方时,则天下皆春。二句是慨叹没有壮士能够挽回斗柄的运转,以致斗柄东指,冬去春来,一年又过。

〔6〕"情之"句:我曹,犹言我辈、我们。此句用《世说新语·伤逝篇》王戎语:"情之所钟,正在我辈。"

〔7〕"莫倚"句:倚,自恃之意。这是说自己爱好梅花亦如宋广平(璟)一样,虽然有人家以为他是铁石心肠,但所作《梅花赋》极为富艳,未能忘情。

雨后独登拟岘台

高城断处阁横空,目力虽穷兴未穷。燕子争泥朱槛外[1],人家晒网绿洲中。谁能招唤三秋月[2]?我欲凭陵万里风[3]。更比岘山无湛辈[4],论交惟是一枝筇[5]。

这首诗是淳熙七年(1180)夏季陆游在抚州时写的。

〔1〕争泥:谓燕子争相衔泥筑巢。朱槛:红栏干。

〔2〕三秋:这里指秋季九月。

〔3〕凭陵:居高临下,犹乘御之意。

〔4〕"更比"句:拟岘台是宋裴材为抚州太守时所建,因其山川形势有似湖北襄阳县岘山,所以叫作拟岘台。湛,指邹湛。晋时羊祜曾登岘山,慨然叹息,对邹湛等说:"自有宇宙,便有此山。由来贤达胜士登此远望如我与卿者多矣,皆湮没无闻,使人悲伤!"邹湛说:"公德冠四海,道嗣前哲,令闻令望,必与此山俱传。至若湛辈乃当如公言耳。"(见《晋书·羊祜传》)陆游一人独登拟岘台,不像晋羊祜登岘山那样有邹湛等

人陪同,所以说是"更比岘山无湛辈"。

〔5〕"论交"句:筇(qióng,音穷),竹杖。全句是说独自登山,论起交情来,只有随身携带的一根竹杖,是自己的好朋友。

五月十一日夜且半,梦从大驾亲征,尽复汉唐故地,见城邑人物繁丽,云:西凉府也。喜甚,马上作长句,未终篇而觉,乃足成之〔1〕

天宝胡兵陷两京〔2〕,北庭安西无汉营〔3〕。五百年间置不问〔4〕,圣主下诏初亲征。熊罴百万从銮驾〔5〕,故地不劳传檄下。筑城绝塞进新图〔6〕,排仗行宫宣大赦〔7〕。冈峦极目汉山川,文书初用淳熙年。驾前六军错锦绣〔8〕,秋风鼓角声满天。苜蓿峰前尽停障〔9〕,平安火在交河上〔10〕。凉州女儿满高楼,梳头已学京都样。

这首诗是淳熙七年(1180)五月陆游在抚州时写的。

〔1〕大驾:皇帝的车驾。汉唐故地、西凉府:汉唐皆置凉州,汉唐故地指此。宋初以凉州为西凉府,后沦没于西夏。府治在今甘肃武威县。

〔2〕"天宝"句:见《龙兴寺吊少陵先生寓居》诗注。

〔3〕北庭、安西:唐时设北庭都护府,安西都护府。北庭都护府治在今新疆孚远县,安西都护府治在今新疆吐鲁番县,两地都在唐贞元年间陷于吐蕃。

〔4〕五百年:自唐贞元年间至宋淳熙年间,不到四百年,作者的意

思是从天宝之乱算起,到此已四百余年。五百年,是举其成数。

〔5〕 熊、罴:都是猛兽,这里借喻武士。

〔6〕 绝塞:边塞绝远之处。

〔7〕 排仗:排列仪仗。

〔8〕 六军:古制,天子有六军。

〔9〕 苜蓿峰:岑参诗:"苜蓿峰前逢立春。"苜蓿峰,疑当在今甘肃西部。停障:即亭障,驻兵防戍之所。

〔10〕 平安火:唐制,每三十里置一烽候,每日初夜举烽燧以报平安,叫做平安火。交河:旧县名,县治在今新疆吐鲁番县西,唐时曾设安西都护府于此。

冒雨登拟岘台观江涨

雨气分千嶂[1],江声撼万家。云翻一天墨[2],浪蹴半空花[3]。喷薄侵虚阁[4],低昂泛断槎[5]。壮游思夙昔,乘醉下三巴[6]。

这首诗是淳熙七年(1180)仲夏陆游在抚州时写的。

〔1〕 分:分散弥漫之意。一本作"昏"。

〔2〕 "云翻"句:是说乌云翻腾,满天都成墨色。

〔3〕 "浪蹴"句:是说波涛汹涌浪花高溅半空。蹴,踢起。

〔4〕 喷薄:水涌起的样子。

〔5〕 低昂:这里是说随波涛上下。槎(chá,音茶):这里指木簰竹筏之类。

〔6〕"壮游"二句:壮游,快意之游。夙昔,往时。三巴,东汉末置巴郡、巴东、巴西三郡,这里泛指蜀地。二句因登台观江涨,联想起从前出蜀泛江时的情景。

薙庭草[1]

露草烟芜与砌平[2],群蛙得意乱疏更[3]。微凉要作安眠地,放散今宵鼓吹声[4]。

这首诗是淳熙七年(1180)五月在抚州时写的。

〔1〕薙(tì,音替):除草。
〔2〕烟芜:烟中乱草。烟谓山水云雾之气。砌:阶石。
〔3〕乱疏更:是说蛙声打乱了更漏声。
〔4〕"微凉"二句:鼓吹,这里作一般乐歌讲,用来借喻蛙鸣。按南齐时人孔稚珪院子里荒草不剪除,有青蛙在草里叫。有人问他,孔稚珪笑答说:"我以此当两部鼓吹。"这二句意思是说,夏夜稍凉,正需要使住的地方安静,所以薙除庭草,使蛙不能栖息鸣叫,以免扰人睡眠。

大雨逾旬,既止复作,江遂大涨(二首选一)

其二

一春少雨忧旱暵,熟睡湫潭坐龙懒[1]。以勤赎懒护其短,水浸城门渠不管[2]。传闻霖潦千里远,榜舟发粟敢不勉[3]。空村避水无鸡犬,茆舍夜深萤火满[4]。民家避水,多依丘阜,以小舟载米赈之。

淳熙七年(1180)五月江西水灾,陆游在抚州提举江南西路常平茶盐公事职,命舟船载米赈济灾民,并奏请朝廷拨义仓粮赈灾,又檄江西诸郡地方官给灾民发放粮食。诗中描写了水灾严重的情况,表现了作者对于人民的关怀。

〔1〕"一春"二句:旱暵(hàn,音汗),旱天的热气。坐,因为的意思。古代迷信说法:龙有兴云致雨的力量。二句是说龙因为懒,在湫潭里熟睡起来,所以一春少雨,旱暵可忧。
〔2〕渠:与"其"通,指龙说。
〔3〕榜舟:使船行进。
〔4〕茆:同"茅"。

秋旱方甚,七月二十八夜忽雨,喜而有作

嘉谷如焚稗草青[1],沉忧耿耿欲忘生[2]。钧天九奏箫韶乐[3],未抵虚檐泻雨声。

这首诗是淳熙七年(1180)七月在抚州时作。当时抚州秋旱禾枯,忽而降雨,他就欢喜写道:就是传说中所说的天上的音乐,也抵不上屋檐泻雨的声音来得好听。

〔1〕嘉谷:即禾苗。稗草:野草。

91

〔2〕沉忧:犹深忧。耿耿:夜不安寝的样子。

〔3〕钧天:中央为钧天,犹言上天。九奏:演奏九遍。箫韶:相传为古帝虞舜的音乐,《尚书·益稷》:"箫韶九成,凤凰来仪。"九成与九奏同。

寄奉新高令〔1〕

小雨催寒着客袍,草行露宿敢辞劳。岁饥民食糟糠窄,吏惰官仓鼠雀豪〔2〕。只要闾阎宽箠楚,不须亭障肃弓刀〔3〕。九重屡下丁宁诏〔4〕,此责吾曹未易逃。

这首诗是淳熙七年(1180)十月陆游自抚州去高安县时作。他目睹人民生活穷困,官吏不顾民间疾苦,于是大声疾呼,为民请命,指出减轻人民负担,是地方官吏不容逃避的职责。

〔1〕奉新高令:奉新,县名,即今江西奉新县。高令,即奉新县令高南寿,在任时奉新发生灾荒,他比较认真地采取了一些救灾的措施。

〔2〕"吏惰"句:言官吏贪污懒惰,官仓管理疏忽,鼠雀偷食,消耗甚多。豪,肆无忌惮的意思。

〔3〕"只要"二句:闾,里门;阎,里中门。闾阎借指民间。箠(chuí,音垂)楚,古之杖刑。二句意思是说,只要官吏不过分鞭挞人民,减轻对人民的压榨,社会就自然安定,不需要武力镇压。

〔4〕九重:天子所居的地方,这里指宋朝廷。丁宁:俗作叮咛,再三告诫的意思。

渔浦[1]

桐庐处处是新诗[2],渔浦江山天下稀。安得移家常住此?随潮入县伴潮归。

淳熙七年(1180)十一月陆游因奏请朝廷拨义仓粮及檄诸郡发粮赈济江西灾民,因而失去了提举江南西路常平茶盐公事的官职。年底返归山阴,途中过桐庐县至渔浦时写了这首诗。

〔1〕渔浦:地名,在浙江萧山县西三十里。见《嘉泰会稽志》。
〔2〕桐庐:即今浙江桐庐县。

小园(四首选二)

其一

小园烟草接邻家,桑柘阴阴一径斜[1]。卧读陶诗未终卷[2],又乘微雨去锄瓜。

这是淳熙八年(1181)四月陆游在浙江山阴三山地方居住时,抒写他的田园生活的诗。

〔1〕阴阴:幽暗的样子。

〔2〕陶诗:陶渊明的诗,陶诗有很多是描写他的田园生活的。

其三

村南村北鹁鸪声,水刺新秧漫漫平〔1〕。行遍天涯千万里,却从邻父学春耕。

〔1〕漫漫:无边际的样子。

九月三日泛舟湖中作〔1〕

儿童随笑放翁狂〔2〕,又向湖边上野航。鱼市人家满斜日,菊花天气近新霜。重重红树秋山晚,猎猎青帘社酒香〔3〕。邻曲莫辞同一醉〔4〕,十年客里过重阳。予自庚寅至辛丑,始见九日于故山〔5〕。

这首诗是淳熙八年(1181)九月陆游在山阴三山居住期间写的。

〔1〕湖:指山阴镜湖。
〔2〕放翁:陆游于淳熙三年(1176)自号放翁。《宋史·陆游传》:"范成大帅蜀,辟(游)为参议官。以文字交,不拘礼法,人讥其颓放,因自号放翁。"
〔3〕猎猎:风声。
〔4〕邻曲:邻居曲巷为邻曲,即邻舍、邻人的意思。
〔5〕庚寅:宋孝宗乾道六年(1170)为庚寅年。辛丑:宋孝宗淳熙八

年(1181)为辛丑年。九日:即旧历九月九日重阳节。

书 悲(二首选一)

其一

今日我复悲,坚卧脚踏壁[1]。古来共一死,何至尔寂寂[2]?秋风两京道,上有胡马迹。和戎壮士废[3],忧国清泪滴。关河入指顾[4],忠义勇推激[5]。常恐埋山丘[6],不得委锋镝[7]。立功老无期,建议贱非职[8]。赖有墨成池,淋漓豁胸臆[9]。

这首诗是淳熙八年(1181)九月陆游在山阴时作。诗人免官乡居期间,感于南宋朝廷向金人妥协议和,而自己立功无期,建议无由,只有靠着文字来抒写自己悲愤的心情。

[1] 坚卧:躺在床上坚持不起。
[2] 尔寂寂:尔,如此的意思。寂寂,寂寞冷落,形容不得志。这里或是用王融"为尔寂寂,邓禹笑人"的话,则"尔"当作"你"解,乃作者自指,也说得通。
[3] "和戎"句:是说南宋朝廷既与金国议和,不想用兵收复失地,以致壮士废去不用。这里壮士是作者自指。
[4] "关河"句:关谓函谷关,河谓黄河;关河,泛指关中和中原失地。这句诗是说关中和中原失地都在手指目顾之间,相去甚近。

95

〔5〕推激:推举激励之意。

〔6〕埋山丘:是说老死家中。

〔7〕委锋镝:委谓委弃生命。锋镝,兵刃箭镞之类。委锋镝,是说牺牲于战场。

〔8〕"建议"句:意思是说自己免官乡居,地位卑贱,想给朝廷建议恢复之策,但这不是自己卑贱的职位内所允许做的事。

〔9〕"赖有"二句:墨,指笔墨文章说。淋漓,形容墨沾足的样子。豁胸臆,犹言使心胸为之开阔。二句是说,只有靠着笔墨文章来抒写胸中的愁闷。

湖村月夕(四首选一)

其二

锦城曾醉六重阳〔1〕,回首秋风每断肠。最忆铜壶门外路〔2〕,满街歌吹月如霜〔3〕。

这首诗是淳熙八年(1181)九月陆游在山阴写的。诗中回忆旅居成都时所见街市上歌唱鼓吹,欢度重阳节的情景。

〔1〕"锦城"句:锦城即锦官城,故址在今四川成都市南,这里指成都。这句诗是说曾在成都度过六次重阳节。按陆游曾在四川度过六次重阳节,其中三次是在成都。

〔2〕铜壶门:在成都。《渭南文集·铜壶阁记》:"(阁)南直剑南、西

川门,西北距府五十步。"则铜壶门亦当在此附近。

〔3〕歌吹:谓歌唱鼓吹。

蔬圃绝句(七首选一)[1]

其二

百钱新买绿蓑衣,不羡黄金带十围[2]。枯柳坡头风雨急,凭谁画我荷锄归[3]?

这首诗是淳熙八年(1181)十月陆游在山阴作。

〔1〕蔬圃:菜园。绝句:我国古典诗的一种体裁,属近体诗类。每首绝句有四句。五字一句者为五言绝句,简称五绝;七字一句者为七言绝句,简称七绝。此诗为七言绝句。

〔2〕"不羡"句:金带,古代官服的腰带,饰以黄金,故名金带。宋制,四品官得服金带。十围谓金带的长度;围,度圆的单位,五寸为一围,一说三寸为一围。这句诗意思是说对达官贵人无所羡慕。

〔3〕荷锄:以肩负锄。

灌园[1]

少携一剑行天下,晚落空村学灌园。交旧凋零身老病[2],轮困肝胆与谁论[3]！

这首诗是淳熙八年(1181)十月在山阴时写的。

〔1〕灌园：灌溉田园。指农事说。
〔2〕凋零：原指草木凋谢零落，这里借喻人之死亡。
〔3〕轮囷(qūn，音逡)句：轮囷，屈曲的样子。肝胆，借喻心中之至诚。这句诗意思是说满腔郁结之情无人可与谈论。

十月二十六日夜，梦行南郑道中；既觉恍然，揽笔作此诗，时且五鼓矣

孤云两角不可行[1]，望云九井不可渡[2]。嶓冢之山高插天[3]，汉水滔滔日东去。高皇试剑石为分[4]，草没苔封犹故处。将坛坡陀过千载，中野疑有神物护。我时在幕府，来往无晨暮。夜宿沔阳驿，朝饭长木铺[5]。雪中痛饮百榼空[6]，蹴踏山林伐狐兔。眈眈北山虎[7]，食人不知数。孤儿寡妇仇不报，日落风生行旅惧。我闻投袂起[8]，大呼闻百步，奋戈直前虎人立[9]，吼裂苍崖血如注[10]。从骑三十皆秦人[11]，面青气夺空相顾[12]。国家未发渡辽师[13]，落魄人间傍行路[14]。对花把酒学酕醄，空辱诸公诵诗句。即今衰病卧在床，振臂犹思备征戍。南人孰谓不知兵？昔者亡秦楚三户。

这首诗是淳熙八年(1181)十月在山阴写的。诗中因梦行南郑道中,回忆起在四川宣抚使幕时跋涉和猎虎的情形。到现在虽然衰老多病,但还是不忘杀敌报仇。

〔1〕孤云、两角:都是山名,在今陕西南郑县及四川上元县之间。两山相连,其路险峻,有所谓"孤云两角,去天一握"的说法。

〔2〕望云、九井:望云,即望云滩。九井,即九井滩。两滩皆在广元县北,嘉陵江上游,水势险峻。

〔3〕嶓冢之山:嶓冢山在今陕西宁强县北,为汉水发源处。

〔4〕"高皇"句:高皇,谓汉高祖。嶓冢山有高皇试剑石,传说汉高祖曾试剑于此。《剑南诗稿·偶怀小益南郑之间怅然有赋》诗自注:"嶓冢庙旁有高皇试剑石,中分如截。"

〔5〕长木铺:地名,当在今陕西沔县宁强县一带。

〔6〕榼(kē,音科):酒器。

〔7〕眈眈:虎视的样子。

〔8〕投袂:手振衣袖,奋发欲起之意。

〔9〕"奋戈"句:是说奋勇持戈向前刺虎,虎跃起如人竖立之状。

〔10〕吼裂苍崖:老虎吼叫的声音很大,好像山崖都被震裂了。

〔11〕从骑(jì,音计):随行的骑士。

〔12〕气夺:胆气丧失。

〔13〕渡辽师:东汉明帝置渡辽将军,这里借以指伐金的军队。

〔14〕"落魄"句:落魄即落泊,失意的意思。傍,接近;行路,行路之人,就是平常的人;傍行路,是说和平常的人一样。

冬暖

今年岁暮无风雪,尘土肺肝生客热[1]。经旬止酒卧空

99

斋[2],吴蟹秦酥不容设[3]。日忧疾疫被齐民[4],更畏螟蝗残宿麦[5]。浓霜薄霰不可得[6],太息何时见三白[7]！老夫壮气横九州[8],坐想提兵西海头[9],万骑吹笳行雪野[10],玉花乱点黑貂裘[11]。

这首诗是淳熙八年(1181)年底陆游在山阴作。诗人深以冬暖无雪,疾疫袭人,麦禾遭受虫灾为忧惧;并因盼望降雪,想像到乘雪行军北伐的情形。

〔1〕"尘土"句:这是说天久不降雨雪,气候干燥,尘土飞扬,使人觉得肺肝都感到燥热。

〔2〕经旬:经是经过,十天为一旬。

〔3〕吴蟹:吴,泛指江南。吴蟹,江南所出产的螃蟹。秦酥:陕西一带所出产的酥酪。

〔4〕疾疫被齐民:是说平民得中疾病。齐民,犹言平民。

〔5〕宿麦:秋冬栽种,次年长熟的麦子。

〔6〕霰(xiàn,音线):下雪前所降的雪珠。

〔7〕太息:长叹息。三白:下了三次雪。古谚:"要宜麦,见三白。"

〔8〕横:充满之意。

〔9〕西海:即青海,在今青海省东部。

〔10〕吹笳:笳本胡人一种乐器,卷芦吹之。古时军乐用笳。

〔11〕玉花:雪花。

寄朱元晦提举[1]

市聚萧条极[2],村墟冻馁稠[3]。劝分无积粟[4],告籴未通流〔5〕。民望甚饥渴,公行胡滞留〔6〕? 征科得宽否? 尚及麦禾秋〔7〕。

淳熙八年(1181)浙东大旱成灾,陆游对于灾情极为关怀。朱熹奉命赈灾,陆游寄诗给他,催促他快来赈济灾民,并放宽征科赋税期限。

〔1〕朱元晦提举:朱熹字元晦,南宋大理学家。淳熙八年,他提举浙东常平茶盐公事,奉命赈济浙东灾民。
〔2〕市聚:商肆聚集的地方。
〔3〕村墟:本乡村交易的场所,这里泛指农村。稠:犹言众多。
〔4〕"劝分"句:是说劝有粮食的人分其余粮赈济饥民,但大家都没有积存的粮食。
〔5〕"告籴(dí,音敌)"句:籴,买谷。这句是说向外地购买粮食,因遭禁阻,粮食不得流通。
〔6〕公:指朱熹。胡:为什么。
〔7〕"征科"二句:征科谓征科赋税。这二句诗是说希望放宽征税期限,等到麦禾收获后再征。

读　书

放翁白首归剡曲〔1〕,寂寞衡门书满屋〔2〕。藜羹麦饭冷不尝〔3〕,要足平生五车读〔4〕。校雠心苦谨涂乙〔5〕,吟讽声悲杂歌哭。三苍奇字已杀青〔6〕,九译旁行方著录〔7〕。有时达旦不灭灯,急雪打窗闻簌簌。倘年七十尚一纪,坠典断编真可续〔8〕。客来不怕笑书痴〔9〕,终胜牙签新未触〔10〕。

这首诗是淳熙九年(1182)初春于山阴故居写的。诗中记述了作者废寝忘食、辛勤读书的情景。

〔1〕剡(shàn,音扇)曲:唐贺知章求周宫湖数顷为放生池,有诏赐镜湖剡川一曲。曲,水回环曲折之处。

〔2〕衡门:衡与"横"通,衡门,横木为门,言其居处简陋。

〔3〕"藜羹"句:藜羹,藜草做的羹汤;麦饭,麦子做的饭。藜羹麦饭,言其饮食粗恶。冷不尝,是说专心读书,饭菜冷了还不曾吃。

〔4〕五车:《庄子·天下》:"惠施多方,其书五车。"后人以五车形容书多。

〔5〕校雠:校对,校勘。涂乙:抹去文字叫涂;勾改文字叫乙。

〔6〕三苍:古字书。《隋书·经籍志》著录有《三苍》三卷,包括李斯《苍颉篇》、扬雄《训纂篇》和贾鲂《滂喜篇》。另说三苍为赵高《爰历篇》、胡毋敬《博学篇》和李斯《苍颉篇》。杀青:古时无纸,往往用火烤竹简使发汗,取其青而易书,谓之杀青。或说,杀青是削去竹简的青皮,而书于竹素之上。后来杀青就作写定讲。

〔7〕"九译"句:道远之国,语言不通,必须经过多次转译,谓之九译。九是代表多数的意思。旁行谓外国或外族的横行文字。著录是登记在簿录上面。这句诗是说殊方异地的书都在收藏之列。

〔8〕坠典断编:坠典是散亡或埋没的书,断编是残缺不完全的书。

〔9〕书痴:犹现今所谓书呆子。

〔10〕牙签新未触:古时卷轴一端悬以牙签以便查检。牙签新未触,是说这些书只是收藏而并不曾阅读。韩愈《送诸葛觉往随州读书》诗:"邺侯家多书,插架三万轴,一一悬牙签,新若手未触。"此暗用其语。

洊饥之余,复苦久雨,感叹有作[1]

道傍襁负去何之[2]?积雨仍愁麦不支[3]。为国忧民空激烈,杀身报主已差池[4]。属餍糠籺犹多愧[5],徙倚柴荆只自悲[6]。十载西游无恶岁[7],羡他汶下足蹲鸱[8]。予在蜀几十年,未尝逢岁歉也。

这首诗是淳熙九年(1182)春在山阴时作。

〔1〕洊(jiàn,音见)饥:一再饥荒。
〔2〕襁负:襁是缠裹小儿以负于背的用具。襁负,用襁包裹小儿负于背,指逃亡的灾民说。
〔3〕积雨:久雨。
〔4〕差池:即蹉跎,失时之意。
〔5〕属餍(yàn,音咽):饱食。籺(hé,音曷):麦糠里的硬屑。
〔6〕徙倚:犹徘徊。柴荆:柴门荆扉,言其居室简陋。
〔7〕十载西游:陆游乾道六年(1170)入蜀,淳熙五年(1178)东归,前后共经九个年头,十载是举其整数。
〔8〕"羡他"句:汶下谓汶山之下。汶山,即岷山,在今四川松潘县北。这句诗是说汶山之下所产大芋,可以足食,故羡慕之。《史记·货殖列传》:"吾闻汶山之下沃野,下有蹲鸱,至死不饥。"

夜观秦蜀地图

往者行省临秦中[1],我亦急服叨从戎[2]。散关摩云俯贼垒[3],清渭如带陈军容[4]。高旌缥缈严玉帐,画角悲壮传霜风。咸阳不劳三日到,幽州正可一炬空[5]。意气已无鸡鹿塞,单于合入蒲萄宫[6]。灯前此图忽到眼,白首流落悲涂穷。吾皇英武同世祖[7],诸将行策云台功[8]。孤臣昧死欲自荐[9],君门万里无由通。正令选壮不为用,笔墨尚可输微忠[10]。何当勒铭纪北伐[11],更拟草奏祈东封[12]!

这首诗是淳熙九年(1182)陆游在山阴写的。作者因观秦蜀地图,回忆起他自己在陕南从军时的勇武气概;并且感慨自己年老白首,不被皇帝信用,得不到为国效忠的机会;认为自己现在虽老,不能被选为国家效劳,但在文字方面还是能够出力的。

〔1〕行省:犹今云行署,这里指汉中四川宣抚使司。

〔2〕急服:即军服。

〔3〕"散关"句:谓大散关高可摩云,下可俯瞰金人的营垒。

〔4〕陈军容:陈,陈列。军容,指军队、武器、旌旗等。

〔5〕"幽州"句:幽州,古州名。约相当于今辽宁省及河北一部分地区。全句是说占据幽州的金人可以用一把火烧光。

〔6〕"意气"二句:作者自言当时豪气直可吞灭敌人。鸡鹿塞,在今内蒙古自治区伊克昭盟。汉宣帝甘露三年(前51),匈奴单于来朝,汉遣董忠善等将骑兵送单于出鸡鹿塞。蒲萄宫,汉宫名,在长安。汉哀帝元寿二年(前1),单于来朝,曾住在蒲萄宫。以上二句诗是作者自言当时气概直可降服金人,故以匈奴朝拜汉皇帝之事比喻金国亦将降服于宋。

〔7〕世祖:指东汉光武帝。

〔8〕云台:在汉南宫。东汉明帝追念前世功臣,命画光武帝中兴二十八将邓禹等的像于云台。

〔9〕昧死:言冒昧而犯死罪,这是封建社会中臣下对帝王表示敬畏的习用语。

〔10〕输:表达之意。

〔11〕勒铭:刻铭于石,以纪功绩。

〔12〕祈东封:东封,谓封禅泰山。这是封建帝王祭天的大典,这里是说祈求皇帝在北伐成功后举行这个典礼。

草书歌

倾家酿酒三千石〔1〕,闲愁万斛酒不敌〔2〕。今朝醉眼烂岩电〔3〕,提笔四顾天地窄。忽然挥扫不自知,风云入怀天借力〔4〕。神龙战野昏雾腥,奇鬼摧山太阴黑〔5〕。此时驱尽胸中愁,搥床大叫狂堕帻〔6〕。吴笺蜀素不快人,付与高堂三丈壁〔7〕。

这首诗是淳熙九年(1182)秋季在山阴作。此诗可与前《题醉中所作草书卷后》一诗参看。

〔1〕倾家酿酒:晋何充能饮酒,刘惔每说:"见次道(何充字)饮,令人欲倾家酿。"见《晋书·何充传》。

〔2〕不敌:愁甚多,酒不足以解之,故曰不敌。

〔3〕烂岩电:谓眼光明亮如岩下闪电。晋王戎视日不眩,裴楷说:"戎眼烂烂如岩下电。"

〔4〕"风云"句：是说草书飞舞驰骤，好像风云在胸，得到了大自然借助的力量。

〔5〕"神龙"二句：形容草书奇伟迷离之状。《易经》坤卦象辞："龙战于野，其血玄黄。"昏雾腥，形容龙血战于野的激烈情况。太阴即月亮。

〔6〕帻(zé，音则)：古时包裹头发用的巾子。

〔7〕"吴笺"二句：是说吴地所产的名纸和蜀地所产的素帛写起来都还不足以快人心意，只有在那高堂的三丈墙壁上纵笔草书，才能尽量施展本领。

夜泊水村

腰间羽箭久凋零，太息燕然未勒铭〔1〕。老子犹堪绝大漠〔2〕，诸君何至泣新亭〔3〕？一身报国有万死，双鬓向人无再青〔4〕。记取江湖泊船处，卧闻新雁落寒汀〔5〕。

这首诗是淳熙九年(1182)秋陆游在山阴写的。诗中主要是说自己至老不忘北伐报国，也自信还有从军远征的魄力，而对于那些缺乏斗志只知悲泣的士大夫，予以尖锐的批评。

〔1〕"太息"句：燕然，山名，在今蒙古人民共和国境。东汉和帝永元元年(89)车骑将军窦宪追击北单于至此山，刻石勒功而还。这句用窦宪事，借喻南宋未能击败金人，因而叹息。

〔2〕"老子"句：老子，犹言老夫。绝，横度。大漠，指绵亘于内蒙古自治区和蒙古人民共和国一带地方的大沙漠。汉武帝元狩四年(前119)，大将军卫青、骠骑将军霍去病率兵北绝大漠，击匈奴单于。这句作

者用此事以喻自己北伐金人的壮志。

〔3〕泣新亭：新亭在今南京市南。公元37年晋政权南迁，北中国为西、北各族所分割占据。有一些过江的士大夫在新亭宴饮，周颛叹说："风景不殊，举目有山河之异！"在座的人都相视涕泣。独有王导说："当共戮力王室，克复神州，何至作楚囚相对耶？"（见《晋书·王导传》）泣新亭事本此。

〔4〕无再青：是说鬓间发白了不能再恢复黑色，借喻人老了不能再返回少壮。

〔5〕新雁：新近从北方飞来的雁。汀：水岸平地。

哀北

太行天下脊，黄河出昆仑[1]。山川形胜地，历世多名臣。哀哉六十年[2]，左衽沦胡尘。抱负虽奇伟，没齿不得伸[3]。老夫实好义，北望常酸辛。何当拥黄旗，径涉白马津[4]？穷追殄犬羊，旁招出凤麟[5]。努力待传檄，勿谓吴无人！

这首诗是淳熙九年（1182）秋作。

〔1〕"黄河"句：《史记·大宛传·禹本纪》言"河出昆仑"。按黄河源出今青海巴颜喀拉山，此山是昆仑山之一支。

〔2〕六十年：自高宗建炎元年（1127）中原沦陷，至作此诗时已五十余年，六十年是举其整数。

〔3〕没齿：就言终身。

〔4〕白马津:在今河南滑县境。
〔5〕凤麟:凤凰麒麟,比中原豪杰义民。

三江舟中大醉作[1]

志欲富天下,一身常苦饥;气可吞匈奴,束带向小儿[2]。天公无由问,世俗那得知!挥手散醉发,去隐云海涯。风息天镜平[3],涛起雪山倾[4]。轻帆入浩荡,百怪不可名。虹竿秋月钩,巨鳌倘可求[5]。灭迹从今逝,回看隘九州[6]!

这首诗是淳熙九年(1182)秋在山阴作。诗中说自己有使天下人都富足的志向,有吞灭敌人的气概,但却也有被迫向一些庸俗的人束带折腰的苦闷,因而就产生了远隐天涯的幻想。

〔1〕三江:曹娥江、钱清江、浙江三水所会之处,谓之三江海口,去山阴县西北五十八里。

〔2〕"束带"句:是说自己为了几斗米的官俸,不得不向一些庸俗的上司束带折腰。束带,参见上司时整束腰带,以示尊敬。小儿,指一些庸俗的人。陶渊明做彭泽县令,郡遣督邮到县。县吏说:"应该束带去参见他。"陶渊明叹说:"我岂能为五斗米(指县令月俸)折腰向乡里小儿!"即日辞职而去。(见萧统《陶潜传》)束带句即用此事。

〔3〕天镜:江水平稳如镜,故曰天镜。

〔4〕雪山:谓浪白如雪,高涌如山。

〔5〕"虹竿"二句:想像以垂虹为钓竿,秋月为钓钩,也许可以钓取

到巨鳌。这是用李白的故事。李白尝自称海上钓鳌客,以虹蜺为丝,明月为钩。见赵德麟《侯鲭录》。

〔6〕"灭迹"二句:迹是踪迹,逝谓隐去,隘是狭隘。这二句诗是说从此以后,将销声匿影,浪迹江海,无拘无束,自由自在,到那时回头一看,反觉得九州之大都太窄狭了。

悲秋

秋灯如孤萤,熠熠耿窗户〔1〕。秋雨如漏壶,点滴连早暮。我岂楚逐臣〔2〕,惨怆出怨句〔3〕?逢秋未免悲〔4〕,直以忧国故。三军老不战,比屋困征赋〔5〕。可使江淮间,岁岁常列戍〔6〕?

这首诗是淳熙九年(1182)秋陆游在山阴故居时作。诗中抒写了作者对国事的深刻的忧虑:耽心军队长期不作战而衰老,同情人民沉重的征赋的困苦;并对南宋政府不积极图画北伐,只是长期派兵驻守江淮间的消极政策,表示反对。

〔1〕熠(yì,音义)熠:光明的样子。
〔2〕楚逐臣:指屈原。
〔3〕怨句:指屈原的诗篇。《史记·屈原贾生列传》:"屈平之作《离骚》,盖自怨生也。"
〔4〕"逢秋"句:楚辞中多有通过描绘秋天景物,以抒写诗人悲愁的诗句。《宋玉·九辩》:"悲哉,秋之为气也!萧瑟兮草木摇落而变衰。"陆游这里着重说明他自己之所以悲秋,只是因为忧虑国事的缘故。

〔5〕比屋:犹邻屋,即家家户户的意思。
〔6〕列戍:列是排列,戍是派兵防守。

夏夜舟中,闻水鸟声甚哀,若曰:姑恶。感而作诗[1]

女生藏深闺,未省窥墙藩[2]。上车移所天[3],父母为它门。妾身虽甚愚,亦知君姑尊[4]。下床头鸡鸣,梳髻着襦裙。堂上奉洒扫,厨中具盘飧[5]。青青摘葵苋,恨不美熊蹯[6]。姑色少不怡[7],衣袂湿泪痕。所冀妾生男[8],庶几姑弄孙[9]。此志竟蹉跎[10],薄命来谗言[11]。放弃不敢怨,所悲孤大恩[12]。古路傍陂泽,微雨鬼火昏[13]。君听姑恶声,无乃谴妇魂[14]。

这首诗是淳熙十年(1183)夏季陆游在山阴时作。诗中描写了封建宗法制度之下,一个因为没有生男孩子而被离弃的少妇的不幸命运,表现了深切的同情。有人认为这首诗是作者有感于前妻唐氏被遣而发。参看后面《沈园》诗注。

〔1〕姑恶:鸟名。据苏轼《五禽言》诗自注,民间传说:这种鸟是被姑虐待致死的妇女变的,因而它发出像"姑恶"般的叫声。

〔2〕"女生"二句:窥是偷看,藩即篱笆。这是说封建时代的姑娘,从小就需要遵从礼教,藏在深闺,不知墙篱外的事。

〔3〕"上车"句:谓出嫁。所天,天在这里是一种尊称。封建礼教规定子以父为天,妻以夫为天。故谓女子出嫁为"移所天"。

〔4〕君姑:封建时代妇人称丈夫的母亲为君姑。

〔5〕盘飧(sūn,音孙):指菜饭。

〔6〕"青青"二句:葵苋(xiàn,音现),是两种蔬菜名。熊蹯(fán,音凡),即熊掌。二句是说摘下葵苋作菜,恨不能搞得比熊掌还好吃。

〔7〕怡:愉快。

〔8〕妾:妇人自称。

〔9〕庶几:表示希望的意思。

〔10〕此志:指生男的愿望。

〔11〕谗言:诬害人的言语,指不宜子说。

〔12〕"放弃"二句:是说不敢以放逐离弃为恨,反以辜负君姑的恩德为悲。这是描写封建礼教压迫下被离弃的妇女的心理。此二句以上是作弃妇自述语气,以下作作者语气。

〔13〕"古路"二句:作者在夏夜舟中所见的情景。

〔14〕谴妇:被放逐离弃的妇女。

月下

月白庭空树影稀,鹊栖不稳绕枝飞。老翁也学痴儿女,扑得流萤露湿衣。

这首诗是淳熙十年(1183)秋陆游在山阴作。

寄题朱元晦武夷精舍(五首选一)[1]

其三

身闲剩觉溪山好,心静尤知日月长。天下苍生未苏息[2],忧公遂与世相忘。

这首诗是淳熙十年(1183)秋作。诗中批评朱熹只在山中讲学,不顾人民痛苦,忘了现实。

〔1〕武夷精舍:朱熹于淳熙十年夏在福建崇安武夷山筑精舍讲学。精舍,即学舍。
〔2〕苍生:老百姓。

长安道[1]

千夫登登供版筑[2],万手丁丁供斫木[3]。歌楼舞榭高入云[4],复幕重帘昼烧烛。中使传宣骑飞鞚[5],达官候见车击毂[6]。岂惟炎热可炙手[7],五月瞿唐谁敢触[8]!人生易尽朝露晞[9],世事无常坏陂复[10]。士师分鹿真是梦[11],塞翁失马犹为福[12]。君不见,野老八十无完衣,岁晚北风吹破屋。

这首诗是淳熙十年(1183)初冬陆游在山阴作。诗中讽刺了当时权贵们的腐朽生活及其气焰熏天的情况;最后并以野老的贫苦与之对比。

〔1〕长安道:古乐府横吹曲名。

〔2〕登登:筑墙声。版筑:古时筑墙以两版相夹,故谓筑墙曰版筑。

〔3〕丁丁:在这里读 zhēng zhēng,伐木声。

〔4〕榭:台上有屋为榭。

〔5〕中使:皇帝所派遣的宫廷中的使臣。传宣:传达宣布皇帝的诏命。飞鞚:鞚是马勒;飞鞚,形容骑马奔驰迅速。

〔6〕车击毂:毂是车轴;车击毂,车轴互相击撞,形容车马拥挤。

〔7〕炎热可炙手:谓其势力气焰逼人。炙,烧,烤。

〔8〕"五月"句:旧历五月间江水大涨,瞿塘峡水势最险。故古语说:"滟滪(按即滟滪)大如襆,瞿唐不可触。"此以瞿塘峡险急的水势比喻权贵的凶险恶毒。

〔9〕"人生"句:晞是干的意思。这是说人生年寿短促,如同早晨的露水干得很快。

〔10〕"世事"句:汉代汝南有鸿隙大陂,当地得享水利。成帝时,水溢为害。翟方进为丞相,以为其地肥美,决去陂水,省堤防费,且不会有水灾,于是就奏准毁掉鸿隙陂。至王莽时,汝南发生旱灾,当地人民追怨翟方进,有童谣说:"坏陂谁?翟子威(方进字子威),饭我豆食羹芋魁。反乎复,陂当复。谁云者?两黄鹄。"(见《汉书·翟方进传》)此用其事以喻现在任意施行的权贵将来也会像翟方进一样遭到人们的怨恨,他的措施也会被推翻。

〔11〕"士师"句:士师,是古代的司法官。郑国有一个在野外砍柴的人,碰着一只受惊的鹿,就把它打死了。他恐怕被人发现,就赶快把鹿

113

藏起来。忽而忘记把鹿藏在什么地方了,于是以为刚才不过是做了一个梦,就一边走一边讲说这件事。旁边有人听到他的话,就根据他的话找到了那只鹿。砍柴的人回来,并没有忘记了失鹿这件事。当天夜里他真梦到藏鹿的地点,又梦到取了他的鹿的人。于是就按他的梦找到了得了他的鹿的人。两个人打起官司来,士师断这件案子说:"请二分之。"郑国国君听到这件案子,就说:"嘻!士师将复梦分人鹿乎?"(见《列子·周穆王篇》)作者以为权贵位高权重,声势赫赫,但一旦败亡,其得失正如一场大梦,故用此寓言以譬喻之。

〔12〕"塞翁"句:古时塞上住着有一家懂得数术的人。他家的一匹马无故地跑到胡人那边去,人都前来慰问。这家的父亲说:"此何遽就不能为福乎?"过了几个月,走失的那匹马带领着一匹胡人的骏马回来。人都来庆贺。父亲又说:"此何遽不能为祸乎?"他的儿子好骑马,有一天从骏马身上掉下来,摔断了髀骨。人们又都前来慰问。父亲说:"此何遽不能为福乎?"又过了一年,胡人入塞,壮丁都去打仗,塞上的人死了十分之九。这家儿子只是因为跛腿的缘故,得以留在家中,父子相保。(见《淮南子·人间训》)这个故事本是说明道家哲学中祸福倚伏之说,作者借它来说明祸福无常之理,预断权贵必有败灭的时候。

舒悲

嗜酒苦猖狂[1],畏人还龌龊[2]。老病始悔叹,天下无此错。管葛逝已久[3],千古困俗学[4]。扪虱论大计,使我思景略[5]。中原失枝梧[6],胡尘暗河洛。天道远莫测,士气伏不作[7]。煌煌东观书,无乃太寂寞[8]!丈夫不徒死[9],可作一丘貉[10]？岁晚计愈疏[11],抚事泪零落[12]！

这首诗是淳熙十年(1183)冬季在山阴故居作。

〔1〕猖狂:放纵无检之意。
〔2〕齪齪:这里作局促解。
〔3〕管葛:管仲、诸葛亮。参看《喜谭德称归》诗注。
〔4〕俗学:俗儒之学,与济世安民无关。
〔5〕"扪虱"二句:东晋桓温北伐前秦,率兵入关。王猛被褐谒见桓温,一边扪虱,一边谈天下大事,旁若无人。景略是王猛的字。参看《喜谭德称归》诗注。
〔6〕枝梧:这里作支柱解。
〔7〕作:振作。
〔8〕"煌煌"二句:煌煌,这里是辉煌的意思。东观,汉代宫中著述和藏书的地方。这二句诗意思是说南宋时士气不振,并没有人能够认真进行著述和读书,好像书都感到寂寞。言外有以自己不得参与东观著作为憾之意。
〔9〕徒死:犹言白白地死去。
〔10〕"可作"句:言岂可同他们一样没世无闻。一丘貉,参见《闻雨》诗注。
〔11〕疏:迂疏。
〔12〕抚事:存念往事。

感愤

今皇神武是周宣,谁赋南征北伐篇[1]？四海一家天历数,两河百郡宋山川[2]。诸公尚守和亲策[3],志士虚捐少壮年[4]！京洛雪消春又动,永昌陵上草芊芊[5]。

这首诗是淳熙十年(1183)冬在山阴作。诗中主要是抨击南宋政权中那些投降派坚持和议,使有志之士虚度青春,不能为国家收复失地,建功立业。

〔1〕"今皇"二句:今皇指宋孝宗。神武,神明英武。周宣王任用仲山甫、方叔、召虎等人北伐狁,南征荆蛮,又平定淮夷、徐戎。史称周室中兴。南征北伐篇,《诗经》中的《六月》为宣王北伐狁之诗,《采芑》篇为南征荆蛮之诗,《江汉》篇为平淮夷之诗,《常武》篇为平徐戎之诗。二句诗的意思是以周宣王那样的中兴事业来期望宋孝宗,并望有人能继承《诗经》的传统,写出反映北伐金人的诗篇。

〔2〕"四海"二句:历数,天历运行之数,犹言天道、天命。古代封建社会中一种迷信的说法,认为帝王是受命于天。这二句诗是说四海之内都是大宋一家的土地,这本是天命所规定的,黄河南北的郡县当然也是宋朝的河山。

〔3〕"诸公"句:和亲,西汉初年对匈奴采取屈辱的"和亲"政策,以公主嫁匈奴单于,并岁奉匈奴絮缯酒食等物。这句诗是说当时朝廷执政者仍然坚守丧权辱国的"和约",不肯北伐收复失地。

〔4〕志士:有志报国之士,包括作者自己。虚捐:白白地抛弃。

〔5〕"京洛"二句:京洛谓汴京、洛阳。永昌陵,宋太祖陵墓。芊(qiān,音千)芊,草茂盛的样子。这是说雪消春回,生机萌动,太祖陵上的草又茂盛起来,既感时光易逝,且喻恢复可期。

春夜读书感怀

荒林枭独啸,野水鹅群鸣。我坐蓬窗下,答以读书声。悲哉白发翁,世事已饱更[1]!一身不自恤[2],忧国涕纵横。永怀天宝末[3],李郭出治兵。河北虽未下,要是复两京[4]。三千同德士[5],百万羽林营[6],岁周一甲子[7],不见胡尘清。贼酋实孱王[8],贼将非人英[9],如何失此时,坐待奸雄生[10]?我死骨即朽,青史亦无名。此诗倘不作,丹心尚谁明[11]?

这首诗是淳熙十一年(1184)春陆游在山阴作。诗中说唐代能够平定天宝之乱,收复两京,而现在中原沦陷已六十年,南宋朝廷竟坐失收复失地的时机。作者因而忧愤不平。

〔1〕更:这里作阅历解。
〔2〕恤:忧念。
〔3〕永怀:永远思念。
〔4〕"李郭"三句:玄宗天宝十四年(755),平卢、范阳、河东三镇节度使安禄山据范阳(今北京大兴)叛唐,南下攻陷洛阳,次年陷长安。肃宗至德二年(757),安禄山为其子安庆绪所杀,内部分化。郭子仪、李光弼等率唐军及唐政府借来的回纥兵,在汉族人民的自卫武装配合下,收复了长安和洛阳。安史乱后,河北一带地方仍为藩镇势力所割据。三句事指此。
〔5〕同德士:意志同一的士卒。

〔6〕"百万"句:汉、唐都设羽林军,是皇帝的禁卫军,至宋不设。羽林营这里借指宋军。百万,言其多。

〔7〕"岁周"句:过去用干支纪岁,每六十年为一循环,叫作一甲子。

〔8〕贼酋:酋,首领;贼酋,指金主。孱:懦弱。

〔9〕人英:人中的英雄。

〔10〕"如何"二句:奸雄,这里指金政权中有谋略的野心家。二句意思是说如果不及时北伐,坐待金政权中有谋略的野心家出现,那就糟了。

〔11〕丹心:犹赤心,即忠心之意。

题海首座侠客像〔1〕

赵魏胡尘千丈黄,遗民膏血饱豺狼〔2〕。功名不遣斯人了〔3〕,无奈和戎白面郎〔4〕!

这首诗是淳熙十一年(1184)冬在山阴作。诗中说,金人残酷地榨取陷区汉族人民的膏血以自肥。而南宋当权者不肯给豪侠之士抗战立功的机会;却偏偏信用白面书生去向敌人妥协投降。

〔1〕海首座:首座即上座,指禅堂中位居上座的僧徒。海首座的全名未详。

〔2〕豺狼:指金国统治者。

〔3〕斯人:指侠客。了:完成之意。

〔4〕和戎:指南宋与金议和。白面郎:指书生,这里隐指主张向金人妥协求和的执政者。

书愤

早岁那知世事艰？中原北望气如山[1]。楼船夜雪瓜洲渡[2],铁马秋风大散关[3]。塞上长城空自许,镜中衰鬓已先斑[4]。出师一表真名世,千载谁堪伯仲间[5]？

这首诗是淳熙十三年(1186)春在山阴作。

〔1〕"中原"句:言北望中原,失地未复,自己胸中愤恨之气郁积如山。

〔2〕"楼船"句:楼船,高大的战船。宋高宗绍兴三十一年(1161)冬,金主亮南侵,拟从瓜洲渡江,虞允文等造战舰以拒之,金兵不得渡。参看《送七兄赴扬州帅幕》诗注。

〔3〕"铁马"句:铁马,披甲的军马。绍兴三十一年秋,金人据大散关,吴璘部与之激战,次年金兵退,大散关再度收复。参看《归次汉中境上》及《晚登子城》诗注。按这二句诗是说王师曾在瓜洲、大散关等处击退金兵的侵犯。

〔4〕"塞上"二句:言少壮时以北伐恢复之功期待自己,谁知揽镜自照,鬓发斑白,而此志仍未能达到。

〔5〕"千载"句:伯仲是古时长幼次序之称,伯为长,仲为次。后遂以为衡量人物等差之词。这句诗是说千载以来没有人可以和写《出师表》坚持北伐曹魏的诸葛亮相比。

临安春雨初霁[1]

世味年来薄似纱,谁令骑马客京华[2]?小楼一夜听春雨,深巷明朝卖杏花。矮纸斜行闲作草,晴窗细乳戏分茶[3]。素衣莫起风尘叹[4],犹及清明可到家。

淳熙十三年(1186)春,陆游除朝请大夫,权知严州军州事,入奏行在,住在西湖边上,三月还家,七月始到严州。这首诗就是在临安时写的。诗中反映了作者对于官场生涯冷淡的心情。

〔1〕霁(jì,音记):雨止。
〔2〕令:这里读 líng。
〔3〕"矮纸"二句:矮纸,即短纸。细乳,《茶谱》:"婺州有举岩茶,其片甚细,味极甘芳,煎如碧乳。"这二句是说春雨初晴,闲居无事,只有写字、分茶以自遣。
〔4〕"素衣"句:风尘叹,言旅居于外,饱受风尘之苦,因而感叹。陆机《为顾彦先赠妇》诗:"京洛多风尘,素衣化为缁。"此句即用其词义。

纵笔(三首选一)

其二

东都宫阙郁嵯峨[1],忍听胡儿敕勒歌[2]。云隔江淮翔翠凤[3],露沾荆棘没铜驼。丹心自笑依然在,白发将如老去何! 安得铁衣三万骑,为君王取旧山河!

这首诗是淳熙十三年(1186)冬陆游在严州军州事任时写的。

〔1〕郁:林木茂密之貌,此比宫殿建筑物之多。嵯峨:高耸之貌。

〔2〕敕勒歌:北齐时斛律金所唱的"敕勒"族民歌,歌词是自鲜卑语译出。词云:"敕勒川,阴山下,天似穹庐,笼盖四野。天苍苍,野茫茫,风吹草低见牛羊。"这里借指金人的歌曲。

〔3〕翠凤:疑指南宋皇帝。

书愤

清汴透迤贯旧京[1],宫墙春草几番生。剖心莫写孤臣愤,抉眼终看此虏平[2]。天地固将容小丑[3],犬羊自惯渎齐盟[4]。蓬窗老抱横行略,未敢随人说弭兵[5]。

这首诗是淳熙十三年(1186)冬陆游在严州时写的。诗人向当时一些醉生梦死的人发出警告,指明与金人所议定的和约绝对不可信赖,并表明自己坚决反对妥协求和的态度。

〔1〕汴:汴水。透迤:形容水流曲折长远。旧京:指汴京。

〔2〕"抉(jué,音决)眼"句:抉眼,挑出眼睛。伍子胥因谏劝吴王夫差灭越王勾践,被杀,子胥临死时说:"抉吾眼县(悬置)吴东门之上,以观越寇之入灭吴也!"后吴果为勾践所灭。(见《史记·伍子胥列传》)这里是借用其语,以说明自己必见金国灭亡的决心。

〔3〕小丑:指金人侵略者,含有轻蔑之意。

〔4〕渎齐盟:违背盟约的意思。参看《晚登子城》诗注。

〔5〕弭(mǐ,音米)兵:息兵,指当时拥护和议者的论调。

秋郊有怀(四首选一)

其四

秋山瘦益奇[1],秋水浅可涉。出城西风劲,拂帽吹脱叶。新霜拆栗罅,宿雨饱豆荚[2],枯柳无鸣蜩[3],寒花有穿蝶。郊行得幽旷[4],颇觉耳目惬,断云北山来,欣然与之接。挂冠易事尔[5],看镜叹勋业[6]。永怀桑干河,夜渡拥马鬣。

这首诗是淳熙十四年(1187)秋在严州作。诗中细致地刻绘了美好的秋天景色,以不忘北伐事业,不甘心消极退隐为结束。

〔1〕秋山瘦:形容秋山草木黄落,峰峦土石秃露之状。

〔2〕宿雨:前夜之雨。

〔3〕蜩(tiáo,音条):蝉类。

〔4〕幽旷:幽静空旷之境。

〔5〕挂冠:冠,帽子;挂冠原是说把做官的人的冠解下挂起来,后遂作辞官讲。

〔6〕"看镜"句:是说对镜已见年老,自叹功勋事业未立。

估客乐[1]

长江浩浩蛟龙渊,浪花正白蹴半天。轲峨大艑望如豆[2],骇视未定已至前[3]。帆席云垂大堤外,缆索雷响高城边。牛车辚辚载宝货,磊落照市人争传[4]。倡楼呼卢掷百万[5],旗亭买酒价十千[6]。公卿姓氏不曾问,安知孰秉中书权[7]?儒生辛苦望一饱,趋跄光范祈哀怜[8];齿摇发脱竟莫顾,诗书满腹身萧然[9]!自看赋命如纸薄[10],始知估客人间乐!

这首诗是淳熙十四年(1187)冬陆游在严州作。诗中描写了南宋时商业发达、商人经济势力雄厚、生活奢靡的情况。末六句以儒生的悲哀的遭遇与之对比。

〔1〕估客乐:乐府"西曲歌"名。估客即商人,亦作"贾客"。

〔2〕"轲峨"句:轲峨,高耸之状。大艑(biàn,音变),大船。全句是说远远望去,高大的商船却只有豆子那么大。

〔3〕骇视:惊视。

〔4〕磊落:这里是形容宝货众多。照市:谓宝货光彩照耀市上。

〔5〕"倡(chāng,音昌)楼"句:倡楼,即妓院。呼卢,古代一种博戏,以五木刻子掷之,卢是胜采,赌博的人呼喝希望得到卢采,故后来就把呼卢作为赌博的代称。全句是说商人在妓院里狂赌,每掷一采,以百万计。

〔6〕"旗亭"句:旗亭即市楼,犹言酒家。全句是说商人滥饮,一醉万钱。

123

〔7〕"公卿"二句：从不过问公卿大夫们的姓名，也不知道什么人掌握着中书大权。中书，古制，中书省设中书令，隋唐至宋并为宰相之职。

〔8〕"趑趄（zī jū，音姿拘）"句：趑趄，行走不前的样子。光范，唐宫门名，通中书省。唐代文学家韩愈中了进士以后，曾三次上书宰相求官。第一书中说："前乡贡进士韩愈，谨伏光范门下，再拜献书相公阁下。"这句是借用韩愈求官不得的事，借喻儒生奔走乞怜于达官权贵之门。

〔9〕"齿摇"二句：是说读书人如不遇时，到了老年，齿摇发脱，没有人理睬，虽然一肚子学问，也难免生活困苦，处境萧条。

〔10〕赋命：赋，禀受的意思，赋命，指所谓人们禀受于天的命运。

纵笔（二首选一）

其二

故国吾宗庙〔1〕，群胡我寇仇；但应坚此念〔2〕，宁假用它谋！望驾遗民老〔3〕，忘兵志士忧〔4〕。何时闻遣将，往护北平秋〔5〕？

这首诗是淳熙十四年（1187）冬陆游在严州时作。诗中指出最主要的是不要忘记沦陷了的国土，应该认清侵略者是我们的誓不两立的敌人；但投降派却偏不肯出兵北伐，作者希望这种局势能够得到扭转。

〔1〕"故国"句：故国即故都汴京。这句是说汴京乃皇室宗庙所在之地。

〔2〕此念:指上二句所说的信念。

〔3〕"望驾"句:是说陷区的人民一直盼望收复中原,皇帝的车驾重返汴京,可是至今杳无消息,望驾的遗民也都老了。

〔4〕忘兵:忘了用兵,即不出兵北伐之意。

〔5〕北平秋:见《枕上》诗注。

北望

北望中原泪满巾,黄旗空想渡河津[1]。丈夫穷死由来事,要是江南有此人[2]!

陆游在淳熙十五年(1188)七月,因权知严州军事任满,回山阴居住。这首诗是回山阴后不久写的。

〔1〕河津:这里泛指黄河的津渡。

〔2〕此人:泛指能够驱逐金人,收复中原的人。

估客有自蔡州来者,感怅弥日(二首选一)[1]

其二

百战元和取蔡州[2],如今胡马饮淮流。和亲自古非长策,谁与朝家共此忧?

淳熙十六年(1189)冬陆游被劾免除朝议大夫礼部郎中兼实录院检讨官职,即由临安返山阴故居。这首诗是次年初夏时在山阴写的。诗中大意说宋与金划淮水为界,而不能把金人逐出蔡州,与唐宪宗时的形势相去尚远。作者认为南宋政府所依赖的和议并非善策,表示了无限的忧虑。

〔1〕蔡州:州治在今河南汝南县。宋、金东以淮河为界,蔡州在淮河北,当时已沦于金。弥日:犹言整天。

〔2〕"百战"句:元和,唐宪宗年号。德宗贞元年间,吴少诚据淮西蔡州一带地方,反抗唐朝,累次击败进讨的唐朝军队。元和四年(809),少诚死,大将吴少阳自为留后,凡五年不朝。元和九年(814)少阳死,其子元济仍据蔡州。经过长期激烈的战斗,唐将李愬在元和十二年(817)袭取蔡州,擒吴元济,淮西乱始告平定。

醉 歌

读书三万卷,仕宦皆束阁[1];学剑四十年,虏血未染锷[2]。不得为长虹,万丈扫寥廓[3];又不为疾风,六月送飞雹。战马死槽枥[4],公卿守和约,穷边指淮湄,异域视京洛[5]。於乎此何心[6]!有酒吾忍酌?平生为衣食,敛版靴两脚[7]。心虽了是非,口不给唯诺[8]。如今老且病,鬓秃牙齿落。仰天少吐气,饿死实差乐[9]。壮心埋不朽,千载犹可作[10]!

这首诗是光宗绍熙元年(1190)夏季陆游在山阴作。诗中回顾平生壮志迄未实现,至死也不甘心,并对于那些一心妥协求和,只想维持残山剩水里的偏安,视中原陷区为异域的投降派,予以愤怒的斥责。

〔1〕"仕宦"句:束阁,"束之高阁"的省语,是说把书捆扎起来放在高阁上边。全句是慨叹因做官所读的书都弃置未用。

〔2〕锷(è,音恶):刀刃。

〔3〕寥廓:宽广的意思,指天空。

〔4〕"战马"句:是说久不出战,战马老死于槽枥之间。

〔5〕"穷边"二句:是说妥协投降的公卿大臣,竟把淮水、泗水看作国家最远的边界,认为汴京、洛阳好像是外国的地方。

〔6〕於乎:同"呜呼"。

〔7〕敛版:版,手版,即笏。封建时代的官吏谒见上官时,敛手笏,以示恭敬。

〔8〕"心虽"二句:了,明了。口给,口才敏捷。唯诺,答应之词。二句是说见到上官时,自己心中对于是非是明了的,而嘴里却不会唯诺应对。

〔9〕差乐:比较快活。

〔10〕"壮心"二句:是说身虽死而壮心永远不会死去,即在千年之后还可以复活,极言意志的坚定。

予十年间两坐斥,罪虽擢发莫数,
而诗为首,谓之嘲咏风月。既还山,
遂以"风月"名小轩,且作绝句〔1〕

扁舟又向镜中行〔2〕,小草清诗取次成〔3〕。放逐尚非余子比,清风明月入台评[4]!

这首诗是绍熙元年(1190)秋季陆游在山阴作。

〔1〕予十年间两坐斥:坐,办罪的因由。坐斥,因罪而被斥逐。淳熙七年(1180)陆游因发粟赈民被劾,自提举江南西道常平茶盐公事职召回;淳熙十六年(1189)又被劾去礼部郎中兼实录院检讨官,故说十年间两坐斥。在许多罪名中最主要的是所谓"嘲咏风月"。于是陆游就索性把他的小屋命名为"风月轩",表示还要继续"嘲弄",以示不屈。其实陆游得罪当然不是为了什么"嘲弄风月",而是由于他的主张在许多方面与当时执政者的意见不合,并且经常批判当时小朝廷的外交和内政的措施。擢(zhuó,音浊)发莫数:是说罪恶多不胜数。

〔2〕镜中:指绍兴的镜湖。陆游所居三山地方在镜湖边上。

〔3〕取次:次第之意。

〔4〕台评:台是古官府名,此指御史台,职掌纠劾百官。台评,指御史的弹劾。

夜归偶怀故人独孤景略[1]

买醉村场夜半归,西山月落照柴扉。刘琨死后无奇士,独听荒鸡泪满衣[2]!

这首诗是绍熙元年(1190)秋陆游在山阴作。

〔1〕独孤景略:已见《猎罢夜饮示独孤生》诗注。

〔2〕"刘琨"二句:晋刘琨与祖逖友好,二人曾共被同寝,夜半,闻荒

鸡鸣,祖逖踢醒刘琨说:"此非恶声也!"二人乃起舞。刘琨、祖逖是在外族侵略中国的时代两个奋发有为的志士。这二句诗的意思是作者借他们自比,感慨独孤景略死后,没有这样一个闻鸡起舞,共相奋励的朋友。荒鸡,是夜间不时鸣叫的鸡。

夜闻蟋蟀

布谷布谷解劝耕[1],蟋蟀蟋蟀能促织[2]。州符县帖无已时[3],劝耕促织知何益?安得生世当成周[4],一家百亩长无愁[5]。绿桑郁郁暗微径[6],黄犊叱叱行平畴[7]。荆扉绩火明煜煜[8],黍垄馌饭香浮浮[9]。耕亦不须劝,织亦不须促,机上有余布,盎中有余粟[10]。老翁白首如小儿,鼓腹击壤相从嬉[11]。

这首诗是绍熙元年(1190)秋季陆游在山阴时作。诗中对南宋政府对农民的沉重剥削表示不满,对于想像中的周初治世表示向往。对于过去社会的理想化,其实也就是对当时的现实政治的一个深刻的批判。

[1] 布谷:鸟名,鸣声如"布谷",其鸣又正当播种时节,故俗以为布谷知劝耕。

[2] 蟋蟀:虫名,入秋则鸣,正当农村织事方兴的时候,故又名促织。古俚语:"促织鸣,懒妇惊。"

[3] 州符县帖:指州县官府催征赋税的文书布告等。

[4] 成周:古地名,故城在今河南洛阳。是西周时周公所经营的城

邑,故以为西周的代称。

〔5〕一家百亩:相传周初行井田制,一夫授田百亩。周制百亩约合今二十五亩六分。

〔6〕微径:小路。

〔7〕平畴:平坦的田地。

〔8〕绩火:绩,绩麻为布,这里泛指纺织。绩火,夜间纺织照明用的灯火。

〔9〕黍垄:即田界。饁(yè,音叶)饭:农家送往田中的饭食。浮浮:形容饭的香气。

〔10〕盎:腹大口小的容器。

〔11〕"鼓腹"句:鼓腹,饱食。《庄子·马蹄篇》:"夫赫胥氏之时,民不知所为,行不知所之,含哺而熙,鼓腹而游。"击壤,古代的一种游戏。壤是用木制的,形如鞋履。先置一壤于地,于数十步外以另一壤掷之,中者为上,谓之击壤。相传帝尧时有老人击壤而歌,曰:"日出而作,日入而息,凿井而饮,耕田而食。帝力于我何有哉?"这句诗是想像古代太平之世人民饱食欢乐的情形。

邻曲有未饭被追入郭者,悯然有作[1]

春得香粳摘绿葵[2],县符急急不容炊。君王日御金华殿,谁诵周家七月诗[3]?

这首诗是绍熙元年(1190)秋季陆游在山阴三山作。诗中通过他所亲见的一个农民惨痛的遭遇,揭露了封建统治阶级对农民残酷剥削的罪恶。诗人犀利的笔锋,已经指向最高的统治者——"君王"。

〔1〕郭:外城。

〔2〕粳(jīng,音精):即粳稻。

〔3〕"君王"二句:封建时代凡天子所行的事皆称为"御"。御金华殿,谓皇帝在金华殿。七月,是《诗经·豳风》中的一篇,诗中描写农民在当时剥削制度下劳动生产和生活的情形。西汉成帝常在金华殿听讲《尚书》、《论语》。这里借用其事,以喻宋光宗不习《七月》诗,不重视农民生活,不理睬农民疾苦。

寓叹(三首选一)

其三

裘薄便冬暖,箪空畏午饥[1]。临成乞米帖,看入借车诗[2]。学古心犹壮,忧时语自悲。公卿阙自重,社稷欲谁期[3]?

这首诗是绍熙元年(1190)冬陆游在山阴作。

〔1〕箪(dān,音单):盛饭的竹器。

〔2〕"临成"二句:乞米帖,唐书法家颜真卿乞米于李大夫帖云:"拙于生事,举家食粥而已数月,今又罄矣,实用忧煎。"帖即今书笺。借车诗,唐诗人孟郊有《借车诗》云:"借车载家具,家具少于车。"颜真卿乞米,孟郊借车,都是生活贫困的事例。陆游借用其事,以喻自己生活贫困的情形。

〔3〕社稷:社是土神,稷是谷神,古代天子、诸侯筑坛立庙以祭之,后来遂用为代表封建时代国家之称。期:希望的意思。

晚秋农家(八首选一)

其五

我年近七十[1],与世长相忘[2]。筋力幸可勉,扶衰业耕桑[3]。身杂老农间,何能避风霜?夜半起饭牛[4],北斗垂大荒[5]。

这首诗是绍熙二年(1191)晚秋陆游在山阴作。诗中叙述了作者免官归家后,愿意致力农业和参加了一些劳动的情形。

[1] "我年"句:绍熙二年陆游已年六十七岁,故说近七十。
[2] "与世"句:言与世人久不往来,对世事亦久不过问。
[3] "扶衰"句:扶持衰老之身从事耕种和蚕桑。
[4] 饭牛:即饲牛。
[5] 大荒:遥远辽阔的野外。

梅花绝句(十首选一)

其十

山月缟中庭[1],幽人酒初醒[2];不是怯清寒,愁蹋梅花影。

这首诗是绍熙二年(1191)冬陆游在山阴作。

〔1〕缟中庭:缟,白绢。缟中庭,谓月照庭中,明亮如白绢。
〔2〕幽人:作者自谓。

梅花绝句(二首选一)

其一

幽谷那堪更北枝[1],年年自分着花迟[2]。高标逸韵君知否[3]?正在层冰积雪时。

这首诗是绍熙二年(1191)冬陆游在山阴作。诗中赞扬在严寒季节开花的深谷中的梅花,其实亦是对不畏环境艰苦、坚持崇高气节的人的歌颂。

〔1〕幽谷:深谷。北枝:向北的树枝。深谷内向北的树枝,不易见到阳光。
〔2〕自分:自己料定的意思。着花:谓树枝上花苞开放。
〔3〕高标逸韵:高尚的气节,俊逸的风度。

叹俗

风俗陵夷日可怜[1],乞墦钳市亦欣然[2]。看渠皮底元无血,那识虞卿鲁仲连[3]?

这首诗是绍熙三年(1192)春陆游在山阴时作。诗中对当时丧失气节的人,直斥之为"无血"动物。

〔1〕陵夷:衰颓的意思。

〔2〕"乞墦(fán,音凡)"句:墦,坟墓。乞墦,谓向祭墓者乞食。《孟子·离娄篇》载的一个故事:齐国有一人,他有一妻一妾,他每出去必吃得酒醉肉饱才回来。他的妻妾问他和什么人在一起吃饭,答说都是些富贵的人。后来齐人的妻子发生了怀疑,就悄悄跟着他,结果看到在他所到的地方,没有一个人肯理他,原来他是到东门外坟地里去向祭墓的人乞讨点剩余下的酒肉,这里讨的不够又到那里。他的妻子回来就在院子里痛哭,并且大骂。但是齐人不知道他的行径已被揭穿,仍然得意洋洋地从外边回来,对他妻妾的态度依然十分骄傲。钳市,以铁束颈游街。西汉楚元王敬礼申公等。穆生不嗜酒,但元王常为他设醴酒。元王孙王戊嗣位后,起初还常设醴酒,后来有一次忘了设酒。穆生说:"可以逝矣!醴酒不设,王之意怠。不去,楚人将钳我于市!"遂称病辞去。申公、白生却留下来不走。后王戊淫暴,与吴通谋,申公、白生谏之,王戊不听,反把他们二人联锁在一起,使他们穿上罪人的衣服,在市上杵臼碓舂。(见《汉书·楚元王传》)这句诗是借乞墦钳市二事,说明当时某些人为了富贵利禄,不讲操守,对于别人的侮辱,亦欣然接受,不以为耻。

〔3〕虞卿:战国时人。赵孝成王不听虞卿联合楚魏以抗秦的政策,大败于秦。赵王拟割六县于秦求和,虞卿反对,他认为割地求和不是好办法,秦国得了地还会再来进攻。于是他就说服赵王派他出使齐国,联齐抗秦。秦怕齐赵联合,遂赶快派人到赵国讲和。后来秦昭王拘平原君以索魏相魏齐的头,魏齐逃亡,见虞卿。虞卿遂弃万户侯、卿相之印,间行去赵,困于梁。后魏齐自杀,虞卿穷愁不得意,于是著书,以刺讥国政

得失。(见《史记·虞卿列传》、《范雎列传》)鲁仲连:战国时齐人,又称鲁连。好奇伟之策,而不肯仕宦。秦兵围赵邯郸,赵求救于魏,魏使将军辛垣衍劝赵王尊秦昭王为帝,以求解围。当时鲁仲连在围城中,听说这件事,就去见平原君,由平原君介绍见辛垣衍,阻止辛垣衍劝赵王尊秦王为帝,秦军听说这件事,退兵五十里。后邯郸解围,平原君欲封之,鲁仲连不受。平原君乃置酒,席间请以千金为寿。仲连笑说:"所谓贵于天下之士者,为人排患释难、解纷乱而无取也。即有取者,是商贾之事也,而连不忍为也。"遂辞平原君而去,终身不复见。(见《史记·鲁仲连列传》)

秋夜将晓,出篱门迎凉有感(二首选一)

其二

三万里河东入海[1],五千仞岳上摩天[2]。遗民泪尽胡尘里,南望王师又一年!

这首诗是绍熙三年(1192)秋陆游在山阴作。诗中先描写沦于金人的祖国雄伟的河山,然后述说陷区人民眼泪都已哭干,年年盼望南宋军队前来恢复国土,年年失望。

[1] 三万里河:河指黄河,三万里,极言其长。
[2] 五千仞岳:这里指西岳华山。岳,高大的山。五千仞,极言其高。

秋日郊居(八首选一)

其七

儿童冬学闹比邻[1],据案愚儒却自珍[2]。授罢村书闭门睡,终年不着面看人。农家十月乃遣子入学,谓之冬学。所读杂字百家姓之类,谓之村书。

这首诗是绍熙三年(1192)秋陆游在山阴作,诗中刻画了当时农村的冬学先生的形象。

〔1〕比邻:邻里,邻居。
〔2〕愚儒:指冬学的教书先生。自珍:自己珍惜自己,指下文闭门睡觉说。

九月一日夜,读诗稿有感,走笔作歌

我昔学诗未有得,残余未免从人乞。力孱气馁心自知,妄取虚名有惭色。四十从戎驻南郑[1],酣宴军中夜连日[2]。打球筑场一千步,阅马列厩三万匹[3];华灯纵博声满楼[4],宝钗艳舞光照席;琵琶弦急冰雹乱,羯鼓手匀风雨疾。诗家三昧忽见前[5],屈贾在眼元历历[6]。天机云锦用在我,剪裁妙处非刀尺[7]。世间才杰固不乏,秋毫未合天地隔[8]。放翁老死何足论,广陵散绝还堪惜[9]。

这首诗是绍熙三年(1192)九月在山阴作。这是一首作者自述其创作成长和发展过程的诗。大意是说,早年虽已成名,但作品还不免有模拟的毛病。中年入蜀从戎以后,创作上才达到了独立的风格。而现在已年老,惟恐自己死后继起无人。

〔1〕"四十"句:作者从军南郑时已四十八岁,四十是举其整数。

〔2〕酣宴:宴饮尽欢的意思。

〔3〕阅马:检阅军马。

〔4〕华灯:华丽明亮的灯。纵博:尽情博弈。

〔5〕三昧:本是佛教用语,这里作要诀解。

〔6〕"屈贾"句:屈,指屈原。贾,指贾谊。贾谊是西汉初年著名的辞赋家。历历,分明之意。这句是说好像清楚地见到了屈原和贾谊,也就是领会了他们创作的精神的意思。

〔7〕"天机"二句:天机,指神话中的天上织女的织布机。云锦,谓织女所织的锦绣美如彩云。非刀尺,是妙手天成,不要凭借刀尺的意思。二句以制衣比作者善于利用材料,剪裁得当。

〔8〕"秋毫"句:秋毫谓秋天鸟兽新生的毫毛,细小而难见。全句略与差之毫厘,失之千里之意相当。

〔9〕"放翁"二句:广陵散,古琴曲名。三国时魏文学家嵇康善为此曲,后康为司马昭所杀,临死时,再弹一曲,叹说:"《广陵散》从此绝矣!"后世遂谓绝艺之失传者为《广陵散》。这二句诗的意思是说,自己死了倒不算什么,可是死后诗学要是失传了才真值得惋惜。

夜读范至能揽辔录,言中原父老,见使者多挥涕。感其事,作绝句[1]

公卿有党排宗泽[2],帷幄无人用岳飞[3]。遗老不应知此恨,亦逢汉节解沾衣[4]。

这首诗是绍熙三年(1192)陆游在山阴作。诗中是说南宋政权内部,投降派得势,抗战派被排挤,被迫害。中原沦陷区的遗民,虽然不应知道这些令人愤恨的事情,但他们毕竟清楚地意识到故国的政权已经抛弃了他们,所以每见南宋使者,多挥涕哭泣。

〔1〕范至能:范成大,字致能,一作至能。已见《送范舍人还朝》诗注。揽辔录:书名,是范成大乾道六年(1170)出使金国时所作的日记。内载其过相州(今河南安阳)时,"遗黎(民)往往垂涕嗟啧,指使人云:'此中华佛国人也。'老妪跪拜者尤多"。

〔2〕"公卿"句:公卿,指宋高宗亲信投降派黄潜善、汪伯彦等。宋钦宗靖康元年(1126)宗泽知磁州(今河北磁县),屡次打击金兵。建炎元年(1127),宗泽任汴京留守。招募义兵守城并联络两河及陕西义军屡败金兵,金人畏惮,呼为"宗爷爷"。当时各地义军大规模发展,宗泽部署诸军,准备渡河收复失地,前后共二十多次上书高宗,请他还都开封,安定民心,振作士气。但是逃到扬州的宋高宗和黄潜善、汪伯彦等却积极向金人求和,不理睬宗泽的建议,反而怀疑他,派副留守监视。宗泽见恢复无望,忧愤成疾,于建炎二年连呼"过河"三声而卒。

〔3〕"帷幄"句:帷幄谓军帐。全句是说当时南宋掌军权的人不肯

任用岳飞。岳飞字鹏举,相州汤阴人。曾为宗泽部属,屡破金兵。"岳家军"深得人民爱戴。绍兴十年(1140)岳飞任河北诸路招讨使,派部将渡黄河联络义军,并派部将收复洛阳、郑州等地。岳飞自率军大破金兀尤,进军朱仙镇,距开封仅四十五里。北中国各地义军准备与宋军会师。金军心动摇,自燕以南号令不行。然而高宗、秦桧为贯彻其投降阴谋,却严令岳飞迅速退兵。岳飞退兵后,河南各地又被金人侵占。绍兴十一年(1142),岳飞竟以"莫须有"的罪名,被高宗、秦桧投降派杀害。

〔4〕汉节:节谓使节,指宋使范成大等人。沾衣:泪水沾湿衣裳。

书适(二首选一)

其一

老翁垂七十〔1〕,其实似童儿。山果啼呼觅,乡傩喜笑随〔2〕。群嬉累瓦塔,独立照盆池。更挟残书读,浑如上学时〔3〕。

这首诗是绍熙三年(1192)冬在山阴写的,在这首诗里,年近七十的老诗人,描写了他的生动活泼、富有情趣的乡居生活,并且幽默地把自己比作儿童。

〔1〕"老翁"句:老翁,作者自谓。陆游这时年已六十八岁,故说将近七十。

〔2〕乡傩(nuó,音挪):古代乡间举行驱逐疫鬼的仪式,谓之乡傩。这是一种迷信的做法。

139

〔3〕浑如:完全像。

十一月四日风雨大作(二首选一)

其二

僵卧孤村不自哀,尚思为国戍轮台[1]。夜阑卧听风吹雨,铁马冰河入梦来[2]。

这首诗是绍熙三年(1192)十一月陆游在山阴作。诗人在孤村深夜风雨之中,不是哀叹自己的境遇,却想着在这样的风雨之中去为国家戍守西北边疆。

〔1〕轮台:汉代西域地名,即今新疆轮台县。
〔2〕"铁马"句:是想像梦中北征的情景。冰河,泛指北地封冻的河流。

落梅(二首)

其一

雪虐风饕愈凛然[1],花中气节最高坚。过时自合飘零去,耻向东君更乞怜[2]。

《落梅》诗是绍熙三年(1192)冬末在山阴作。这首诗歌咏"气节高坚"的梅花,同时也借以自赞。

〔1〕饕(tāo,音涛):古凶兽名,这里借用形容风势凶猛。
〔2〕东君:这里指春神。

其二

醉折残梅一两枝,不妨桃李自逢时[1]。向来冰雪凝严地,力斡春回竟是谁[2]?

〔1〕桃李:桃李于春天梅花残落后始开,以比逢迎时势以求得意的人。
〔2〕"向来"二句:是说严寒之时,百卉凋零,只有梅花不畏冰雪。除了梅花,还有谁能把春天扭转回来?斡,挽回的意思。

稽山农 余作《避世行》,以为不可常也,复作此篇[1]

华胥氏之国[2],可以卜吾居[3];无怀氏之民[4],可以为吾友。眼如岩电不看人,腹似鸱夷惟贮酒[5]。周公礼乐寂不传[6],司马兵法亡亦久[7]。赖有神农之学存至今[8],扶犁近可师野叟。粗缯大布以御冬,黄粱黑黍身自春,园畦剪韭胜肉美,社瓮拨醅如粥酏[9]。安得天下常年丰,老死不见传边烽;利名画断莫挂口,子孙世作稽山农。

这首诗是绍熙四年(1193)正月在山阴作。在此诗之前,陆游写了一首《避世行》,抒写他因厌恶封建官僚间的倾轧而产生的一种避世隐居的情绪。但他以为避世究竟不是"常"法,于是随即就写了这首《稽山农》诗。此诗先对道家政治理想中的自由国度表示向往,次则赞述农村耕作的朴素生活,最后盼望天下太平,年年丰收,子孙世世务农,不涉名利。

〔1〕稽山:即会稽山,在今浙江绍兴县东南。

〔2〕"华胥氏"句:华胥氏之国是古代寓言中的国家,道家借以阐明其政治理想。《列子·黄帝篇》:"黄帝昼寝,而梦逝于华胥氏之国。其国无帅长,自然而已;其民无嗜欲,自然而已。"

〔3〕卜居:选择住处。

〔4〕"无怀氏"句:无怀氏,相传为上古帝号,在帝太昊之先。《路史·禅通记》说无怀氏之时,民"甘其食,乐其俗,安其居,而重其生意,形有动作,心无好恶,老死不相往来"。这也是道家的政治理想。

〔5〕鸱(chī,音吃)夷:盛酒的革囊。

〔6〕周公礼乐:周公姓姬名旦,周武王之弟。武王殁,周公摄行政事,定出一些巩固王室政权的制度,进一步加强了周的统治,故后世儒家称颂周公制礼作乐以兴太平。

〔7〕司马兵法:即司马穰苴兵法。《史记·司马穰苴列传》:"齐威王使大夫追论古者司马兵法,而附穰苴于中,因号曰司马穰苴兵法。"今存《司马法》一卷。

〔8〕神农之学:相传上古帝王神农氏始制耒耜,教民耕种,后世以有关农业的学问为神农之学。

〔9〕社甖:甖同"罋",社甖谓盛社酒的罋。醅(pēi,音胚):没有过

滤的酒叫做醅。

僧庐[1]

僧庐土木涂金碧,四出征求如羽檄[2]。富商豪吏多厚积[3],宜其弃金如瓦砾。贫民妻子半菽食[4],一饥转作沟中瘠[5]。赋敛鞭笞县庭赤[6],持以与僧亦不惜。古者养民如养儿,劝相农事忧其饥[7]。露台百金止不为[8],尚愧七月周公诗。流俗纷纷岂知此?熟视创残谓当尔[9]!杰屋大像无时止[10],安得疲民免饥死[11]?

这首诗是绍熙四年(1193)初春陆游在山阴作。诗中描写了南宋统治阶级推行佛教,修建佛寺,从而直接加重了对农民残酷的剥削和掠夺的情况。

〔1〕僧庐:佛寺。
〔2〕征求:征求修造佛寺所需资财。
〔3〕厚积:资财蓄积丰富。
〔4〕半菽食:菽,豆类的总名。半菽食,谓人民穷困不能全食豆,尚须杂以野菜。
〔5〕沟中瘠:瘠,瘦。沟中瘠,指因饥饿转死沟壑中的人们。
〔6〕笞(chī,音吃):古代一种刑罚。宋时笞刑是用棍打。县庭赤:流血很多,染红了县府的公庭。
〔7〕劝相:劝是勉励,相是帮助。
〔8〕"露台"句:露台是露天的凉台。《史记·孝文帝本纪》:"尝欲

作露台,召匠计之,直(值)百金。上曰:'百金中民十家之产,……何以台为?'"此用其事。

〔9〕"熟视"句:熟视,看得清清楚楚。创残,谓被鞭笞受伤或成残废的人。创,受伤的意思。当尔,应当如此。

〔10〕杰屋:谓雄壮的寺庙。大像:高大的佛像。

〔11〕疲民:劳苦穷困的人民,指农民。

读陶诗

我诗慕渊明,恨不造其微[1]。退归亦已晚,饮酒或庶几[2]。雨余锄瓜垄,月下坐钓矶[3]。千载无斯人,吾将谁与归[4]?

这首诗是淳熙四年(1193)八月陆游在山阴作。

〔1〕造其微:达到陶诗那样深远微妙的境界。

〔2〕庶几:相近,犹言差不多。

〔3〕"雨余"二句:或在雨后锄瓜地,或在月下坐在水边钓鱼的石头上休息,这是作者自述其退归乡居的生活。

〔4〕"千载"二句:与归,归从;有追随其后的意思。二句是说陶渊明死后再没有同调的人。

秋晚闲步,邻曲以予近尝卧病,皆欣然迎劳[1]

放翁病起出门行,绩女窥篱牧竖迎。酒似粥酦知社到,饼如盘大喜秋成。归来早觉人情好,对此弥将世事轻[2]。红树青山只如昨,长安拜免几公卿[3]?

这首诗是绍熙四年(1193)晚秋陆游在山阴作。诗中表现了普通劳动人民对于诗人的关怀;诗人极为珍视这种友情,并对官场的庸俗生涯表示轻视和冷淡。

〔1〕迎劳(lào,音涝):接待,慰问。
〔2〕弥:愈,益。
〔3〕"长安"句:与上句"红树青山"相应。意思是说,乡间一切仍是照旧;可不知京城里的官场中又拜免了几任公卿大臣,起了多大的变化。长安,我国古典诗文中常以长安作为国都之代称,这里指临安。拜免,任用和罢免。

怀 昔

昔者戍梁益,寝饭鞍马间。一日岁欲暮,扬鞭临散关。增冰塞渭水[1],飞雪暗岐山[2]。怅望钓璜公[3],英概如可还[4]。挺剑刺乳虎,血溅貂裘殷[5];至今传军中,尚愧壮士颜。岂知堕老境,槁木蒙霜菅[6]。泽国气候晚[7],仲冬雪犹悭[8]。曩事空梦想[9],拥褐自笑孱[10]。胡星未贯地[11],大弓何时弯[12]?

这首诗是绍熙四年(1193)冬陆游在山阴作。诗中回忆作者在陕南军中时登临大散关,俯瞰关中失地的情形;记述了作者刺杀乳虎的事迹。而现在年老家居,尚盼有机会能参加战斗。

〔1〕增冰:"增"与"层"古通用。增冰谓层厚的冰。

〔2〕岐山:在今陕西岐山县东北。

〔3〕钓璜公:即太公吕尚。《竹书纪年》:"太公钓于磻溪,得玉璜。"璜,佩玉的一种。磻溪在今陕西宝鸡县东南,北流入渭水,相传太公钓于此而遇周文王。

〔4〕"英概"句:是说姜太公的气概好像并没有消失,可以再回来的样子。

〔5〕殷:这里读 yān,赤黑色。

〔6〕"槁木"句:槁木是枯木。菅(jiān,音尖),草名,可以用作苕帚。全句形容自己衰老。

〔7〕泽国:多水之地。陆游所居绍兴三山地方临近镜湖,故曰泽国。

〔8〕"仲冬"句:旧历十一月为仲冬。悭(qiān,音千),吝啬。谓十一月还没有雪,天很吝啬。

〔9〕曩(nǎng,音囊上声)事:已往的事。

〔10〕拥褐:褐,粗衣。拥褐,围抱着粗布衣服。

〔11〕"胡星"句:胡星即髦头星。"霣"与"陨"同,坠落之意。古代迷信的说法,以为某星是代表某人,某星陨落则其人死亡。这里胡星未霣地,即是说金人势力至今还未被驱逐。

〔12〕"大弓"句:弯,射箭时挽弓弦使之弯。全句是说作者告老乡居,不再过戎马生活,故说不知什么时候能够再挽大弓去参加战斗。

癸丑十一月下旬,温燠如春,晦日忽大风作雪[1]

今年一冬晴日多,草木萌甲风气和[2]。百钱布被未议赎〔3〕,老翁曝背儿行歌。吾侪小人虑不远〔4〕,积雪苦寒来岂晚？青天方行三尺乌〔5〕,不料黑云高巇崭〔6〕。明朝雪恶冻复饿,儿啼颊皴翁噤卧〔7〕。九重巍巍那得知〔8〕？阁门催班百官贺〔9〕。

这首诗是绍熙四年(1193)十一月晦日陆游在山阴作。诗中表现了作者对于严寒骤至而布被未赎的贫苦人民的关怀和同情。

〔1〕癸丑:宋光宗绍熙四年是癸丑年。下旬:十日为一旬,下旬,每月二十一日至月底。燠:暖。晦日:旧历每月最末一日。

〔2〕萌甲:萌是萌芽,甲是草木初生时所带的种皮。

〔3〕"百钱"句:是说因天气暖和,所以典了一百钱的布被还没有考虑赎回来。

〔4〕吾侪(chái,音柴):我辈,我们。

〔5〕三尺乌:"尺"字疑当作"足"字,三足乌,谓太阳。

〔6〕巇崭(jiǎn chǎn,音减产):高峻屈曲的形状。

〔7〕颊皴(cūn,音村):面颊皮肤皲裂。噤:不作声。

〔8〕九重:犹言深宫,指古代帝王所居住的地方。

〔9〕"阁门"句:宋制,设东西阁门使,文武百官朝见辞谢,由阁门使视其品秩以为引班叙班的次序。催班是催促百官排班。二句诗是说天降大雪,群臣百官认为是丰年的预兆,都忙着对皇帝朝拜庆贺,在九重深宫里的皇帝和群臣百官们哪里知道此时有多少穷苦人民正在受冻挨饿？

赛神曲

击鼓坎坎〔1〕,吹笙呜呜。绿袍槐简立老巫〔2〕,红衫绣裙舞

147

小姑。乌臼烛明蜡不如[3],鲤鱼糁美出神厨[4]。老巫前致词,小姑抱酒壶:愿神来享常欢娱,使我嘉谷收连车;牛羊暮归塞门闾,鸡鹜一母生百雏;岁岁赐粟,年年蠲租[5];蒲鞭不施[6],圜土空虚[7];束草作官但形模,刻木为吏无文书[8];淳风复还羲皇初[9],绳亦不结况其余[10]!神归人散醉相扶,夜深歌舞官道隅。

这首诗是绍熙四年(1193)十二月陆游在山阴作。诗中描写了当时民间流行的赛神的风俗;并通过祈神老巫的致词,反映了人民渴望发展生产,免除租税,解除官吏和暴政压迫的情绪。

〔1〕坎坎:鼓声。

〔2〕槐简:槐木做的笏,巫祈神时所执用。

〔3〕乌臼烛:用乌臼树的种子制成的蜡烛。

〔4〕糁(sǎn,音散):原是用米和的羹,这里作羹汤讲。

〔5〕蠲(juān,音捐)租:免除租税。

〔6〕蒲鞭:以蒲草为鞭,虽笞不痛,表示耻辱而已。

〔7〕圜土:古狱城,即后世的监狱。

〔8〕"束草"二句:是说只须束草作官员的形状,刻木以为吏人,并不需要设立官吏,也不需要公文法令。

〔9〕羲皇:伏羲氏号为羲皇,是我国古代传说中古帝王之一。

〔10〕绳亦不结:据传说,上古时代无文字,结绳以记事,大事用大结,小事用小结。《易·系辞》:"上古结绳而治,后世圣人易之以书契。"作者因想返回理想中的远古生活,故说连结绳记事都用不着。"愿神"句至"绳亦"句为老巫所致辞。

书叹

夜深青灯耿窗扉,老翁稚子穷相依。齑盐不给脱粟饭[1],布褐仅有悬鹑衣[2],偶然得肉思共饱,吾儿苦让不忍违。儿饥读书到鸡唱,意虽甚壮气力微;可怜落笔渐健快,其奈瘦面无光辉!布衣儒生例骨立[3],纨裤市儿皆瓠肥[4]。勿言学古徒自困,吾曹舍此将安归?作诗自宽亦慰汝,吟罢抚几频歔欷[5]!

这首诗是绍熙四年(1193)十二月陆游在山阴作。诗中抒写退休乡居期间的贫困生活和教育儿子的情形,颇有感慨不平之意。

〔1〕齑(jī,音机):酱调的菜食或肉食。不给:不能供给。脱粟饭:仅仅脱去秫壳的糙米做成的饭。

〔2〕悬鹑衣:敝恶的衣服,像鹑鸟短秃的尾巴。

〔3〕例骨立:例,这里是向来的意思。骨立,谓瘦得只有骨头支立起来。

〔4〕纨裤:纨,绢。古时富贵子弟服纨,故称他们为纨裤子弟。瓠(hù,音户)肥:瓠,葫芦。这里瓠肥是形容身体肥胖。

〔5〕抚几:犹言拍案。歔欷:悲泣时气咽抽噎的样子。

蔬食[1]

今年彻底贫,不复具一肉。日高对空案,肠鸣转车轴[2]。春荠忽已花,老笋欲成竹[3]。平生饭蔬食,至此亦不足。孰知读书却少进[4],忍饥对客谈尧舜[5]。但令此道粗有传,深山饿死吾何恨?

　　这首诗是绍熙五年(1194)三月陆游在山阴作。诗人自述乡居期间,生活贫困,蔬食不足,但还是坚持读书,讲论尧、舜治国安民的道理。

　　〔1〕蔬食:犹言素食。
　　〔2〕"肠鸣"句:肚里鸣叫如车轴轮转时所发出的响声,极言饥饿。
　　〔3〕"春荠"二句:荠,菜名。春荠开花,笋老成竹,则皆不可食。二句言所食粗恶。
　　〔4〕少进:稍有进步。
　　〔5〕谈尧舜:儒家以古代传说中的尧、舜为理想的帝王。谈尧舜,是讲论尧舜治理国事之道。

三月二十五夜达旦不能寐

愁眼已无寐,更堪衰病婴[1]?萧萧窗竹影[2],磔磔水禽声[3]。摇楚民方急[4],烟尘虏未平。一身那敢计,雪涕为时倾[5]!

　　这首诗是绍熙五年(1194)陆游在山阴作。诗人在彻夜失眠中,忧虑的只是当前国家的局势和人民的灾难,而不为自己一身打算。

　　〔1〕婴:缠绕之意。
　　〔2〕萧萧:形容竹影摇动的样子。

〔3〕磔(zhé,音哲)磔:鸟鸣声。

〔4〕捶楚:古之杖刑。这里指官府鞭打人民以索赋敛。

〔5〕雪涕:犹洒泪。

山头鹿[1]

呦呦山头鹿[2],毛角自媚好,渴饮涧底泉,饥啮林间草[3]。汉家方和亲,将军灞陵老[4]。天寒弓力劲[5],木落霜气早。短衣日驰射[6],逐鹿应弦倒。金槃犀筋命有系[7],翠壁苍崖迹如扫[8]。何时诏下北击胡,却起将军远征讨?泉甘草茂上林中[9],使我母子常相保。

这首诗是绍熙五年(1194)四月陆游在山阴作。诗中讽刺南宋政府无意出兵北伐,致使将军们闲着,日以驰骋射猎为事。"翠壁"句以上作作者口气,"何时"句以下则作鹿的口气。

〔1〕山头鹿:唐诗人张籍新乐府诗已有《山头鹿》题。

〔2〕呦呦:鹿鸣声。

〔3〕啮(niè,音聂):咬食。

〔4〕"汉家"二句:汉李广在武帝元光六年(前129)因兵少败于匈奴,被俘,由于他的机智和勇敢,才得逃回。汉吏因他为敌生俘,拟治他死罪,赎为庶人,遂退居蓝田山中。他常在山中打猎。一日,醉饮夜归,为灞陵尉所呵止,宿于亭下。其时武帝对匈奴已改变"和亲"政策,开始采取武力进攻的政策,所以李广退居的原因并非由于和亲。作者只是借用其事以喻南宋既已与金议和,只图苟安,无意恢复,将军们只以驰逐射

猎为事,虚度时日。

〔5〕"天寒"句:天寒则弓胶愈固而弓愈硬,故其弹性愈强而有力。

〔6〕短衣:指戎服。

〔7〕"金槃"句:金槃即金盘。"犀筯"疑当作"犀筋"。"筋"同"箸",犀筋见杜甫《丽人行》。金盘、犀筋皆为珍贵的食具。全句是说被猎获的鹿是命中注定要被将军们吃的。又按《开元遗事》:"开元元年冬至,交趾国进犀角一株,色如金。使者请以金盘放置殿中,温然暖气袭人。上问其故,使者曰:'如辟寒犀也。'"这里金盘犀筋疑暗用其事,只改犀角为犀筋,以比麋鹿为人猎捕,命运正复相同。则不改"筋"为"筯"亦通。

〔8〕"翠壁"句:是说山中的鹿为军队猎取完了,所以深山崖谷之中,再也不见它的踪迹,好像扫光了似的。

〔9〕上林:汉苑名,故址在今陕西省长安、盩屋及鄠县界,宽广三百里,是汉代皇帝射猎的地方。

明妃曲[1]

汉家和亲成故事[2],万里风尘妾何罪?掖庭终有一人行[3],敢道君王弃蕉萃[4]。双驼驾车夷乐悲,公卿谁悟和戎非!蒲桃宫中颜色惨,鸡鹿塞外行人稀[5]。沙碛茫茫天四围,一片云生雪即飞,太古以来无寸草,借问春从何处归?

这首诗是绍熙五年(1194)夏陆游在山阴作。

〔1〕明妃:汉元帝宫女王嫱,字昭君。晋时避晋帝司马昭讳,改称明

妃。西汉元帝时对南匈奴呼韩邪部落采取羁縻政策。当时元帝按图召宫女,宫女都贿赂画工,只有昭君不肯,画工就把她画得很丑。及至呼韩邪单于来朝,元帝就把昭君赐给单于。昭君辞行的时候,元帝看见她举止娴雅,容貌为后宫第一,于是大悔。但既已许赠匈奴,也不得挽留了。后来元帝彻底究查这件事,将画工毛延寿等处死。

〔2〕和亲:见《感愤》诗"诸公"二句注。故事:这里谓旧日已行之事例。

〔3〕掖庭:宫中旁舍,后妃宫女居住的地方。

〔4〕蕉萃:同憔悴。

〔5〕蒲桃宫、鸡鹿塞:见《夜观秦蜀地图》"意气"二句注。蒲桃宫本汉长安宫名,哀帝时匈奴单于来朝住此,这里借指呼韩邪来朝时所居住的宫舍。

忧 国

恩许还山已六年[1],誓凭耕稼饯华颠[2]。养心虽若冰将释[3],忧国犹虞火未然[4]。议论孰能忘忌讳[5]?人材正要越拘挛[6]。群公亦采刍荛否?贞观开元在目前[7]。

这首诗是绍熙五年(1194)八月陆游在山阴三山故居作。诗中自述被劾归家以来,虽已发誓埋头在耕稼之中,送去晚年,但忧国之心还是不能消释,因而指出当时关键问题,是在于使朝廷开放言论和破格用人。

〔1〕"恩许"句:陆游自孝宗淳熙十六年(1189)被劾罢归,至光宗绍

熙五年,家居已达六年。

〔2〕饯华巅:饯谓饯送,华巅谓白头。饯华巅犹言送老之意。

〔3〕冰将释:是说心无挂碍,如冻冰的融解,毫不沾滞。《老子》:"涣兮若冰之将释。"此用其语。

〔4〕火未然:然通"燃"。火未然,比祸乱行将发作。

〔5〕"议论"句:是说谁能够议论国事不避当权者之所忌恶,不讳言他们所反对的事情。

〔6〕越拘挛:越谓超越;拘挛,指成规的束缚。

〔7〕开元:唐玄宗开元、天宝间,经济文化发展达到鼎盛时期。

大风雨中作甲寅八月二十三日夜〔1〕

风如拔山怒,雨如决河倾。屋漏不可支,窗户俱有声。乌鸢堕地死,鸡犬噤不鸣。老病无避处,起坐徒叹惊。三年稼如云〔2〕,一旦败垂成〔3〕。夫岂或使之〔4〕?忧乃及躬耕。邻曲无人色,妇子泪纵横。且抽架上书,洪范推五行〔5〕。

这首诗是绍熙五年(1194)八月陆游在山阴作。诗中真实地记述了大风雨所造成的灾害和人们惊惧忧急的心情。

〔1〕甲寅:绍熙五年是甲寅年。

〔2〕稼如云:言禾稼像云一样多。

〔3〕垂成:将成。

〔4〕夫:语词。

〔5〕洪范:《尚书》中的一篇。据《传》:"洪,大也;范,法也;言天地

之大法。"篇中讲到五行(水、火、木、金、土)及雨、旸、燠、寒、风等"庶征"之事。按照迷信的说法,能用洪范推测天时的变化。

岁暮感怀,以"余年谅无几,休日怆已迫"为韵(十首选一)[1]

其十

井地以养民[2],整整若棋画。初无甚贫富,家有五亩宅[3]。
哀哉古益远,祸始开阡陌[4]。富豪役千奴[5],贫老无寸帛。
困穷礼义废,盗贼起蹙迫[6]。谁能讲古制,寿我太平脉[7]?

这首诗是绍熙五年(1194)岁末陆游在山阴作。作者感于南宋社会贫富悬殊,人民穷困,因而想到恢复传说中的古代井田制度,希望天下太平。

[1] "余年"二句:这是韩愈《南溪始泛》诗第一首中的句子。原诗"谅"作"懔","迫"作"晚"。陆游此题共十首,分用二句诗中十字为韵;此第十首,故以"迫"字之韵为韵。

[2] 井地:相传我国古代曾经实行井田制:即把土地画成很多井字形,每井之内有地九百亩。中间一百亩为公田,其余八百亩分给八家农民耕种。这里"井"字作动词用,就是画井地,行井田制的意思。

[3] "家有"句:据说那时每家除分得一百亩地之外,另外还分得五亩地盖房子,称为五亩之宅。

〔4〕"祸始"句:阡陌,是田间界路;秦孝公用商鞅变法,开辟阡陌封疆,承认各人新辟土地所有权,按各人所占土地面积定赋税。这个措施在当时的社会经济条件下,是有相当作用的。作者认为"祸始开阡陌",主要是从南宋社会贫富悬殊而发。

〔5〕役千奴:役使千百奴隶。

〔6〕起蹙(cù,音促)迫:蹙迫,穷促急迫,起蹙迫,意谓其原因是由于饥寒所迫。

〔7〕"寿我"句:是说使国家太平,延长它的命脉。

首春连阴〔1〕

入春十日九日阴,积雪未解雨复霪〔2〕。西家船漏湖水涨,东家驴病街泥深〔3〕。去秋宿麦不入土,今年米贵如黄金。老妪哭子那可听,僵死不复黔娄衾〔4〕!州家遣骑馈春酒〔5〕,欲饮复止吾何心?出门空叹岁华速〔6〕,已见微绿生高林。

这首诗是宁宗庆元元年(1195)正月陆游在山阴作。诗中对霪雨成灾,人民生活困苦以及人死无以为殓的情况,表示忧虑和同情。

〔1〕首春:即正月。

〔2〕霪(yín,音银):久雨。

〔3〕病:苦的意思。

〔4〕"僵死"句:黔娄,春秋时齐国人,鲁国聘他为相,齐国聘他为卿,皆不就。家甚贫,死后衣衾不能遮蔽尸体。这里用黔娄之事,以说明老妪贫困,儿子死后无衣衾以为殡殓。

〔5〕州家:州郡官府。
〔6〕岁华:即年华,犹言时光。

新春

老境三年病,新元十日阴[1]。疏篱枯蔓缀,坏壁绿苔侵。忧国孤臣泪,平胡壮士心。吾非儿女辈,肯赋白头吟[2]?

这首诗是庆元元年(1195)正月陆游在山阴作。

〔1〕新元:指庆元元年,宁宗初立所改的年号。
〔2〕"肯赋"句:诵诗为赋。《白头吟》是古乐府楚调曲名。其中有云:"凄凄复凄凄,嫁娶不须啼。愿得一心人,白头不相离。"原来是讽刺对爱情不忠的诗。但作者这里是着重说明自己虽老,而壮心犹在,不肯效儿女辈自叹白头,与原作用意稍有不同。

镜湖

躬耕蕲一饱[1],闵闵望有年[2]。水旱适继作,斗米几千钱!镜湖洙已久[3],造祸初非天[4]。孰能求其故?遗迹犹隐然[5]。增卑以为高,培薄使之坚;坐复千载利,名托亡穷传[6]。民愚不能知,仕者苟目前[7],吾言固应弃,悄怆夜不眠。

这首诗是庆元元年(1195)三月陆游在山阴作。诗中反映了南宋时富豪圈占湖田,破坏水利,从而给人民造成灾难的严重情况。作者主张兴复水利,为民除害;但不为人所采纳,故深为忧虑。

〔1〕蕲(qí,音齐):希求。

〔2〕闵闵:忧心的样子。有年:丰年。

〔3〕洢(yì,音义):水动荡奔突而出。

〔4〕"造祸"句:按南宋时权门豪族与地方官府勾结,圈占镜湖湖田两千三百余顷,损毁湖堤,水利废弛,经常发生水旱灾。所以作者说灾祸的造成,不是由于天然的原因,而是由于人为。

〔5〕"遗迹"句:谓湖身湖堤遗留下来被人强占和破坏的痕迹还隐约可见。

〔6〕亡:这里音义与"无"字同。

〔7〕"仕者"句:仕者,做官的人。这句是说地方官苟且随便,为眼前之计,不肯修治镜湖。

夜 归

疏钟渡水来〔1〕,素月依林上。烟火认茅芦〔2〕,故倚船篷望。

这首诗是庆元元年(1195)三月陆游在山阴作。

〔1〕疏钟:远处传来的稀落的钟声。

〔2〕"烟火"句:是说凭借着炊烟和灯火来辨认自己居住的茅舍。

农家叹

有山皆种麦,有水皆种粳。牛领疮见骨,叱叱犹夜耕。竭力事本业[1],所愿乐太平。门前谁剥啄[2]? 县吏征租声。一身入县庭,日夜穷笞搒[3]。人孰不惮死? 自计无由生。还家欲具说,恐伤父母情。老人傥得食,妻子鸿毛轻。

这首诗是庆元元年(1195)三月陆游在山阴作。诗中写出了农民辛勤耕作,渴望过太平日子,但为官府逼租酷打,几乎不得生活下去的悲惨情形。

〔1〕本业:我国古代认为农业为本业。
〔2〕剥啄:敲门声。
〔3〕笞搒(péng,音朋):鞭打。

舍北晚眺(二首选一)[1]

其一

红树青林带暮烟,并桥常有卖鱼船。樊川诗句营丘画[2],尽在先生拄杖边[3]。

这首诗是庆元元年(1195)九月陆游在山阴作。

〔1〕眺:望。

〔2〕樊川:晚唐诗人杜牧号樊川。营丘画:李成,宋营丘人,善画山水,山林薮泽,平远险易,无不逼真。

〔3〕先生:作者自称。

读杜诗

城南杜五少不羁[1],意轻造物呼作儿[2]。一门酣法到孙子,熟视严武名挺之[3]。看渠胸次隘宇宙[4],惜哉千万不一施[5]！空回英概入笔墨[6],生民清庙非唐诗[7]。向令天开太宗业,马周遇合非公谁[8]？后世但作诗人看,使我抚几空嗟咨[9]！

这首诗是庆元元年(1195)九月陆游在山阴作。诗中慨叹杜甫不得当政者重用,没有施展他的政治抱负;并对后世一些人只把杜甫看作一个普通诗人,表示异议。他对杜甫这样的评价,实际上也就是对自己的评价。

〔1〕城南杜五:谓初唐诗人杜审言。他是杜甫的祖父,居长安城东南的杜陵,故曰城南杜五。

〔2〕"意轻"句:杜审言恃才狂傲,病将死,诗人宋之问等问候他,他说:"甚为造化小儿相苦,尚何言！"造物即造化,指大自然。

〔3〕"一门"二句:宋衡阳王刘义季素嗜酒,为长夜之饮,略少醒日。文帝责之,曰:"此非惟伤事业,亦自损性命。一门无此酣法,汝于何得之！"见《宋书》及《南史·衡阳王义季传》。熟视,连续注视。挺之,是严

武的父亲。名,这里指直呼严武父亲的名字。据《旧唐书》,严武镇成都,保荐杜甫为节度参谋检校尚书工部员外郎,待杜甫很好。杜甫醉后登严武床上,瞪着严武说:"严挺之乃有此儿!"在古代对人直呼其父的名字,是被认为极不礼貌的事。陆游以为杜甫这种狂放的态度是由杜审言遗传下来的。

〔4〕"看渠"句:渠,他,指杜甫。隘宇宙,宇宙都显得狭小,极言杜甫胸次广阔。胸次,指胸怀说。

〔5〕施:施用,施展。

〔6〕"空回"句:是说只能把他的英雄气概表现在他所写的诗篇里。

〔7〕"生民"句:《生民》,是《诗经·大雅》篇名;《清庙》,是《诗经·周颂》篇名。全句意思是说杜甫的诗继承了《诗经》的优良传统,不可以一般的唐诗看待。

〔8〕"马周"句:马周,唐太宗时人。马周至长安,客居中郎将常何的家里。贞观年间,唐太宗诏百官言政事得失。常何是武吏,不懂得经学,于是马周就为常何条陈二十余事,都符合太宗的意思。太宗感到奇怪,问常何。常何回答:"此非臣所能,家客马周具草也。"太宗即日召见,马周后官至中书令。全句是说假如杜甫时的帝王能复兴太宗的事业,则他必将像马周一样得到皇帝的信用和提拔。

〔9〕嗟咨:叹息。

小舟游近村,舍舟步归(四首选一)

其四

斜阳古柳赵家庄,负鼓盲翁正作场[1]。死后是非谁管得[2]？满村听说蔡中郎[3]。

这首诗是庆元元年(1195)十月陆游在山阴作。

〔1〕作场：凡在群众中说唱故事，演奏歌曲及表演各种游艺，都叫做作场。

〔2〕"死后"句：这是说人死之后，是非善恶全由他人评论，自己不能作主，如下文所听说的蔡中郎故事。

〔3〕"满村"句：东汉蔡邕，字伯喈。灵帝中平六年(189)董卓强征之，次年即拜左中郎将。故后人称蔡邕为蔡中郎。今所传南戏中有《琵琶记》一种，演蔡邕及第后，弃其故妻，而为牛相国赘婿事。根据陆游这句诗可知南宋时民间已经演说有关蔡中郎的故事。

闻雁

霜高木叶空[1]，月落天宇黑。哀哀断行雁，来自关塞北。江湖稻粱少，念汝安得食？芦深洲渚冷，岁晚霰雪逼。不知重云外，何处避毕弋[2]？我穷思远征，羡汝有羽翼。

这首诗是庆元元年(1195)十月在山阴作。诗人由于自己境遇的穷窘，对这个秋天孤雁的命运发生了深切的同情。末二句更进一步说自己还不如这个孤雁生有翅膀，可以自由来去。

〔1〕霜高：霜重。

〔2〕毕：网。弋：以绳系矢而射谓之弋。

枕上偶成

放臣不复望修门[1],身寄江头黄叶村。酒渴喜闻疏雨滴[2],梦回愁对一灯昏。河潼形胜宁终弃[3]?周汉规模要细论[4]。自恨不如云际雁[5],南来犹得过中原。

这首诗是庆元元年(1195)十月陆游在山阴作。

[1] 放臣:放逐之臣。陆游此时乡居,仅任提举武夷山冲祐观闲职,不在朝位,故以放臣自称。修门:楚国郢都城门名,见《楚辞·招魂》。这里借指南宋国都。

[2] 酒渴:久不得饮酒。

[3] 河潼:黄河,潼关。

[4] "周汉"句:周都丰、镐、洛邑,汉都长安、洛阳,都曾统治包括中原在内的广大国土。全句是说要详细研究周汉定都立国的宏大规模,以便准备收复中原后定都关中或洛阳。

[5] 云际:云边。

贫甚,作短歌排闷

闲何阔,逢诸葛[1],畏人常忧不得活。事不谐,问文开,不蹋权门更可哀[2]。即今白发如霜草,一饱茫然身已老[3]。惟有躬耕差可为,卖剑买牛悔不早[4]。年丰米贱身独饥[5],

今朝得米无薪炊。地上去天八万里[6]，空自呼天天岂知！

　　这首诗是庆元元年（1195）冬作。

　　[1]"闲何阔"二句：闲，同"间"，近来的意思。阔，久阔。诸葛，指诸葛丰。西汉元帝时诸葛丰为司隶校尉，大胆探察举发不法事情，无所回避。当时长安流行有"闲何阔，逢诸葛"的说法。意思是说，因逢到诸葛丰，被他举发了，所以多日不得相见。作者借用这两句话，以说明自己屡次被劾得罪，因而对权臣甚感畏惧，惟恐自己再被他们陷害，与原来检举不法事用意不同。

　　[2]"事不"三句：东汉袁成字文开，官左中郎，与梁冀结好。他所说的话梁冀没有不听从的。当时洛阳有"事不谐，问文开"的说法。作者借用这两句话以说明别人去找有势力的人说话，而他自己却不愿奔走权门，所以处境就很悲哀。

　　[3]一饱茫然：谓不事生产，一饱之外，茫然无所知。

　　[4]卖剑买牛：西汉宣帝时渤海郡人因为不堪饥寒和官吏压迫，被迫组织武装斗争，宣帝派龚遂为渤海郡太守，龚遂进行了些救济工作，更换了一些官吏。他并且提倡卖剑买牛，使农民失去了武装，而被束缚于土地上。作者借用其事只是说自己悔不早日回乡躬耕。

　　[5]年丰米贱：据《剑南诗稿·蜀僧宗杰来乞诗，三日不去，作长句送之》诗：庆元元年"所在皆大稔"，米价低廉，"斗米三钱"。

　　[6]八万里：《晋书·天文志》谓地上去天之数为八万一千三百九十四里三十步五尺三寸六分。这是古代天文学关于地球与太阳之间的距离的一种推算。

春望

天地回春律[1]，山川扫积阴。波光迎日动，柳色向人深[2]。

沾洒忧时泪[3],飞腾灭虏心。人扶上危榭,未废一长吟。

这首诗是庆元二年(1196)正月陆游在山阴作。

〔1〕回春律:传说战国时燕国的黍谷(一名寒谷),气候寒冷,不生五谷。驺衍吹律而温气生,谷里就能生长五谷了。故后世谓冬尽春来为"黍谷回春"。"春律"之义本此。

〔2〕深:柳叶茂密,故谓色深。

〔3〕沾洒:沾谓沾襟,洒谓洒地,指泪说。

寒夜歌

陆子七十犹穷人[1],空山度此冰雪晨。既不能挺长剑以抉九天之云[2],又不能持斗魁以回万物之春[3]。食不足以活妻子,化不足以行乡邻[4]。忍饥读书忽白首,行歌拾穗将终身[5]。论事愤叱目若炬[6],望古踊跃心生尘[7]。三万里之黄河入东海,五千仞之太华磨苍旻[8]。坐令此地没胡虏,两京宫阙悲荆榛。谁施赤手驱蛇龙[9]?谁恢天网致凤麟[10]?君看煌煌艺祖业,志士岂得空酸辛[11]。

这首诗是庆元二年(1196)正月陆游在山阴作。作者述说自己穷居空山,抱负不能实现,但斗志仍然高昂,深叹祖国雄壮的河山陷于敌人,希望有志之士能够致力于恢复的事业,而不要只是徒然地悲伤。

〔1〕七十:陆游作这首诗时是七十二岁,说七十,是取其整数。

〔2〕"既不"句:抉,穿破。九天,谓九重天。全句是说自己不能拨云以见天日。

〔3〕"又不"句:斗魁,北斗七星,第一至第四星为魁。《淮南子·时则训》:"斗柄(北斗五至七三星)指东,天下皆春。"全句是说自己不能把捉斗魁,使斗柄东指,万物回春,以比自己不能为国家人民造福。

〔4〕化:谓道德行为的感化。

〔5〕"行歌"句:用《列子·天瑞》林类事。拾穗,拾取田中禾麦的穗子,是说自己靠农田度日,生活贫困。

〔6〕目若炬:眼光好像一支火把。

〔7〕望古:企望古代和古人之意。踊跃:跳跃,这里有鼓舞振奋之意。心生尘:谓心情激动,心中好像有尘土飞扬。

〔8〕苍旻(mín,音民):古时以春为苍天,秋为旻天。苍旻,泛指天说。

〔9〕蛇龙:比金人。

〔10〕恢天网:犹言张开天网。天网以比网罗人材的措施。

〔11〕空酸辛:谓徒然悲伤,于事无补。言外有必须以实际行动来收复失地之意。

怀旧(六首选一)

其三

狼烟不举羽书稀[1],幕府相从日打围[2]。最忆定军山下路,乱飘红叶满戎衣。

这首诗是庆元二年(1196)初春陆游在山阴作。诗中回忆作者在南郑军中的生活。

〔1〕"狼烟"句:是说当时边界平靖无战事。

〔2〕幕府:指四川宣抚使戎幕。打围:设围场以猎取兽类。

感事(四首选二)

其一

鸡犬相闻三万里,迁都岂不有关中? 广陵南幸雄图尽[1],泪眼山河夕照红。

这首诗是庆元二年(1196)春陆游在山阴作。

〔1〕"迁都"二句:是说汴京陷于金人后,宋高宗不迁都关中,以图恢复;反而南走广陵(即扬州)建都临安,足见其志在偏安,并没有收复中原的远大意图。

其二

堂堂韩岳两骁将[1],驾驭可使复中原。庙谋尚出王导下,顾用金陵为北门[2]!

这首诗是庆元二年(1196)春末陆游在山阴作。

〔1〕韩岳：即南宋名将韩世忠、岳飞。韩世忠曾多次打败金兵。建炎四年(1130)曾以八千人围困北退的金将兀术十万之众于镇江黄天荡。后因坚决主张抗金收复失地，反对秦桧议和，反对杀害抗战将领岳飞，为妥协投降派所排挤，终于被解除兵权。骁将：勇将。

〔2〕"庙谋"二句：庙谋，朝廷对军国大事的计划，即国策。王导，晋元帝时丞相，辅助晋元帝定都建康(金陵，即今南京)，建立东晋。而宋高宗南渡，朝臣却策划定都于临安，只以金陵为北方门户，这样谋划比东晋时王导的偏安谋划还不如。

村饮示邻曲

七年收朝迹[1]，名不到权门。耿耿一寸心，思与穷友论。忆昔西戍日，屠房气可吞。偶失万户侯，遂老三家村[2]。朱颜舍我去，白发日夜繁。夕阳坐溪边，看儿牧鸡豚。雕胡幸可炊[3]，亦有社酒浑[4]。耳热我欲歌[5]，四座且勿喧[6]。即今黄河上，事殊曹与袁[7]。扶义孰可遣[8]？一战洗乾坤。西酹吴玠墓，南招宗泽魂。焚庭涉其血[9]，岂独清中原！吾侪虽益老，忠义传子孙，征辽诏傥下[10]，从我属櫜鞬[11]。

这首诗是庆元二年(1196)六月在山阴作。诗人一生抗敌救国的志愿，在朝廷执政者当中得不到支持，现在便转而向农村的穷朋友们寄托希望，号召他们随时准备，传之子孙，只要国家发动北伐，大家都跟随他参加战斗去。

〔1〕"七年"句:陆游自孝宗淳熙十六年(1189)罢官归山阴,至宁宗庆元二年,已满七年。收朝迹,足不履朝,即不再在朝做官的意思。

〔2〕"偶失"二句:指淳熙十六年,陆游被劾免官罢归山阴三山村事。

〔3〕雕胡:即菰米。

〔4〕社酒:农村在社日所酿制的酒。浑:浑浊。

〔5〕耳热:饮酒后两耳发热。

〔6〕"四座"句:古诗云:"四座且勿喧,听我歌一言。"此用其成语。

〔7〕"即今"二句:曹谓曹操,袁谓袁绍。在东汉末年地方势力割据混战时期,曹操据有今河南、山东西南部,袁绍据有河北、山西、山东东部和北部。献帝建安五年(200),曹操与袁绍大战于河南中牟、延津黄河沿岸一带地方,袁绍大败。后来袁绍所据地方亦被曹操占领。作者认为曹袁之间的战争是中国内部战争,而金人与宋的战争,却是汉族对抗金人的侵略的战争,其事不同。

〔8〕扶义:犹言仗义的人。

〔9〕庭:这里指金国宫庭说。涉其血:涉血即蹀血,谓从金人侵略者的血迹上踏过,亦即消灭侵略者之意。

〔10〕征辽:这里谓北伐金人。

〔11〕属:携带的意思。櫜鞬(gāo jiān,音高肩):盛弓矢之器。

陇头水[1]

陇头十月天雨霜[2],壮士夜挽绿沉枪[3],卧闻陇水思故乡,三更起坐泪数行。我语壮士勉自强:男儿堕地志四方,裹尸马革固其常,岂若妇女不下堂[4]?生逢和亲最可伤,岁辇金絮输胡羌[5]。夜视太白收光芒,报国欲死无战场[6]!

　　这首诗是庆元二年(1196)冬陆游在山阴作。前四句写一个前方战士思念故乡;"我语"四句勉慰战士为国立功。后四句作战士回答语气,表示南宋王朝既已对敌妥协投降,自己决心牺牲报国,但苦于没有杀敌的战场。

　　〔1〕陇头水:古乐府横吹曲有《陇头流水歌》。陇头本地名,即陇山,亦名陇首,在今陕西陇县西北。
　　〔2〕雨霜:下霜。雨在这里是动词,音 yù。
　　〔3〕绿沉枪:枪调绿漆之,其色深沉,故名。
　　〔4〕"岂若"句:《春秋》襄公三十年《谷梁传》:"妇人之义,傅母不在,宵不下堂。"
　　〔5〕"岁辇"句:辇,用车载运。南宋自绍兴十一年(1141)与金成立卖国投降的"绍兴和议"以来,每年缴纳金人银二十五万两、绢二十五万匹。隆兴二年(1164),订立"隆兴和议",每年改纳金银二十万两、绢二十万匹。
　　〔6〕"夜视"二句:太白即金星。古代迷信的说法,太白是"上公大将军之象",现在太白光芒收敛,金不用事,即象征着朝廷无意北伐,壮士们没有舍身报国的机会。

书　志

　　往年出都门,誓墓志已决[1]。况今蒲柳姿[2],俯仰及大耋[3]。妻孥厌寒饿,邻里笑迂拙。悲歌行拾穗,幽愤卧啮雪[4]。千岁埋松根[5],阴风荡空穴。肝心独不化,凝结变金铁,铸为上方剑[6],衅以佞臣血[7]。匣藏武库中[8],出参髦头列[9]。三尺粲星辰[10],万里静妖孽。君看此神奇[11],丑虏何足灭!

这首诗是庆元三年(1197)春作。诗中所歌唱的是诗人自己为国复仇的坚强决心,战斗的热情在这里发扬到最高度和最强度。

〔1〕誓墓:晋王羲之辞去会稽内史官职后,曾在他父母的坟墓前自誓不再做官。作者借此说明自己不愿再出做官的决心。

〔2〕蒲柳姿:蒲柳即水杨。蒲柳凋落最早,故以比早衰的人的体质。蒲柳姿,在这里形容衰老的样子。

〔3〕俯仰:犹言极短的时间。耋(dié,音蝶):年老。古时一般以八十岁为耋,一说七十岁为耋。陆游作此诗时已七十三岁,故说及大耋。

〔4〕"幽愤"句:幽愤,谓胸中郁积的愤怒。啮雪,犹餐雪。汉时苏武出使匈奴被扣留,单于胁迫投降,他绝食不屈。《汉书·苏武传》:"武卧,啮雪,与旃毛并咽之。"这里借用其事以自喻生活的穷困和操守的坚贞。

〔5〕埋松根:谓死后埋葬。

〔6〕上方剑:上方即尚方,汉官名,掌作皇帝所用刀剑等器物。西汉朱云曾对成帝说:"臣愿赐尚方斩马剑,断佞臣一人!"

〔7〕衅:古时杀牲以血涂器物的坼隙因而祭之,称为衅。这是古时的血祭。

〔8〕"匣藏"句:是说剑在不用的时候,就用匣子装起来藏在军器库中。

〔9〕"出参"句:是说用剑的时候,则把剑拿出来参加武士的行列。

〔10〕三尺:古制上士之剑长三尺。三尺,一般常用以指剑。粲星辰:比天上的星辰还更明亮。

〔11〕神奇:指宝剑说。

暮春[1]

数间茅屋镜湖滨,万卷藏书不救贫。燕去燕来还过日,花开花落即经春。开编喜见平生友[2],照水惊非曩岁人。自笑灭胡心尚在,凭高慷慨欲忘身[3]。

这首诗是庆元三年(1197)三月陆游在山阴作。

〔1〕暮春:旧时以旧历三月为暮春。

〔2〕"开编"句:谓打开书卷,就好像遇见了平生所向往的古人,所以感到高兴。

〔3〕欲忘身:欲舍身以报国。

露坐立秋前五日(二首选一)

其二

岸帻临窗意未便[1],又拖筇杖出庭前。清秋欲近露沾草,皎月未升星满天。过埭船争明旦市[2],蹋车人废彻宵眠[3]。

齐民一饱勤如许,坐食官仓每惕然[4]!

这首诗是庆元四年(1198)夏末陆游在山阴作。

〔1〕岸帻(zé,音则):岸,在这里是显露的意思;帻,头巾;岸帻谓脱巾露额。意未便:不惬意。

〔2〕"过埭(dài,音代)"句:以土堰水叫作埭。全句是说乡民多在夜间用船载物,过埭时争先恐后,以便运往明天早市上去售卖。

〔3〕"蹋车"句:是说农民用脚蹋水车灌田,通宵不睡。

〔4〕"齐民"二句:是说普通的老百姓为了求得一饱,进行了如此辛勤的劳动,而作者自己坐食官家廪俸,所以心中常觉不安。

东 西 家

东家云出岫[1],西家笼半山;西家泉落涧,东家鸣珮环[2]。相对篱数掩[3],各有茆三间[4]。芹羹与麦饭,日不废往还[5];儿女若一家,鸡犬意自闲[6]。我亦思卜邻,余地君勿悭[7]。

这首诗是庆元四年(1198)初秋陆游在山阴作。诗中描写两个相邻而居的农家,记述了他们之间的友谊。末二句作者表示希望作他们的邻居。

〔1〕岫(xiù,音秀):山峰。

〔2〕"西家泉"二句:涧,两山间的流水。珮环,即佩环,玉石作,圆形,中间有较大的孔。二句是说西家泉水流落于涧间,在东家听起来就

好像妇女行路时佩环相击所发出的响声。

〔3〕篱数掩:篱,篱笆;篱数掩,犹言几扇篱笆。

〔4〕茆:指茅舍。

〔5〕"芹羹"二句:芹羹,芹菜做的羹汤;麦饭,磨麦合皮做成的饭。二句是说两家来往密切,常以芹羹麦饭相互请客。

〔6〕闲:安适的意思。

〔7〕悭:吝啬。

太息(四首选一)

其二

书生忠义与谁论〔1〕,骨朽犹应此念存。砥柱河流仙掌日〔2〕,死前恨不见中原!

这首诗是庆元四年(1198)秋陆游在山阴作。

〔1〕书生:作者自称。
〔2〕仙掌:指仙掌峰。陕西华山东峰名曰仙掌峰。

秋获歌

墙头累累柿子黄,人家秋获争登场〔1〕。长碓捣珠照地光,大甑炊玉连村香[2]。万人墙进输官仓[3],仓吏禽冷不暇尝[4]。讫事散去喜若狂,醉卧相枕官道傍。数年斯民厄凶荒[5],转徙沟壑殣相望,县吏亭长如饿狼[6],妇女怖死儿童僵。岂知皇天赐丰穰,亩收一钟富万箱[7]。我愿邻曲谨盖藏[8],缩衣节食勤耕桑,追思食不餍糟粮,勿使水旱忧尧汤[9]。

这首诗是庆元四年(1198)九月陆游在山阴作。

〔1〕登场:谓将收割谷物送至打谷场地。
〔2〕珠、玉:谓禾粒形状如珠如玉。
〔3〕墙进:如墙而进,形容送粮人众多。
〔4〕禽(zhè,音这):烤肉,烧肉。
〔5〕厄凶荒:谓为凶年荒年所困迫。
〔6〕亭长:汉制十里为一亭,亭有亭长。这里借指地方官吏。
〔7〕钟:古量器,六斛四斗为一钟。
〔8〕谨盖藏:谓将粮食小心掩盖收藏,妥为存放。
〔9〕"追思"二句:尧、汤,这里借指宋皇帝。按《汉书·食货志》:"尧禹有九年之水,汤有七年之旱,而国亡捐瘠者,以蓄积多而备先具也。"二句承上句,谓当勤俭度日,追念凶年糟糠都吃不饱的情形,以免遭水旱天灾的年头使皇帝为之忧愁。

午饭(二首选一)

其二

民穷丰岁或无食,此事昔闻今见之。吾侪饭饱更念肉,不待人嘲应自知。

这首诗是庆元四年(1198)冬陆游在山阴作。

三山杜门作歌[1]

我生学步逢丧乱,家在中原厌奔窜。淮边夜闻贼马嘶,跳去不待鸡号旦[2]。人怀一饼草间伏,往往经旬不炊爨[3]。呜呼!乱定百口俱得全[4],孰为此者宁非天!

这首诗是庆元四年(1198)冬陆游在山阴三山作。诗中追述了陆游幼年时遭逢金兵南侵,随家迁徙逃亡的情景。

〔1〕三山:在山阴县西约九里,地名西村,临近镜湖。陆游在乾道元年(1165)于三山筑了几间茅屋,次年移居于此。

〔2〕"我生"四句:陆游生于徽宗宣和七年(1125),次年随家在荥阳(河南荥阳)居住,这年南侵金兵渡河围攻汴京,次年汴京陷,宋政权开始南迁,陆游就随家逃亡至淮河流域的寿春(安徽寿县),后又为避金兵渡江归山阴故居。号旦:天明鸡叫。

〔3〕炊爨(cuàn,音窜):以火熟物。

〔4〕百口:一家有百口人,是说家中人口很多。

沈园(二首)

其一

城上斜阳画角哀[1],沈园非复旧池台[2]。伤心桥下春波绿,曾是惊鸿照影来[3]。

《沈园》诗是庆元五年(1199)春陆游在山阴作。据宋周密《齐东野语》等书记载,陆游初娶唐氏,夫妇关系甚好。但因他的母亲不喜欢唐氏,他们夫妻二人在封建礼教压力之下,终于被迫分离。唐氏后来改嫁一个叫赵士程的,陆游再娶王氏。绍兴二十五年(1155)春,他与唐氏在沈园相遇,唐氏以酒肴招待。陆游很难过,就在园壁上题了《钗头凤》一词,抒写他自己的感伤。唐氏心中因他们的爱情遭到这种不幸的结局而愤愤不平,不久就死去了。《沈园》就是悼念唐氏的诗。

〔1〕哀:谓声音沉痛感人。
〔2〕沈园:故址在浙江会稽(今绍兴)禹迹寺南。
〔3〕惊鸿:这里是比喻唐氏之美。曹植《洛神赋》"翩若惊鸿",李善注:"翩翩然若鸿雁之惊。"

其二

梦断香消四十年[1],沈园柳老不吹绵[2]。此身行作稽山土〔3〕，犹吊遗踪一泫然！

除此两首以外，陆游还写了一些忆念唐氏的诗。这里将他八十一岁时所写的《十二月二日夜梦游沈氏园亭》诗二首录之如下：其一："路近城南已怕行，沈家园里更伤情。香穿客袖梅花在，绿蘸寺桥春水生。"其二："城南小陌又逢春，只见梅花不见人。玉骨久成泉下土，墨痕犹锁壁间尘。"

〔1〕四十年：高宗绍兴二十五年（1155）至庆元五年（1199）已过了四十四年，四十年是举其整数。

〔2〕绵：柳絮。

〔3〕"此身"句：稽山即会稽山，在今浙江绍兴县东南。这是说自己将老死埋葬在会稽山下。按陆游此时年已七十五岁，故云。

喜雨歌

不雨珠，不雨玉，六月得雨真雨粟。十年水旱食半菽，民伐桑柘卖黄犊〔1〕。去年小稔已食足〔2〕，今年当得厌酒肉〔3〕。斯民醉饱定复哭，几人不见今年熟〔4〕！

这首诗是庆元五年（1199）六月陆游在山阴三山作。

〔1〕"民伐"句：农民原来是靠种植桑、柘以养蚕，畜养牛犊以备耕田，但因多年水旱为灾，穷困已极，以致不得不砍伐桑、柘以为薪，卖牛犊以易食。

〔2〕小稔（rěn，音忍）：谷物成熟称为稔。小稔谓收成稍好。

〔3〕厌:这里通"餍",饱食的意思。

〔4〕"斯民"二句:是说这些为多年来灾难和饥饿所折磨的农民,在酒醉饭饱的时候,一定会哭起来,因为他们之间有多少人看不到今年的丰收就已经饿死了。

薪米偶不继戏书

仕宦不谐农失业[1],败屋萧萧书数箧[2]。藜羹不糁未足嗟,爨灶无薪扫枯叶。丈夫穷空自其分[3],饿死吾肩未尝胁[4]。世间大有乞墦人,放翁笑汝骄妻妾[5]。

这首诗是庆元五年(1199)秋陆游在山阴作。

〔1〕"仕宦"句:不谐,不合,谓做官不得意。农失业,指暂废农业,不事耕种而言。二者都是作者自述。

〔2〕萧萧:寂寞凄清之意。

〔3〕穷空:贫乏。空,这里读去声。分:本分,这里音 fèn。

〔4〕"饿死"句:全句是说自己纵然饿死也不肯胁肩作媚态以求人可怜。胁肩,竦肩;故意对人作出一种敬畏的样子。

〔5〕"世间"二句:齐人乞墦骄其妻妾事已见《叹俗》诗注。陆游借用这个故事,表示自己对那些一面乞求饮食一面骄其妻妾的卑劣人物的鄙视。

牧牛儿

溪深不须忧,吴牛自能浮。童儿踏牛背,安稳如乘舟。寒雨山陂远,参差烟树晚[1]。闻笛翁出迎,儿归牛入圈。

这首诗是庆元五年(1199)秋陆游在山阴作。

[1] 参差:不整齐的样子。

秋怀十首,末章稍自振起,亦古义也(十首选二)

其五

遇酒幸一醉,遇饭幸一饱;或遇空无时,岂复有他巧?乡邻哀其穷,叩户馈糜麨[1]。欣然出舍傍,菘韭青落爪[2]。饥羸曾未起[3],吟讽已稍稍。袖手北窗前,枯肠困搜搅[4]。

《秋怀》诗是庆元五年(1199)九月陆游在山阴作。

[1] 糜麨(chǎo,音吵):糜借为"糜",即糜粥;麨,炒米麦等磨制的干粮。

[2] "菘韭"句:菘韭即白菜;韭同"韭"。落爪犹言到手。

[3] "饥羸"句:言既得乡邻食物,虽然饥饿瘦弱的身体还没有恢复健康,但已经能稍稍吟诵诗歌。

[4] "枯肠"句:枯肠,谓枯窘的心思。困搜搅,谓苦于搜索和搅扰。全句形容作诗时艰苦构思的情形。

其十

我昔闻关中,水深土平旷[1];泾渭贯其间[2],沃壤谁与抗[3]?桑麻郁千里,黍林高一丈;潼华临黄河[4],古出名将相[5]。沦陷七十年,北首增惨怆[6];犹期垂老眼,一睹天下壮[7]!

〔1〕平旷:平坦广阔。
〔2〕泾:即泾水,源出甘肃,东南流入陕西境,至高陵县境流入渭水。
〔3〕抗:这里是对比的意思。
〔4〕潼:潼关。华:华山。
〔5〕"古出"句:古语说,关东出相,关西出将。
〔6〕北首:举头北望。惨怆:惨痛。
〔7〕"犹期"二句:期,期望。垂老,将老。二句的意思是说,自己虽到垂老之年,还希望能够看到关中地方的雄壮山河。

东村(二首选一)

其一

野人知我出门稀,男辍锄耰女下机[1];掘得茈菇炊正熟[2],一杯苦劝护寒归[3]。

这首诗是庆元五年(1199)初冬在山阴作,诗中表现了农夫农妇对诗人的深厚友谊。

〔1〕"男辍"句:锄,锄头,这里作锄田解;耰(yōu,音尤),摩土器,这里谓以土覆盖禾种。全句是说田间农夫中止了田间劳作,农妇从织布机上走下来,前去迎接诗人。

〔2〕茈菇:即慈姑,高三四尺,栽培于水田中,冬日采掘,其块茎可食。

〔3〕"一杯"句:当时是冬天,农民们一定要劝诗人吃一杯酒取暖,免得回来时路上受了寒冷。

冬夜读书示子聿(八首选一)[1]

其三

古人学问无遗力[2],少壮工夫老始成。纸上得来终觉浅[3],绝知此事要躬行[4]。

这首诗是庆元五年(1199)十二月陆游在山阴作。

〔1〕子聿:即陆子遹,是陆游的最小的儿子。

〔2〕无遗力:遗是保留,无遗力即竭力之意。

〔3〕纸上:指书本。

〔4〕躬行:亲身实践。

春日(六首选一)

其五

雪山万叠看不厌,雪尽山青又一奇。今代江南无画手,矮笺移入放翁诗[1]。

这首诗是庆元六年(1200)初春陆游在山阴作。

[1]"今代"二句:是说现今江南没有名画家,不能描绘如此奇景,我却用短纸把它写进自己的诗里。

甲申雨

老农十口传为古,春遇甲申常畏雨[1]。风来东北云行西,雨势已成那得御[2]。山阴洿湖二百岁[3],坐使膏腴成瘠卤[4]。陂塘遗迹今悉存,叹息当官谁可语[5]!甲申畏雨古亦然,湖之未废常丰年。小人那知古来事[6],不怨豪家惟怨天!

这首诗是庆元六年(1200)春季陆游在山阴作。诗人在这里深刻地指出,造成镜湖地区水灾的并不是天,而是豪家。

〔1〕"老农"二句:古代农民中间流行的说法:春天若逢甲申,最怕下雨,如果甲申那天下雨,必有水灾。

〔2〕御:阻止。

〔3〕泆湖:"泆"通"溢"。湖,指镜湖。泆湖,是说豪家侵占湖田,破坏湖堤,镜湖失去储存雨水的能力,湖水溢荡而出。

〔4〕膏腴:肥饶,这里指肥饶的土地。瘠卤:不肥饶的碱地。

〔5〕"叹息"句:意思是说当时当官的人都不关心镜湖水利破坏后所带给人民的灾害,所以他们之间没有人可与讲论此事,故作者深为叹息。

〔6〕小人:这里指农民。

东村

雨霁山争出,泥干路渐通。稍从牛屋后,却过鹳巢东〔1〕。决决沙沟水〔2〕,翻翻麦野风。欲归还小立〔3〕,为爱夕阳红。

这首诗是庆元六年(1200)晚春陆游在山阴作。

〔1〕鹳(guàn,音贯):鸟名,形似鹤,喜在池沼旁高树上筑巢。

〔2〕决决:水声。

〔3〕小立:暂立片时。

观运粮图

王师北伐如宣王,风驰电击复土疆。中军歌舞入洛阳〔1〕,前军已渡河流黄[2]。马声萧萧阵堂堂,直跨井陉登太行[3]。壶浆箪食满道傍,刍粟岂复烦车箱[4]?不须绝漠追败亡[5],亦勿分兵取河湟[6];但令中夏歌时康,千年万年无馈粮[7]!

这首诗是庆元六年(1200)三月陆游在山阴作,诗中想像宋军北伐胜利和陷区人民热烈欢迎的情形。

〔1〕中军:统帅直辖的部队。
〔2〕河流黄:指黄河。
〔3〕井陉(xíng,音刑):山名,在河北井陉县东北,是太行山的支脉,形势险要。
〔4〕"壶浆"二句:是说人民以壶盛酒,以箪(竹盒)盛食,夹道欢迎王师;军食马料,皆由人民自动供给,不须再用车箱运输。
〔5〕绝漠:度过沙漠。
〔6〕河湟:谓黄河与湟水。湟水源出青海,东南流入甘肃境,入黄河。
〔7〕"但令"二句:中夏,谓中国;馈粮,指送军粮。二句的意思是说,只希望中国永远太平,没有战争,千年万年不再需要运送军粮。

阿姥[1]

城南倒社下湖忙[2],阿姥龙钟七十强[3]。犹有尘埃嫁时镜,东涂西抹不成妆。

这首诗是庆元六年(1200)三月陆游在山阴作。

〔1〕姥(mǔ,音母):年老的妇女。

〔2〕倒社:社是古代时令名,春社为祈农之祭,秋社为报赛之祭。倒社,未详其义。下湖:会稽风俗,三月五日相传是禹的生日,禹庙游人最盛,士民皆乘画舫,具酒食,设歌舞。乡语谓之"下湖(镜湖)"。(见《嘉泰会稽志》)

〔3〕龙钟:形容老态。

燕

初见梁间牖户新[1]衔泥已复哺雏频。只愁去远归来晚,不怕飞低打着人。

这首诗是庆元六年(1200)夏陆游在山阴作。

〔1〕"初见"句:是说从初回来的燕子眼中看去,梁间窗户上的一切都好像是新的。

十月二十八日夜风雨大作

风怒欲拔木,雨暴欲掀屋。风声翻海涛[1],雨点堕车轴[2]。拄门那敢开,吹火不得烛。岂惟涨沟溪,势已卷平陆[3]。辛勤薿宿麦[4],所望明年熟;一饱正自艰,五穷故相逐[5]。南邻更可念,布被冬未赎,明朝甑复空[6],母子相持哭!

这首诗是庆元六年(1200)十月陆游在山阴作。诗中写大风雨的灾害和饥寒交迫的人民的悲哀。

〔1〕"风声"句:是说风声猛烈,如海中波涛翻滚时所发出的啸声。

〔2〕"雨点"句:是说雨势急骤,雨点很大,降落下来时有如车轴堕地。

〔3〕平陆:平地。

〔4〕蓺:通"艺",种植。

〔5〕"五穷"句:韩愈《送穷文》中说,有智穷、学穷、文穷、命穷、交穷等五个穷鬼为患。这是封建社会失意的知识分子对自己遭遇不平的一种说法。相逐,相追随。

〔6〕甑(zēng,音增):蒸饭用的瓦锅。

追感往事(五首选一)

其五

诸公可叹善谋身[1],误国当时岂一秦[2]。不望夷吾出江左[3],新亭对泣亦无人!

这首诗是宁宗嘉泰元年(1201)陆游在山阴作。诗人在这里抨击了整个的投降派,指出当时误国的责任并不仅仅在秦桧一人;由于那些人仅仅替个人利益打算,所以还不要说希望他们怎样出来挽救危亡,就是连忧心国事,相对哭泣的人也找不着一个。

〔1〕诸公:指在朝当权的人们。

〔2〕一秦:秦指秦桧,高宗时宰相。他是妥协投降派的主要首领之一,极力破坏抗战事业,诬杀名将岳飞。由于他的主谋,南宋与金订立了丧权辱国的"绍兴和议"。

〔3〕"不望"句:江左,即江东,长江下游一带地方。东晋元帝初渡江建国,以王导为丞相,那时政权尚未巩固,朝廷微弱。桓彝、温峤等皆以为忧。后来他们同见王导谈了一次话,感到很高兴。温峤说:"江左自有管夷吾,吾复何虑!"(见《晋书·王导传》及《温峤传》)这里借用其事。

柳桥晚眺[1]

小浦闻鱼跃,横林待鹤归。闲云不成雨,故傍碧山飞。

这首诗是嘉泰元年(1201)八月陆游在山阴作。

〔1〕柳桥:在浙江绍兴东南。

新买啼鸡

峨峨赤帻声甚雄[1],意气不与其曹同。我求长鸣久未获,一见便觉千群空[2]。主人烧神议已决,知我此意遽见从。秋衣初缝惜不得,急典三百新青铜[3]。怜渠亦复解人意,来宿庭树不待笼。狐狸熟睨那敢犯[4],萧萧清露和微风。五更引吭震户牖[5],横挺无复须元戎[6]。明星已高啼未已,云际腾上朝阳红。老夫抱病气已索[7],赖汝豪壮生胸中。明朝春黍得碎粒,第一当册司晨功[8]。

这首诗是嘉泰元年(1201)秋陆游在山阴作。

[1]赤帻:这里指雄鸡的红冠。
[2]千群空:是说这只鸡最为特出,见了它,觉得其它的鸡好像都不存在了。
[3]青铜:谓铜钱。
[4]熟睨:注目邪视。
[5]引吭:吭,咽喉;引吭谓伸颈长鸣。
[6]"横挺"句:元戎,军中主将。全句是说这只啼鸡挺身当户,无人敢犯,所以已不再需要什么大将了。
[7]"气已索":索是尽的意思,气已索,谓因年老气力衰退。
[8]册司晨功:册,原来是皇帝册封臣下的意思。这里作奖赏解。册司晨功,意思是说,这只雄鸡天天高歌报晓,鼓励人们的豪气,所以要拿黍粒来喂它,奖赏它的功劳。

秋晚寓叹(六首选一)

其三

幽梦鸡呼觉[1],孤愁雨滴成[2]。天高那可问?年往若为情^[3]？屠房犹遗育,神州未削平^[4]。登高西北望,衰涕对谁倾^[5]？

这首诗是嘉泰元年(1201)九月陆游在山阴作。

〔1〕"幽梦"句:幽梦犹酣梦。全句是说睡梦正酣时忽为鸡声所惊醒。

〔2〕"孤愁"句:孤愁,孤独的愁思。全句意思是说因听雨声而愁闷愈增。

〔3〕"年往"句:意思是说光阴一年年过去,不知何以为情。

〔4〕"屠房"二句:屠房指金人。二句意思是说金人仍占据中原,子孙相传,金人的侵略未能击退,中国土地未能恢复。

〔5〕衰涕:犹言老泪。倾:倾泻,指流泪说。

追忆征西幕中旧事(四首选一)

其四

关辅遗民意可伤,蜡封三寸绢书黄^[1];亦知虏法如秦酷,列圣恩深不忍忘^[2]。关中将校密报事宜,皆以蜡书至宣司。

这首诗是嘉泰元年(1201)冬陆游在山阴作。诗中追述乾道八年(1172)陆游在汉中四川宣抚使司供职时,曾有一些在金军中的汉人将校,不甘心为金人所驱使,冒险传递秘密的情报。

〔1〕蜡封:古时将报密书信封藏在蜡丸中,以防泄露。

〔2〕列圣:在封建社会中,尊称皇帝为圣。列圣,这里指宋太祖以下诸帝。

读 史

民间斗米两三钱[1],万里耕桑罢戍边[2]。常使屏风写无逸,应无烽火照甘泉[3]。

这首诗是嘉泰元年(1201)陆游在山阴作。诗人在这首诗里探索了唐代由盛而衰的原因;亦是借古言今,含有希望南宋皇帝做贤君的意思。

〔1〕"民间"句:唐玄宗开元、天宝年间,唐朝达到鼎盛时期,青齐间米三钱一斗。

〔2〕"万里"句:是说天下太平,广大人民从事农业生产,边疆无事,不必派兵防守。

〔3〕"常使"二句:《尚书》有《无逸》篇,是周公诫成王的话,主要内容是说帝王不可贪图安逸,首先要知道稼穑的艰难。写无逸,开元年间,丞相宋璟亲写《尚书·无逸》一篇为图,以献玄宗,玄宗把《无逸图》放在内殿里,出入时常常看它,把图上所说的都记在心里。开元末年,《无逸图》朽坏,始以山水图代之,于是玄宗就失去了座右箴规。甘泉,原是秦宫,这里借指宫殿。烽火照甘泉,这里指安禄山之乱,长安被攻陷事。作者在这二句诗中认为如果唐玄宗常把《无逸图》写在殿内屏风上,时时警惕自己,关心农事,注意改革政治,那么天宝末年安禄山之乱就不至

发生,长安也不至失守。

岁暮贫甚戏书

阿堵元知不受呼[1],忍贫闭户亦良图。曲身得火才微直[2],槁面持杯只暂朱[3]。食案阑干堆苜蓿[4],褐衣颠倒着天吴[5]。谁知未减粗豪在,落笔犹能赋两都[6]。

陆游自庆元四年(1198)冲祐观祠禄期满,没有再请祠禄,生活就比较困难。这首诗是嘉泰元年(1201)十二月在山阴时写的。诗中详细地写出了他的生活贫困的情形,末两句则说明贫穷并未能使豪气减退,创作力依然是很旺盛的。

〔1〕阿堵:本六朝人语,犹今言"这个",这里指钱。晋王衍妻郭氏聚敛无厌,王衍嫌她贪鄙,所以自己口里从不曾说"钱"字。郭氏叫婢女用钱把他的床围起来,使他不能走出来,试试他说不说"钱"字。第二天早上王衍起床,见钱挡住了路,就呼唤婢女,说:"举却阿堵物。"后来就以"阿堵"为钱的代称。(见《世说新语·规箴篇》及《晋书·王衍传》)

〔2〕"曲身"句:孟郊《答友人赠炭》诗:"暖得曲身成直身。"这里用其词意。

〔3〕"槁面"句:是说枯槁的面容只在饮酒后才暂时发红。

〔4〕阑干:横斜之貌。

〔5〕天吴:古代传说中的水神名,古时衣服上多绣其像。杜甫《北征》诗:"天吴及紫凤,颠倒在裋褐。"这里用其词意,言其布衣多有补绽之处,所以衣上的天吴亦颠倒不正。

〔6〕赋两都:东汉以长安为西都,洛阳为东都。班固有《两都赋》,以两都为描写对象,是汉赋中的著名作品。这里借比作者所写的杰出的诗篇。

梅花绝句(六首选一)

其三

闻道梅花坼晓风[1],雪堆遍满四山中[2]。何方可化身千亿?一树梅花一放翁[3]。

这首诗是嘉泰二年(1202)正月初陆游在山阴作。

〔1〕坼晓风:坼,开裂。坼晓风是说梅花在清晨的寒风中开放。
〔2〕雪堆:谓梅花像雪堆一样盛多。
〔3〕"何方"二句:一树梅花,一作"一树梅前"。这是说,梅花太多,实在看不完,有什么方法把自己化为千万个身子,每一棵梅花树下都有一个陆放翁在那里呢?

送子龙赴吉州掾[1]

我老汝远行,知汝非得已。驾言当送汝[2],挥涕不能止。人谁乐离别?坐贫至于此。汝行犯胥涛[3],次第过彭蠡[4]。

波横吞舟鱼,林啸独脚鬼。[5]。野饭何店炊?孤棹何岸舣[6]?判司比唐时[7],犹幸免笞箠;庭参亦何辱[8],负职乃可耻!汝为吉州吏,但饮吉州水;一钱亦分明,谁能肆谗毁?聚俸嫁阿惜[9],择士教元礼[10]。我食可自营,勿用念甘旨[11];衣穿听露肘,履破从见指;出门虽被嘲,归舍却睡美。益公名位重[12],凛若乔岳峙[13];汝以通家故,或许望燕几[14];得见已足荣,切勿有所启[15]。又若杨诚斋[16],清介世莫比[17];一闻俗人言,三日归洗耳;汝但问起居,余事勿挂齿。希周有世好[18],敬叔乃乡里[19],岂惟能文辞,实亦坚操履[20];相从勉讲学[21],事业在积累。仁义本何常?蹈之则君子[22]。汝去三年归[23],我倘未即死,江中有鲤鱼[24],频寄书一纸。

嘉泰二年(1202)初,陆子龙赴吉州司理参军职,陆游写了这首送行的诗。诗中感叹离别,惦念子龙途中艰苦,并告诫子龙清白自守,不用记挂他老人家;其次嘱咐子龙去拜望他的老友周必大和杨万里,但不可向他们有什么启求;再次希望子龙和友人们共勉仁义;最后则嘱咐子龙常常给老人写信。整个诗篇充满了一个正直和善的老人对儿子的关心和爱护。

〔1〕子龙:陆游的次子。吉州:今江西吉安县。掾(yuàn,音院):古代属官通称掾。子龙这时去任吉州司理参军。司理,掌讼狱等事,司理参军是掾吏一类的官。

〔2〕"驾言"句:驾,驾车;言,有"将"的意思。此谓将驾车送子龙之行。

〔3〕胥涛:传说伍子胥死后为潮神,所以后人称钱塘江潮为胥涛。

〔4〕彭蠡(lǐ,音梨):即江西鄱阳湖。

〔5〕独脚鬼:据《山海经·大荒东经》上说,有一种叫做夔的怪兽,形状像牛,只有一只脚。独脚鬼当指此。

〔6〕孤棹(zhào,音照):孤舟。棹即船楫,这里用为舟船的代词。舣:泊船靠岸为舣。

〔7〕判司:司判文牍之官。

〔8〕庭参:旧时属吏于公庭谒见长官的仪式谓之庭参。

〔9〕阿惜:子龙女。

〔10〕元礼:子龙长子。

〔11〕甘旨:美好的饮食;封建社会中子女奉养父母的食物称作甘旨。

〔12〕益公:周必大,江西庐陵(吉安县)人,宋孝宗时官至左丞相,光宗时被封为益国公。

〔13〕乔岳:犹言高山。

〔14〕"汝以"二句:通家,两家世交,谓之通家。燕几,一种设在寝室里的凭坐休息的家具。不说看望人,而说望燕几,是一种尊敬的说法。按当时周必大致仕住在江西吉安家里。这两句诗是说陆游和周必大是朋友,陆子龙因为这种世交关系,或者能够拜见他。

〔15〕启:请求。

〔16〕杨诚斋:杨万里,号诚斋,江西吉水人,历仕孝宗、光宗、宁宗三朝。官至秘书监。是南宋著名诗人之一,和陆游是朋友。按杨万里当时致仕住在家里,所以陆子龙到任后有机会见到他。

〔17〕清介:清廉耿介。

〔18〕希周:即陈希周,曾先后做过安福、南海县令。陆游和他及他的父亲都有交往。

〔19〕敬叔：即杜敬叔。在这以前，陆游在山阴时曾应他的请求给他写过诗。

〔20〕坚操履：操履，即操行；坚操履，是说坚持正直廉介的操行。

〔21〕相从：谓与陈、杜二人相来往。

〔22〕蹈：躬行实践。

〔23〕"汝去"句：是说子龙吉州掾任三年期满才能回来。

〔24〕鲤鱼：古时寄书常以尺素结为双鲤之形，所以后来以鲤鱼为书信的代称。

入秋游山赋诗，略无阙日，戏作五字七首识之，以"野店山桥送马蹄"为韵（七首选一）[1]

其一

束发初学诗，妄意薄风雅[2]。中年困忧患，聊欲希屈贾[3]。宁知竟卤莽，所得才土苴[4]；入海殊未深，珠玑不盈把[5]。老来似少进，遇兴颇倾泻；犹能起后生[6]，黄河吞巨野[7]！

这首诗是嘉泰三年（1203）七月陆游在山阴作。

〔1〕野店山桥送马蹄：是杜甫《将赴成都草堂途中有作，先寄严郑公》第三首诗句。按陆游这首诗是用其"野"字韵为韵。

〔2〕"束发"二句：成童时总束其发，所以束发就作为成童之称。妄

意,妄想,在这里是一种自谦的说法。薄风雅,谓附属于《诗经》。二句意思是说初学诗时就想使自己的创作继承《诗经》的传统。

〔3〕希屈贾:是说以屈原、贾谊的辞赋为自己创作的范例。

〔4〕土苴(jū,音居):犹言糟粕。

〔5〕"入海"二句:珠玑,即真珠,蛤类壳中所生。这是比自己的诗,在中年以前,功夫尚浅,未能从古代的著名作品中,大量吸取其精华。

〔6〕起后生:起,启发的意思。起后生,是说他的作品对年轻后进的诗人有所启发。

〔7〕"黄河"句:巨野,古薮泽名,在今山东巨野县北。全句是说他的诗,晚年有进步,气势雄壮奔放,好像黄河东注,巨野之水即被吞没的样子。

秋思

乌桕微丹菊渐开,天高风送雁声哀。诗情也似并刀快,剪得秋光入卷来[1]。

这首诗是嘉泰三年(1203)秋陆游在山阴作。

〔1〕"诗情"二句:这是说,自己的诗思很敏锐,好像一把并州的快剪刀,把那秋天的景物剪了下来,收入在诗卷里。并刀,并即并州,州治在今山西晋源县,古时并州以产剪刀著名。

记老农语

霜清枫叶照溪赤,风起寒鸦半天黑。鱼陂车水人竭作[1],麦垄翻泥牛尽力。碓舂玉粒恰输租[2],篮挈黄鸡还作贷[3]。归来糠粞常不餍[4],终岁辛勤亦何得!虽然君恩乌可忘[5],为农力耕自其职。百钱布被可过冬,但愿时清无盗贼。

这首诗是嘉泰三年(1203)初冬陆游在山阴三山作。诗中真实地记录了南宋农民的劳动生活和被剥削的情况:农民们终年辛勤劳动,但劳动的果实都被地主阶级以租税的方式榨取,而农民自己却经常挨饿。

〔1〕鱼陂:鱼塘。车水:谓踏水车汲水以灌溉田地。
〔2〕玉粒:白米。
〔3〕作贷:犹言借债。
〔4〕粞(xī,音希):碎米。
〔5〕乌可忘:那可忘。

送辛幼安殿撰造朝[1]

稼轩落笔凌鲍谢[2],退避声名称学稼[3]。十年高卧不出门[4],参透南宗牧牛话[5]。功名固是券内事[6],且葺园庐了婚嫁。千篇昌谷诗满囊[7],万卷邺侯书插架[8]。忽然起冠东诸侯[9],黄旗皂纛从天下[10]。圣朝仄席意未快[11],尺一东来烦促驾[12]。大材小用古所叹,管仲萧何实流亚[13]。天山挂斾或少须,先挽银河洗嵩华[14];中原麟凤争自奋,残房犬羊何足吓!但令小试出绪余[15],青史英豪可雄跨[16]。古来立事戒轻发[17]，往往诖夫出乘罅[18]。深仇积愤在逆胡，不用追思灞亭夜[19]。

嘉泰四年（1204）春，宰相韩侂胄专权跋扈，排斥异己，为了树立声威，巩固权位，准备北伐。这时辛弃疾知绍兴府事，应召赴临安，商讨国事，陆游就写了这首诗为他送行。诗中盛赞辛弃疾的文学才能，并希望他能有机会在这次战争中驱逐金人，树立功勋；最后并叮嘱他要防备权小的陷害。这首诗反映了陆游和辛弃疾这两位伟大的文学家在爱国的思想基础上建立起来的真挚、深厚的友谊。

〔1〕辛幼安：辛弃疾，字幼安，号稼轩。南宋时著名的爱国词人。高宗绍兴年间，他在山东组织义军抗金。后来又活捉了一个谋害义军领袖耿京的叛徒张安国，率领义军过江投奔朝廷。他很有军事、政治才能，曾担任过相当重要的军政职位。殿撰：辛弃疾在孝宗、光宗两朝，曾先后做过右文殿、集英殿修撰，故称"殿撰"。造：到。

〔2〕鲍谢：南朝宋时诗人鲍照和谢灵运。

〔3〕"退避"句：这是说"稼轩"命号的由来。辛弃疾常说"人生在勤，当以力田为先"，因以"稼"名轩，自号稼轩。

〔4〕"十年"句：辛弃疾于绍熙五年（1194）被免知福州兼福建安抚使职，家居江西上饶，后又迁居铅山，家居十年。至嘉泰三年（1203）才被起用为知绍兴府兼浙东安抚使。

〔5〕"参透"句：参谓证验。南宗，佛教宗派之一，以六祖惠能为宗。牧牛话，《景德传灯录》载："慧藏禅师一日在厨作务次，（马）祖问曰：'作什么？'曰：'牧牛。'祖曰：'作么生牧？'曰：'一回入草去，便把鼻孔拽来。'祖曰：'子真牧牛师！'"佛教以牧牛比喻修心之事。全句是称赞辛弃疾家居期间的修养功夫。

〔6〕券内事:券是一种契约,凡二联,当事人双方各执其一,以为凭据。券内事,犹言有把握做到的事情。

〔7〕"千篇"句:昌谷,本地名,在今河南宜阳县西。唐诗人李贺曾住于此,故又称李昌谷。李贺常骑驴出门,一小僮背古锦囊随行,得诗句即书投囊中。这里是借用其事以说明辛弃疾创作的丰富。

〔8〕"万卷"句:邺侯,李泌,唐德宗时宰相,封邺侯。韩愈诗:"邺侯家多书,插架三万轴。"全句是借用邺侯藏书之事以说明辛弃疾藏书甚多。参看《读书》诗注。

〔9〕"忽然"句:指辛弃疾被任知绍兴府兼浙东安抚使事。

〔10〕黄旗、皂纛(dào):皂,黑色。纛,仪仗后面的大旗。黄旗、皂纛,这里指安抚使的仪仗。

〔11〕仄席:即侧席,侧席已见《送曾学士》诗注。

〔12〕尺一:古时以尺一长的版写诏书,故诏书又称尺一。

〔13〕"管仲"句:管仲,已见《追感往事》诗注。萧何,汉初名相,辅助刘邦战胜项羽,建立西汉。流亚,同辈同类之意。全句是盛赞辛弃疾之才能与管仲、萧何不相上下。

〔14〕"天山"二句:天山在新疆维吾尔自治区。旆,大旗。嵩、华,嵩山与华山。这是说辛弃疾率兵攻至天山,或者还需要稍等一个时期;那么就首先收复河南、陕西一带地方,把金人污秽了的嵩山、华山,洗个干净。

〔15〕小试:小用。出绪余:稍出余力。

〔16〕跨:谓凌驾其上。

〔17〕轻发:轻举妄动。

〔18〕逸夫:专说坏话以中伤好人的小人。乘罅:罅,空隙。乘罅,谓利用某些缺口以进行破坏。

〔19〕"深仇"二句:灞亭夜,指李广事。灞亭,即霸亭。在陕西西安

东。李广因判死罪赎为平民以后，曾夜出同人在田间饮酒。回来走过霸陵亭，霸陵尉醉，呵止李广。跟随李广的人说："是故李将军。"尉说："今将军尚不得夜行，何乃故也！"李广遂被阻留，宿于亭下。后李广被任为右北平太守。他即请霸陵尉和他一起去，到了军中就把霸陵尉斩了。辛弃疾官江西、福建安抚使时，曾先后被劾罢官。二句意思是说金人侵略者才是最大的仇敌，如果一旦受命北伐，当以驱逐金人洗雪国耻为目的，从前的个人恩怨则不必计较。

闻虏乱次前辈韵[1]

中原昔丧乱，豺虎厌人肉[2]；辇金输虏庭，耳目久习熟[3]。不知贪残性，搏噬何日足[4]！至今磊落人[5]，泪尽以血续！后生志抚薄，谁办新亭哭[6]？艺祖有圣谟[7]，呜呼宁忍读！艺祖尝为大宋一统四字赐大臣，今藏秘阁[8]。

这首诗是嘉泰四年（1204）初夏陆游在山阴作。

〔1〕虏乱：当时金国侵占区内汉族人民的反抗更加剧烈，北边又屡为准布等部所侵扰，其统治已摇摇欲坠，故曰虏乱。次前辈韵：凡用他人诗中所用的韵并依其先后次序而和之者为"次韵"。前辈指年辈较大、名望较重的人。

〔2〕豺虎：比金人，作者用这类称呼，含有仇视和鄙视侵略者的意思。

〔3〕"辇金"二句：意思是说自"绍兴和议"成立以来，南宋政府每年输送金国银绢，这已为权贵们所见惯听惯，认为当然，毫不以为耻。

〔4〕搏噬:搏击噬啮,指豺虎说。

〔5〕磊落人:这里指爱护国家、有志抗战雪耻的人。

〔6〕"后生"二句:抚薄犹抚拍,与豪强相亲狎的意思。二句是说有的年少后生志在对金人表示亲近友善,忘记国家之大仇,不为国事感愤忧伤。

〔7〕谟:计谋。

〔8〕秘阁:古代帝王所设收藏图书字画的机关。

闵雨[1]

岁秋固多雨,每恨不及时。黄尘蔽赤日,苗槁已不迟[2]。踏车声如雷,力尽真何为!天岂不念民,云族风散之[3]。穷民守稼泣,便恐化棘茨[4];妻子不望活,所惧尊老饥[5]。我愿上天仁,顾哀民语悲[6];鞭龙起风霆[7],尚继丰年诗[8]

这首诗是嘉泰四年(1204)七月陆游在山阴作。

〔1〕闵雨:闵,忧愁。闵雨,是说以雨不及时而成旱为忧。

〔2〕不迟:不能等待。

〔3〕"云族"句:族,丛聚。全句是说云已聚集,而又为风吹散,不得下雨。

〔4〕"便恐"句:恐怕禾苗变成荆棘和蒺藜,即恐禾苗枯死的意思。茨,蒺藜。

〔5〕"妻子"二句:尊老谓长辈,指父母说。这二句是穷民所说的话。

〔6〕"顾哀"句:顾是顾恤,哀是哀怜。全句是说希望上天怜恤穷民所说这样悲痛的话。

〔7〕"鞭龙"句:古代迷信的说法,龙懒不行雨,天则旱。全句是说希望上天对龙加以鞭打,使它兴起风雷,以降霖雨。

〔8〕"尚继"句:尚,庶几。丰年,《诗经·周颂》篇名,是一首秋收后报神的诗歌。全句是说如禾苗得雨,还有丰收之望,故以续《丰年》诗为说。

书事(四首选二)

其二

关中父老望王师,想见壶浆满路时。寂寞西溪衰草里,断碑犹有少陵诗[1]。华州西溪,即老杜所谓郑县亭子者。

《书事》诗是嘉泰四年(1204)七月陆游在山阴作。

〔1〕"寂寞"二句:据陆游《老学庵笔记》载,华州郑县(今陕西华县)西溪,其水澄深可爱,旁有西溪亭,亭旁小寺梁间揭有楠木版,上面写有杜甫的诗。按乾元元年(758)杜甫路过西溪时,有《题郑县亭子》一诗:"郑县亭子涧之滨,户牖凭高发兴新。云断岳连临大路,天晴宫柳暗知春。巢边野雀群欺燕,花底山峰远趁人。更欲题诗满青竹,晚来幽独恐伤神。"所谓"郑县亭子",就是西溪亭。断碑,古代碑有用木做的,不一定是刻石。杜诗既是写在楠木版上,所以也可以称作碑。二句诗是想

像西溪地方所题杜诗仍然存在。

其三

鸭绿桑干尽汉天[1],传烽自合过祁连[2]。功名在子何殊我,惟恨无人快着鞭[3]!

〔1〕汉天:谓中国的地方。
〔2〕合:应当之意。
〔3〕"功名"二句:意思是说你要能恢复失地,立功显名,那就和我自己立了功名一样;但可恨的是没有人肯迅速地策马向前,争取立功。着鞭,即加鞭;策马前进的意思。

过邻家

初寒偏着苦吟身[1],情话时时过近邻[2]。嘉穟连云无水旱[3],齐民转壑自酸辛[4]。室庐封镵多逋户[5],市邑萧条少醉人。甑未生尘羹有糁[6],吾曹切勿怨常贫。

这首诗是嘉泰四年(1204)八月陆游在山阴作。诗中写出了南宋农民即当丰收之年,仍不免饿死、逃亡的情况。

〔1〕着:犹中。
〔2〕情话:出于真情的话。
〔3〕嘉穟:即禾。

〔4〕转壑:是说人民因饥饿流离,辗转死于沟壑之中。

〔5〕封锸(júe,音觉):锸,是有舌的门环;封锸,封门的意思。逋户:逃亡之家。

〔6〕甑未生尘:做饭用的甑上并没有因闲置不用而长了灰尘,意思是说自己家里还有饭吃。

暮秋(六首选一)[1]

其四

舍前舍后养鱼塘,溪北溪南打稻场。喜事一双黄蛱蝶,随人来往弄秋光。

这首诗是嘉泰四年(1204)九月陆游在山阴作。

〔1〕暮秋:旧历九月。

农舍(四首选二)

其一

三农虽隙亦匆忙[1],穑事何曾一夕忘?欲晒胡麻愁屡雨[2]，未收荞麦怯新霜。

《农舍》诗是嘉泰四年(1204)九月陆游在山阴作。

〔1〕三农：三地之农。《周礼》天官太宰："三农生九谷。"郑众注以平地、山、泽为三农，郑玄注以原、隰、平地为三农。这里三农泛指农家。隙：空闲的时候。
〔2〕胡麻：植物名，其子可供食，又可榨油。

其三

万钱近县买黄犊，袯襫行当东作时[1]。堪笑江东王谢辈[2]，唾壶麈尾事儿嬉。

〔1〕袯襫(bó shì，音博示)：蓑衣之类。
〔2〕王谢：王、谢是东晋时的两个大家族。王敦曾击唾壶为歌，王衍曾捉麈尾清谈。作者指出东晋时王、谢辈的人都是儿嬉度日，借以讽刺南宋当时无所事事的贵族。

孤云

四十年来住此山[1]，入朝无补又东还[2]。倚阑莫怪多时立，为爱孤云尽日闲[3]。

这首诗是嘉泰四年(1204)十月在山阴三山作。

〔1〕"四十"句:陆游于孝宗乾道二年(1166)卜居镜湖三山,至此时已历三十九年。

〔2〕"入朝"句:陆游于嘉泰二年(1202)奉诏赴杭州修国史,次年返回山阴。无补,谓于国事并无补益。

〔3〕"倚阑"二句:有自幸闲散之身,得以摆脱官事劳累的意思。

太息(三首)〔1〕

其一

太息贫家似破船,不容一夕得安眠。春忧水潦秋防旱〔2〕,左右枝梧且过年〔3〕。

《太息》诗是嘉泰四年(1204)十月陆游在山阴作。

〔1〕太息:长叹息。
〔2〕水潦:"潦"通"涝",水潦,雨水过多成灾。
〔3〕枝梧:支持、对付的意思。

其二

祷庙祈神望岁穰〔1〕,今年中熟更堪伤〔2〕。百钱斗米无人要,贯朽何时发积藏〔3〕?

〔1〕岁穰:谓丰收年景。
〔2〕中熟:中等的收成。
〔3〕"百钱"二句:斗米值百钱,是说米价贱。贯,是串钱的绳子;贯朽,是说南宋政府仓库里蓄积了很多的钱,年久不用,以致串钱的绳子都朽烂了。此二句是说谷贱伤农,农民生活仍然困难,希望什么时候政府能打开国库,拿出积存的钱来收购粮食。

其三

北陌东阡有故墟〔1〕,辛勤见汝昔营居〔2〕。豪吞暗蚀皆逃去〔3〕,窥户无人草满庐。

这首诗深刻地写出南宋农民大批逃亡的原因是由于地主阶级的各种方式的剥削。作者对被迫逃亡的农民寄予深厚的同情。

〔1〕故墟:犹故居。
〔2〕汝:指从前住在此地的人。
〔3〕豪吞暗蚀:豪吞,谓恃强侵占;暗蚀,谓无形的剥削。

书喜(二首选一)

其一

宠辱元知不足惊〔1〕,退居兀兀饯余生〔2〕。冰鱼可钓羹材足[3],霜稻方登籴价平。邻媪已安诸子养[4],闵氏媪以贫甚弃诸子而去,今始得复归。园丁初葺数椽成[5]。韩氏得屋湖上,以种蔬为业。乡间喜事吾曹共,一醉宁辞洗破觥[6]?

嘉泰四年(1204)十月山阴三山粮食初收,米价平稳,弃子逃亡的妇女返回家园;镜湖旁边的一个种菜的园丁也修了几间屋子。陆游把这些看作是人民的、同时也是自己的喜事,于是就写了这首诗。

〔1〕宠辱:谓名位得失。

〔2〕兀兀:劳作不倦的样子。

〔3〕冰鱼:作这首诗时已是冬季冻冰时候,故称鱼为冰鱼。羹材:做羹汤的材料。

〔4〕媪(ǎo,音袄):妇人的通称。

〔5〕数椽:屋顶承瓦的圆木叫做椽;后来遂用为屋的代词。数椽,犹言几间屋子。

〔6〕宁辞:岂辞。觥(gōng,音工):酒器。

乙丑夏秋之交,小舟早夜往来湖中,戏成绝句(十二首选一)[1]

其十二

梦笔桥东夜系船[2],残灯耿耿不成眠。千年未息灵胥怒[3],卷地潮声到枕边。

这首诗是宁宗开禧元年(1205)七月陆游在山阴作。

〔1〕乙丑:开禧元年是乙丑年。
〔2〕梦笔桥:在浙江萧山东北。
〔3〕灵胥怒:灵胥,指伍子胥。传说钱塘江潮是伍子胥怒气所致,故云灵胥怒。

秋怀(四首选一)

其二

园丁傍架摘黄瓜,村女沿篱采碧花。城市尚余三伏热,秋光先到野人家。

这首诗是开禧元年(1205)七月陆游在山阴作。

贫甚戏作绝句(八首选二)

其六

行遍天涯等断蓬[1],作诗博得一生穷。可怜老境萧萧梦,常在荒山破驿中〔2〕。

《贫甚戏作绝句》诗是开禧元年(1205)七月陆游在山阴作。

〔1〕断蓬:蓬,植物名,叶如柳叶,本小末大,遇风则拔起,飘荡旋转不定。断蓬,谓被风吹断之蓬,以比作者流浪飘泊的生活。

〔2〕"可怜"二句:是说老年人常常在梦中回忆起少壮时所经历的道路。老境,陆游这时八十一岁,故说是老境。荒山破驿,指旅途说。

其八

籴米归迟午未炊,家人窃闵乃翁饥〔1〕。不知弄笔东窗下,正和渊明乞食诗〔2〕。

〔1〕乃翁:乃与汝、尔同义,乃翁,对儿女晚辈说话时自称的口气,犹今言你父亲、你老子。

〔2〕"正和"句:和,这里读去声,凡依他人的诗题或诗韵作诗,皆谓之和。陶渊明《乞食》诗:"饥来驱我去,不知竟何之。行行至斯里,扣门拙言辞。主人解余意,遗赠岂虚来?谈谐终日夕,觞至辄倾杯。情欣新知欢,言咏遂赋诗。感子漂母惠,愧我非韩才。衔戢知何谢?冥报以相贻。"贫甚而和《乞食》诗,说明了陆游的处境和心中的感慨都和陶渊明有类似的地方。

秋思绝句(六首选一)

其四

枳棘编篱昼掩门[1],桑麻遮路不知村。平生诗句传天下,白首还家自灌园。

这首诗是开禧元年(1205)九月陆游在山阴作。

[1] 枳棘:一种枝上有刺的树木。

客从城中来

客从城中来,相视惨不悦。引杯抚长剑[1],慨叹胡未灭!我亦为悲愤,共论到明发[2]。向来酣斗时,人情愿少歇[3];及今数十秋,复谓须岁月[4];诸将尔何心,安坐望旄节[5]?

这首诗是开禧元年(1205)八月陆游在山阴作。诗人穷居乡间,仍时刻关心国家大局,慨叹国仇未报,对于那些拥兵自重的将军们予以严厉的指责。

[1] 引杯:谓饮酒。

〔2〕明发:天发亮。

〔3〕"向来"二句:酣斗犹酣战,谓愈战愈强,士气历久不衰。二句谓在南宋初年激烈抗战的时候,妥协投降派就破坏抗战,主张停止不打。

〔4〕"及今"二句:是说自金人入侵至今已数十年,仍然还说须等待时机。

〔5〕"诸将"二句:旄节是使臣或主持军事者所持的信物。二句是质问南宋当时那些按兵不动、却硬说是等待时机的将军们究竟是何用心。

衰疾

衰疾支离负圣时,犹能采菊傍东篱[1]。捉衿见肘贪无敌[2],耸髆成山瘦可知[3]。百岁光阴半归酒,一生事业略存诗。不妨举世无同志,会有方来可与期[4]!

这首诗是开禧元年(1205)九月陆游在山阴作。诗人回顾自己的一生,雄图壮志全未实现,仅仅在诗篇中还可以反映出一些,留存下来;认为即使现在没有一个同志,但将来一定会有志同道合的人。

〔1〕"衰疾"二句:支离,伛偻曲背的样子。圣时,指当代,是封建社会中为尊崇皇帝的一种说法。全句是说自己因老病辜负了时代,不能再为国家效力;但还能像陶渊明一样采菊东篱下,过着田园生活。言外有不得已而归田之意。

〔2〕捉衿见肘:衿,衣的前衽。肘,肱与臂之间的关节。捉衿见肘,

213

是说衣服破烂不能遮盖身体。相传曾子住在卫国,十年没有制作衣服,以致捉襟而肘见。(见《庄子·让王篇》)

〔3〕耸膊成山:唐长孙无忌嘲欧阳询形状猥陋,说:"耸膊成山字,埋肩畏出头。谁家鳞阁上,画此一狝猴?"(见孟棨《本事诗》)这里用其语,以说明自己瘦的样子。

〔4〕"会有"句:方来,犹将来。全句是说等到将来,就可以遇到志同道合的人。

稽山行

稽山何巍巍,浙江水汤汤[1]!千里亘大野,勾践之所荒[2]。春雨桑柘绿,秋风粳稻香。村村作蟹椴[3],处处起鱼梁[4]。陂放万头鸭,园复千畦姜。春碓声如雷,私债逾官仓[5]。禹庙争奉牲[6],兰亭共流觞[7]。空巷看竞渡[8],倒社观戏场[9]。项里杨梅熟[10],采摘日夜忙。翠篮满山路,不数荔枝筐。星驰入侯家[11],那惜黄金偿?湘湖莼菜出[12],卖者环三乡。何以共烹煮?鲈鱼三尺长[13]。芳鲜初上市[14],羊酪何足当[15]!镜湖潴众水,自汉无旱蝗[16]。重楼与曲槛,潋滟浮湖光[17]。舟行以当车,小伞遮新妆[18]。浅坊小陌间[19],深夜理丝簧。我老述此诗,妄继古乐章;恨无季札听,大国风泱泱[20]。

这首诗是开禧元年(1205)冬陆游在山阴作。诗中记述和赞颂了浙江山阴地方:那里有着美丽的山川,丰富的物产,勤劳的人民,纯朴的风俗。表现出诗人对于乡土的热爱。他企图追踪《诗经》,记下这一页当时的社会史。

〔1〕浙江:新安江、兰溪二水会于浙江省建德县后,总称为浙江,流经桐庐、富阳、萧山、杭县等地入海。汤(这里读作 shāng)汤:水盛大的样子。

〔2〕"千里"二句:大野,广大的原野。这里指山阴周围一带地区。浙江一带地方古属越国。勾践,春秋时越王勾践与吴战,困于会稽大败,决心复仇,生聚教训,竟灭吴国。荒,开拓,发展。

〔3〕蟹椴:椴疑当作椴。陆游《冬晴闲步东村由故塘还舍》诗自注:"乡人植竹以取蟹,谓之蟹椴。"

〔4〕鱼梁:一种取鱼的设备。在水中砌石为堰,而空其中,使鱼从其缺口处经过,以捕捉之。

〔5〕"私债"句:债当是积字之误。私积,私家的储藏,指粮食。是说地主剥削所得,比公家仓库的粮食还多。

〔6〕禹庙:会稽东南有禹庙。奉牲:献奉牺牲,谓祭祀。

〔7〕"兰亭"句:兰亭在今浙江绍兴县西南。觞(shāng,音伤),羽觞,是椭圆形而口缘有两耳的酒杯。这两耳好像鸟的两翼,故名。它整个形状又像船,亦名船杯。晋穆帝永和九年(353),王羲之曾与朋友修禊(古代在三月上巳日,临水举行祓祭,以除灾害,谓之修禊)宴集于此。其《兰亭诗序》有云:"此地有崇山峻岭,茂林修竹;又有清流激湍,映带左右,引以为流觞曲水,列坐其次。虽无丝竹管弦之盛,一觞一咏,亦足以畅叙幽情。"修禊时,与会者列于曲水之旁,投酒觞于水上游,等酒觞停止不流动时,则取而饮之,谓曲水流觞。

〔8〕竞渡:旧历五月五日为端午节。这天,民间有赛龙船的风俗,谓之竞渡。相传屈原投汨罗江时,当地人民竞相驾舟前往打救,所以后来的竞渡就被认为是为了纪念屈原。

215

〔9〕"倒社"句:古代在社日演戏娱神,群众聚观为乐。倒社,义未详。

〔10〕项里:地名,在绍兴西南,该地盛产杨梅。

〔11〕星驰:如流星的奔驰,形容运送迅速。侯家:封建贵族之家。

〔12〕湘湖:在浙江萧山县西。莼(chún,音纯)菜:生于湖沼或河流的浅水里,味美可食。湘湖地方盛产莼菜。

〔13〕鲈:鱼名,体狭扁,口大鳞小。

〔14〕芳鲜:芳,指莼菜。鲜,指鲈鱼。

〔15〕羊酪(lào,音涝):羊乳制成的食品,有干湿二种。

〔16〕"镜湖"二句:绍兴镜湖是东汉顺帝永和五年(140)会稽太守马臻所修建,潴纳附近河水,颇有灌溉之利。故说镜湖地区自汉以来无旱蝗灾。

〔17〕潋滟:水盈满的样子。

〔18〕新妆:指妇女时髦的服饰。

〔19〕浅坊:里巷。小陌:市中小街。

〔20〕"我老"四句:述,指作诗。古乐章,这里指《诗经》。季札,春秋时人,吴国贵族。他曾在鲁国观周乐,鲁国使乐工歌唱《诗经》中的《二南》、《国风》、《小雅》、《大雅》和《颂》,他都一一加以评论。当乐工歌唱到齐风时,他说:"美哉!泱泱乎大风也哉!表东海者,其太公乎?国未可量也。"四句意思是说我妄图继承《诗经》的传统,写出了这首《稽山行》诗,歌颂了山阴地方田园风土之美,但可惜没有像季札那样善于评论诗歌的人来听,让他知道我们这里也富有泱泱大国的风度。

山村经行因施药(五首选二)

其二

耕佣蚕妇共欣然[1],得见先生定有年[2];扫洒门庭拂床几,瓦盆盛酒荐豚肩。

《山村经行因施药》诗是开禧元年(1205)冬陆游在山阴作。诗人施送药物为山村劳动人民治病,受到了他们的热烈欢迎和真诚的接待。诗中具体地描述了这一动人的场面。

[1] 耕佣:受雇为人耕田的农民。蚕妇:养蚕的妇女。
[2] "得见"句:是耕佣蚕妇说的话。先生,是他们对陆游的称呼。有年,本是五谷丰收之年,这里作有寿、有福气讲。

其四

驴肩每带药囊行,村巷欢欣夹道迎。共说向来曾活我,生儿多以陆为名[1]。

[1] "共说"二句:大家都说陆游从前曾救活了他们,所以很多人都把陆游的姓来给小儿们命名,以作纪念。

杂感(六首选一)

其三

雨霁花无几,愁多酒不支[1]。凄凉数声笛,零乱一枰棋[2]。蹈海言犹在[3],移山志未衰[4]。何人知壮士[5],击筑有余悲[6]!

这首诗是开禧二年(1206)春陆游在山阴作。

[1]"愁多"句:愁多不胜酒之意。或解为:愁绪太多,非酒所能消除。

[2]一枰棋:犹言一局棋。

[3]"蹈海"句:蹈海,齐人鲁仲连反对赵国尊秦为帝,他说如秦为帝,他就宁肯蹈海而死。(参见《叹俗》诗注)按高宗"绍兴和议"中规定向金奉表称臣,孝宗"隆兴和议"中规定宋主称金主为叔父。陆游借用鲁仲连的话,以表示自己始终反对南宋统治者甘心为金帝之臣侄的可耻行为,坚持抗金主张。

[4]"移山"句:移山,指愚公移山的寓言。说的是古代有一个北山愚公,年将九十。他的家门前有太行、王屋两座大山挡住出路。愚公不顾他妻子的怀疑,率领他的子孙们挖凿山上的石头和土壤,运到渤海之尾。有个老头子名叫智叟的讥笑他,劝阻他,说:你这样干未免太愚蠢了,以你这样的残年余力,连大山一根毛都不能毁,别说这么多的土和石

头。愚公回答说:我死了有我的儿子,儿子又有孙子,子子孙孙是没有穷尽的,而山却不会增高,为什么挖不平呢?说的智叟无言对答。后来这件事感动了上帝,上帝就派了两个神仙把这两座山背走。(见《列子·汤问》)陆游借用此事以说明自己坚强的志向至今未曾衰退。

〔5〕壮士:作者自称。

〔6〕"击筑"句:筑,古代的一种乐器,似琴有弦,以竹击之作声。战国时,高渐离善击筑。他常与侠士荆轲在燕市上喝酒,醉后,高渐离击筑,荆轲和而歌。后荆轲为燕太子丹入刺秦始皇,不中,被杀。荆轲死后,高渐离改换姓名,找得机会为秦始皇击筑。秦始皇弄瞎了他的眼睛,把他留用下来。高渐离就在筑里面装上铅块,在一次击筑的时候,以筑击秦始皇,不中被杀。这里是用高渐离故事,以说明自己不忘为国家报仇雪耻。

耒阳令曾君寄禾谱
农器谱二书求诗[1]

欧阳公谱西都花[2],蔡公亦记北苑茶[3]。农功最大置不录,如弃六艺崇百家[4]。曾侯奋笔谱多稼,儋州读罢深咨嗟!一篇秧马传海内,农器名数方萌芽[5]。令君继之笔何健,古今一一辨等差[6]。我今八十归抱耒[7],两编入手喜莫涯[8]!神农之学未可废,坐使末俗惭浮华。

这是陆游为《禾谱》、《农器谱》二书所题的诗,作于开禧二年(1206)。诗中认为记述、研究有关农业生产的书比谱花记茶都更有价值,对于农业生产表现了极大的重视和关心。

〔1〕耒阳令曾君:耒阳,今湖南耒阳县;曾君,即曾之谨。

〔2〕"欧阳"句:欧阳公,指北宋文学家欧阳修。谱,这里是记录的意思。西都花,谓洛阳牡丹花。欧阳修著有《洛阳牡丹记》。

〔3〕"蔡公"句:蔡公,蔡襄,宋代人。北苑,在福建建瓯县,以产茶著名。蔡襄著有《茶录》,记述有关该地产茶制茶等事。

〔4〕"农功"二句:六艺,这里指《易》、《书》、《诗》、《礼》、《乐》、《春秋》六经。古代儒者认为六经是最重要的典籍。二句是说农事关系最大,反弃置不记,却来谱花品茶,这就好比抛弃六艺而去尊崇诸子百家,未免轻重倒置。

〔5〕"曾侯"四句:曾侯,即曾安止。古制,公侯地方百里,后世县令所治地区与之相当,曾安止曾为彭泽令,故尊称之为曾侯。奋笔,犹振笔。多稼,多种多样的禾稼。曾安止著有《禾谱》一书。儋(dān,音丹)州,州治在今广东省儋县。北宋著名文学家苏轼曾谪贬于此,所以称苏轼为儋州。秧马,是一种插秧时用的农具。其形如马,其腹如舟,骑马插秧,用两足推动前进,平滑快速,可以增加工作效率,减轻体力劳动。曾安止曾将《禾谱》送呈苏轼,苏轼见了该书就写了一篇《秧马歌》,记述秧马的形制和功用,在序里说《禾谱》一书"文既温雅,事亦详实。惜其所缺,不谱农器"。读罢深咨嗟,谓苏轼慨叹《禾谱》一书虽好,但未记述农器。方萌芽,是说秧马当时尚未推广,苏轼作《秧马歌》才开始记述了它。

〔6〕"令君"二句:令君即耒阳令曾之谨,他是曾安止的侄孙。他追述他伯祖著《禾谱》和苏轼作《秧马歌》的意思,著了《农器谱》一书,对古代和当时的农器,作了分析和记述。辨等差,是辨别各种农器的形制、功用的意思。

〔7〕抱耒:抱持耒耜,谓种田,这里指作者致仕乡居。

〔8〕两编:指《禾谱》及《农器谱》。莫涯:无涯,无限。

剧暑〔1〕

六月暑方剧,喘汗不支持;逃之顾无术,惟望树影移〔2〕。或谓当读书,或劝把酒卮,或夸作字好,萧然却炎曦〔3〕。或欲溪上钓,或思竹间棋;亦有出下策,买簟倾家赀〔4〕。赤脚蹋增冰〔5〕,此计又绝痴!我独谓不然,愿子少置思:方今诏书下,淮汴方出师〔6〕。黄旗立辕门〔7〕,羽檄昼夜驰。大将先擐甲〔8〕,三军随指挥。行伍未尽食,大将不言饥。渴不先饮水,骤不先告疲〔9〕。吾侪独安居,茂林荫茅茨〔10〕。脱巾濯寒泉〔11〕,卧起从其私〔12〕。于此尚畏热,鬼神其可欺!坐客皆谓然〔13〕,索纸遂成诗〔14〕。便觉窗几间,飒飒清风吹〔15〕。

宁宗开禧二年(1206)五月,南宋下诏伐金。次月,陆游写了这首诗。诗中说夏天暑热难耐,人们想尽了各种各样避暑的办法。作者却告诉大家说,北伐的将士们正在前方披坚执锐,饥渴疲劳,比起安居后方,自由自在的人,不知辛苦多少。这充分表现了诗人对于北伐将士的关怀。诗中"方今"至"鬼神"十六句是作为诗人自己对那些不耐暑热的人们说的话。

〔1〕剧暑:谓天气甚热。
〔2〕树影移:谓太阳快落。
〔3〕炎曦:炎热的阳光。

〔4〕"买簟"句：簟，竹席。韩愈《郑群赠簟》诗："有卖直欲倾家赀。"

〔5〕"赤脚"句：增与层通。杜甫《早秋苦热》诗："安得赤脚踏层冰？"此用其句。

〔6〕"方今"二句：淮汴，宋代时汴水至安徽北部流入淮河。宁宗开禧二年（1206）五月下诏伐金，宋兵曾攻宿州、寿州等地，并派兵分守江淮要地，二句事指此。

〔7〕辕门：辕，原是驾车之木，夹在牲口的两旁。辕门，古时国王外出宿营的地方，四周用车子围起，作为屏藩，用两车仰立相向以为门，谓之辕门。后来就以为官署外门之称。这里指军中主师所居的地方。

〔8〕摆甲：犹言穿甲。

〔9〕骤：驰骤，谓追逐或奔跑。

〔10〕荫：遮蔽。

〔11〕"脱巾"句：濯（zhuó，音浊），洗涤。全句是说脱去头巾用寒凉的泉水洗洗头和脸。

〔12〕"卧起"句：或卧或起都按照自己的意愿，不像军中生活须受约束。

〔13〕然：同意之词。

〔14〕"索纸"句：索，求索。全句是说要了纸张写成这首诗。

〔15〕飒飒：风声。

书叹

齐民困衣食，如疲马思秣[1]。我欲达其情，疏远畏强聒[2]。有司或苛取[3]，兼并亦豪夺[4]；正如横江网，一举孰能脱[5]！政本在养民[6],此论岂迂阔[7]？我今虽退休[8],尝缀廷议末[9]。明恩殊未报[10],敢自同衣褐[11]？吾君不可负,愿治甚饥渴[12]。

这首诗是开禧二年(1206)七月陆游在山阴作。诗中以明确的政论式的语言,斥责了封建政权和剥削阶级对人民的剥削和掠夺。横江大网的譬喻,揭示了在封建制度下人民是处在一种怎样不可避免的悲惨境地。

〔1〕秣(mò,音末):饲马的谷料。

〔2〕畏强聒:强聒,多言不已。畏强聒,是说畏惧当权者嫌自己多言烦扰。

〔3〕有司:官府。

〔4〕"兼并"句:谓土地兼并者恃势强夺人民的财物。

〔5〕"正如"二句:横江网,横截江河的大网。二句用鱼不能自横江网下逃脱,以比南宋人民无法逃避官吏和地主的榨取和掠夺。

〔6〕"政本"句:《尚书·大禹谟》:"德惟善政,政在养民。"

〔7〕迂阔:迂远疏阔,不切实际。

〔8〕"我今"句:陆游于嘉泰四年(1204)以太中大夫、宝谟阁待制致仕,故说是退休。

〔9〕"尝缀"句:缀,连属之意。全句谦言自己曾在朝参加政事讨论,列居班末。

〔10〕明恩:在封建社会中,臣下认为君主对他有恩,称为明恩。殊:极甚之意。

〔11〕衣褐:谓穿布衣的平民。

〔12〕"愿治"句:是说当时皇帝希望国家太平,比饥渴时要求饮食

223

还更急切,这是臣下赞颂皇帝的话。

老马行

老马虺隤依晚照[1],自计岂堪三品料[2]？玉鞭金络付梦想[3],瘦稗枯萁空咀噍[4]。中原蝗旱胡运衰,王师北伐方传诏。一闻战鼓意气生,犹能为国平燕赵。

这首诗是开禧二年(1206)八月陆游在山阴作。诗人虽年已八十二岁,但其为国而战的热情仍然是炽烈的,故以老马自比。

〔1〕虺隤(huī tuí,音灰颓):马疲劳过度之病。

〔2〕三品料:谓以三品官的待遇来饲养马匹。五代时北汉刘旻与周世宗战于高平,大败,独乘契丹黄骝驰归太原。后来他就为黄骝治厩,饰以金银,食以三品料,号自在将军。

〔3〕"玉鞭"句:天子之马用黄金为饰,以络马头,执玉鞭以御之。

〔4〕瘦稗枯萁:稗,草类,所结实可供牲畜食用。萁,豆叶。瘦稗枯萁都是粗恶的饲料。咀噍(jiào,音叫):犹咀嚼。

农家

吴农耕泽泽[1],吴牛耳湿湿[2]。农功何崇崇[3]！农事常汲汲[4]！冬休筑陂防,丁壮皆云集[5]。春耕人在野,农具已山立[6]。房栊鸣机杼[7],烟雨暗蓑笠[8]。尺薪仰有取,断屦俯有拾[9]。洪水昔滔天，得禹民乃粒[10]。食不知所从，汝悔将何及[11]？孩提同一初，勤惰在所习[12]。周公有遗训，请视七月什[13]。

这首诗是开禧二年（1206）八月作于山阴。诗中描绘了农业劳动的巨大场面，写出了农家辛勤劳作的情形，表现了作者对于劳动的尊敬和重视。

〔1〕耕泽泽：谓土壤被耕而松散。《诗经·载芟》："其耕泽泽。"

〔2〕耳湿湿：疑是说牛出汗耳湿。《诗经·无羊》："其耳湿湿。"毛传解为"呞而动其耳，湿湿然"，朱熹《诗集传》云："牛病则耳燥，今呞而动其耳，有湿湿然之润泽也。"

〔3〕崇崇：崇高重大之意。

〔4〕汲汲：紧张的意思。

〔5〕云集：人多如云之集合。

〔6〕山立：堆积如山，极言其多。

〔7〕"房栊"句：栊，窗户，房栊，这里泛指房室。全句指农妇在家织布说。

〔8〕"烟雨"句：烟雨，谓下雨时云气迷蒙之状。蓑，蓑衣；笠，斗笠；都是雨具。暗，谓看不清楚。全句形容农家男子冒雨在田里耕作。

〔9〕"尺薪"二句：是说农家只靠自己勤劳，生活资料可以随处获得。

〔10〕"洪水"二句：《尚书·益稷》云："禹曰：'洪水滔天……下民昏垫。予……决九川，距四海，浚畎浍距川，暨稷播……烝民乃粒。'"此用其文，是说由于传说中的夏禹治平了洪水，后稷播种五谷，人民才有饭吃。滔天，漫天，形容水大。

225

〔11〕"食不"二句:意思是说如果不知食从何来,不知稼穑之艰难,其后果将不堪设想,到那时后悔也来不及了。

〔12〕"孩提"二句:孩提,孩童。是说小孩起初都是一样的,将来或者是勤劳,或者是懒惰,决定在于习惯。

〔13〕七月什:什,指诗篇。七月什,指《诗经·七月》篇。参看《邻曲有未饭被追入郭者,悯然有作》诗注。

夜投山家(四首选一)

其一

蓦沟上坂到山家[1],牧竖膺门两髻丫[2];葑火正红煨芋熟[3],岂知新贵筑堤沙[4]?

这首诗是开禧二年(1206)十月陆游在山阴作。

〔1〕蓦沟:越过沟溪。

〔2〕膺(yīng,音应):应对。

〔3〕葑(fēng,音封):菰草根。

〔4〕"岂知"句:筑堤沙,唐代任命新宰相,京兆尹派人运沙铺路,从长安城东街至宰相住宅,名曰沙堤。这句诗是说山家不知京师权贵们的威势,言外有轻视富贵之意。

戍兵有新婚之明日遂行者，予闻而悲之，为作绝句

送女忽忽不择日[1]，彩绕羊身花照席[2]。暮婚晨别已可悲，犹胜空房未相识。俗有夫出未返而纳妇，谓之空妇房。

这首诗是开禧二年(1206)十二月陆游在山阴作。诗中对一位因出外戍守而离家的新婚士兵，致以安慰之意。

〔1〕送女：嫁女。忽忽：急促之意。
〔2〕彩绕羊身：羊身披绕着绸彩，乃结婚时的景况。古代民间有嫁女送羊的风俗。按《南史·孔淳之传》："(王)敬弘以女适(嫁)淳之子尚，遂以乌羊系所乘轩辕，提壶为礼。至则尽欢共饮，迄暮而归。或怪其如此，答曰：'固亦农夫田父之礼也。'"

自勉

学诗当学陶[1]，学书当学颜[2]。正复不能到，趣乡已可观[3]。养气要使完[4]，处身要使端。勿谓在屋漏，人见汝肺肝[5]。节义实大闲[6]，忠孝后代看。汝虽老将死[7]，更勉未死间。

这首诗是开禧三年(1207)正月陆游在山阴作。八十三岁的老诗

人,对于自己的艺术修养和品格锻炼,并不因老年而放松努力,在这里提出了严格的要求,用以自勉。

〔1〕陶:指陶渊明。

〔2〕颜:指颜真卿,我国唐代书法家。

〔3〕趣乡:同趋向。

〔4〕"养气"句:养气,是古代儒家一种修养的方法。养,涵养的意思;气,指心志说。完,谓无亏损。

〔5〕"勿谓"二句:屋漏,古时室内西北隅隐蔽的地方称为屋漏。二句是说不要以为你在隐蔽的地方所作所为别人就不知道,其实是连你的肺肝都是看得见的。

〔6〕大闲:犹大防,古代封建社会中称必须遵守的道德为防闲。

〔7〕汝:作者自谓。

读李杜诗

濯锦沧浪客[1],青莲淡荡人[2]。才名塞天地,身世老风尘[3]。士固难推挽[4],人谁不贱贫?明窗数编在[5],长与物华新[6]!

这首诗是开禧三年(1207)春陆游在山阴作。诗中赞扬了李白、杜甫诗的永不可磨灭的价值,并对两位诗人的遭遇,感慨不平。

〔1〕"濯锦"句:濯锦,江名,即四川成都的浣花溪。杜甫曾在浣花溪旁筑草堂居住。杜甫《惜别行送向卿奉端午御衣之上都》诗:"卿到朝廷说老翁,漂零还是沧浪客。"故谓杜甫为濯锦沧浪客。沧浪,谓水色

青苍。

〔2〕"青莲"句:李白自号青莲居士。其《古风》之十:"吾亦淡荡人,拂衣可同调。"故谓李白为淡荡人。淡荡,恬静畅适之意。

〔3〕"才名"二句:极言李白、杜甫两位诗人天才、名声天下皆知,但仍不免流浪到老,备尝艰辛。

〔4〕推挽:推荐和援引。

〔5〕数编:指李、杜诗集。

〔6〕"长与"句:物华,鲜妍的景物。全句意思是说李杜的诗与此等景物一样,永远是鲜明不可磨灭。

春早得雨(二首选一)

其二

稻陂方渴雨〔1〕,蚕箔却忧寒〔2〕。更有难知处,朱门惜牡丹〔3〕!

这首诗是开禧三年(1207)春陆游在山阴作。

〔1〕稻陂:陂,水障叫作陂。稻陂,即稻田之土埂。

〔2〕蚕箔:养蚕之器,俗称蚕帘。

〔3〕"更有"二句:富贵人家不顾禾稻枯死,不以得雨为喜;反而以早春阴雨妨碍牡丹开放为可惜。难知,是说他们的用心难以理解。

229

春晚即事(四首选二)[1]

其三

渔村樵市过残春,八十三年老病身。残虏游魂苗渴雨[2],杜门忧国复忧民[3]。

《春晚即事》诗是开禧三年(1207)春末陆游在山阴作。诗人以老病之身,却仍然关心时事。"忧国复忧民"的伟大怀抱,说明了诗人崇高的思想品质。

〔1〕春晚:谓春季之末。即事:犹言当前的事物。我国古代抒写当前事物之诗常以"即事"为题。

〔2〕残虏游魂:是说金国如像脱离躯体的精魂,浮游离散,其势已不能久存。

〔3〕忧国复忧民:开禧三年北伐失败,那时南宋又发生旱灾,民不聊生。所以诗人深以国家和人民所遭受的灾难为忧。

其四

龙骨车鸣水入塘[1],雨来犹可望丰穰[2]。老农爱犊行泥缓[3],幼妇忧蚕采叶忙。

〔1〕龙骨车:即水车,其构制形状像一条长龙的骨节,所以叫作龙

骨车。

〔2〕丰穰:丰熟。

〔3〕"老农"句:这是说老农民爱惜牛犊,知道它的气力不大,所以让它在泥田里慢慢行进,不忍驱打。

秋思(十首选一)

其七

桑竹成阴不见门,牛羊分路各归村。前山雨过云无迹,别浦潮回岸有痕[1]。

这首诗是开禧三年(1207)秋陆游在山阴作。诗中描绘了山阴三山农村优美的秋景。

〔1〕浦:河水的岔口处。

岁晚(六首选一)

其一

云暗郊原雪意稠[1],天公似欲富来牟[2]。布衾岁久真如铁,讵敢私怀一己忧[3]！

这首诗是开禧三年(1207)冬陆游在山阴作。

〔1〕郊原:郊外原野之地。稠:浓密。

〔2〕来牟(móu,音牟):麦子。

〔3〕"布衾"二句:衾,被。讵敢,岂敢,何敢。如铁,形容衾冷而硬。二句是说,如果下雪,自己多年的老布被不足以抵御寒冷,但我怎么能考虑个人所担心的事情呢？下了雪麦子可望丰收,对大众都是有利的。

贫病戏书(二首选一)

其二

头痛涔涔齿动摇[1],医骄折简不能招[2]。亦知客疾无根柢[3],少健还能起负樵。

这首诗是宁宗嘉定元年(1208)初春陆游在山阴作。

〔1〕头痛:陆游这年春天得头风症,至初夏痊愈。涔涔(cén,音岑):困顿烦闷的样子。

〔2〕折简:简,书简。折简,犹言作书。

〔3〕客疾:犹言疾病。古代一种关于病理的推测的说法:认为"客气"中人,与正气并存人体中,即成疾病。

喜雨

入夏久不雨,旱势已炎炎[1]。蛙蛤徒自喧,蛟龙卧如蛰[2]。何由白水满?但守青秧泣!上天忽悔祸[3],川云起呼吸[4]。虚檐雨竞泻,平野苗尽立[5]。儿停踏沟车,妇免忧谷汲。人言雨非雨,乃是倾玉粒[6]。移床亦细事,敢叹屋漏湿[7]?

这首诗是嘉定元年(1208)初夏陆游在山阴作。

[1] 炎炎:危急。

[2] 蛰:虫类冬天藏伏不出为蛰。

[3] 悔祸:不愿再为灾祸。

[4] "川云"句:呼吸,这里极言时间短暂。全句是说川上的云聚起得很快。

[5] 苗尽立:是说旱苗得雨都直立起来。

[6] "乃是"句:是说时雨下降,则收成有望,简直就是倾泻白米。

[7] "移床"二句:这是说雨水救活了旱苗,是大事,值得庆喜;自己的屋子漏了,要迁移床榻,是小事,值不得慨叹。

233

自贻（四首选一）[1]

其四

退士愤骄虏，闲人忧旱年[2]。耄期身未病[3]，贫困气犹全！

这首诗是嘉定元年（1208）夏陆游在山阴作。

〔1〕自贻：自赠。
〔2〕退士、闲人：皆作者自谓。愤骄虏：这时南宋北伐失败，投降派正与金议和，金人要求苛酷，态度蛮横，陆游对金人侵略者极为愤恨。
〔3〕耄（mào，音冒）期：谓高年。古时八十、九十曰耄，百年曰期颐。陆游这时八十四岁，年龄已在耄期之间。

异梦

山中有异梦，重铠奋雕戈[1]；敷水西通渭，潼关北控河[2]；凄凉鸣赵瑟，慷慨和燕歌[3]。此事终当在，无如老死何[4]！

这首诗是嘉定元年（1208）六月陆游在山阴作。诗中通过了一个奇异的梦的记述，表达了作者为国家奋战的决心和对于收复失地的迫切要求。

〔1〕重铠:厚甲。雕戈:雕刻有花纹的戈。

〔2〕"敷水"二句:敷水,在陕西华阴县西,源出大敷谷,流入于渭水。二句是述说梦中作战所至地区的山川形势。

〔3〕"凄凉"二句:是说梦中收复了中原,鼓赵瑟,和燕歌,凄凉慷慨一时交集。

〔4〕"此事"二句:是说梦中之事终究会成为事实的,无奈自己年老将死,不能亲身经历罢了。

识愧[1] 路逢野老共语,归舍赋此诗

几年羸疾卧家山[2],牧竖樵夫日往还。至论本求编简上[3],忠言乃在里闾间。私忧骄虏心常折,念报明时涕每潸[4]。二句实书其语。寸禄不沾能及此,细听只益厚吾颜[5]。

这首诗是嘉定元年(1208)秋陆游在山阴作。从这首诗中可以看出,诗人在乡居期间经常和劳动人民保持着广泛的、密切的接触;通过这种接触,他们的爱国思想和观点,获得了诗人的高度尊敬和重视,并对诗人的思想和创作起了巨大的影响。

〔1〕识:通"志"。

〔2〕家山:谓故乡。

〔3〕至论:至当不易之论。

〔4〕"私忧"二句:折,摧折。明时,指当代说。二句是野老所说的话。意思是说金人仍在横行,自己心中感到忧愤,经常难过;每一想到报效国家,又不免感慨万端,涕泪交流。

235

〔5〕"寸禄"二句:是说此野老没有领受过一点俸禄,尚能如此仇恨金人,热爱祖国,细细听来,自己心中只有更加惭愧。厚颜,惭愧的意思。

村女

白襦女儿系青裙〔1〕,东家西家世通婚。采桑饷饭无百步〔2〕,至老何曾识别村。

这首诗是嘉定元年(1208)秋末陆游在山阴作。

〔1〕襦(rú,音如):短衣,短袄。
〔2〕饷饭:给田中劳作的人送饭。

示子遹〔1〕

我初学诗日,但欲工藻绘〔2〕;中年始少悟,渐若窥宏大。怪奇亦间出〔3〕,如石漱湍濑〔4〕。数仞李杜墙,常恨欠领会〔5〕。元白才倚门〔6〕,温李真自郐〔7〕。正令笔扛鼎,亦未造三昧〔8〕。诗为六艺一,岂用资狡狯〔9〕?晋人谓戏为狡狯,今闽语尚尔。汝果欲学诗,工夫在诗外〔10〕。

这首诗是嘉定元年(1208)秋末陆游在山阴作。诗中简要论述了诗人自己所经历的写作道路。在初学诗的时候,只知追求文词的华丽;至中年以后才渐趋"宏大",向李白、杜甫学习。并且认为诗是文化中的一个重要组成部分,反对对待诗的儿戏态度;并指出学习作诗需要在诗本身以外的生活中多下工夫。

〔1〕子遹:即陆游幼子陆子聿。

〔2〕藻绘:藻饰和绘画,比喻华丽的文词。

〔3〕"怪奇"句:在诗的创作里间或也出现一种险怪奇特的、不平凡的作风。

〔4〕"如石"句:漱,这里是被水冲荡的意思。水流与石冲激则成湍濑。全句以石水相冲击,来形容上句所说的不平凡的作风。

〔5〕"数仞"二句:子贡曾赞孔子说:"夫子之墙数仞,不得其门而入。"(见《论语·子张》)这借以赞扬李白、杜甫的诗。而认为自己对这两位伟大诗人的作品缺乏体会,常引以为恨。

〔6〕"元白"句:作者认为诗人元稹、白居易只是靠近李白、杜甫创作的大门,并没有深入他们的堂奥。

〔7〕"温李"句:温李指唐诗人温庭筠、李商隐。郐(kuài,音快),古国名,在今河南密县东北。自郐,据《左传》,春秋时吴季札观乐于鲁,对各国的诗歌都有评论。"自郐以下无讥焉",意思是说季札以为郐国等国的诗歌微不足道,故不加评论。后来"自郐"就成了对事物表示轻视,不屑齿及的意思。全句是说作者自己看不起温李的作品,认为他们不足与李杜相提并论。

〔8〕"正令"二句:扛鼎,鼎为重物,需要很大力量才能举起来,扛鼎,这里比笔力雄健。造,达到。三昧,要诀之意。二句意思是说学诗如果不循李白、杜甫的创作道路,不管笔力如何雄健,也不能得到作诗的要诀。

〔9〕"诗为"二句:是说诗是文化中的一个重要部分,不能作为游戏之资,不能以儿戏的态度对待。

〔10〕"工夫"句:意思是说学习作诗应该在诗本身以外的生活中多下工夫。

读陶诗

陶谢文章造化侔,篇成能使鬼神愁[1]。君看夏木扶疏句,还许诗家更道不[2]?

这首诗是嘉定元年(1208)十二月陆游在山阴作。诗中对于陶渊明的诗评价极高。

〔1〕"陶谢"二句:陶,陶渊明;谢,南朝宋时诗人谢灵运。读陶诗而并及谢灵运,是因为旧时向以陶谢并称,所以作者也连带提到他。文章,广义的文章包括诗歌在内,这里单指诗说。造化谓天地,犹今言大自然。侔,齐等之意。造化侔,是说陶诗浑朴自然,不假雕饰,与造化齐等,极赞陶诗的成就。

〔2〕"君看"二句:扶疏,枝叶茂盛之貌。陶渊明《读山海经》诗之一:"孟夏草木长,绕屋树扶疏。众鸟欣有托,吾亦爱吾庐。"即所谓造化侔之一例。道,原是说出的意思,这里指吟诗、作诗。不,通"否"。二句意思是说,你看像陶诗《读山海经》那样的句子,后世的诗人们还能再作得出来吗?

春日杂兴(十二首选一)[1]

其四

夜夜燃薪暖絮衾,禺中一饭直千金[2]。身为野老已无责〔3〕,路有流民终动心〔4〕! 闻有流移人到城中。

这首诗是嘉定二年(1209)初春陆游在山阴作。

〔1〕杂兴:大略相当于杂感的意思。

〔2〕"夜夜"二句:禺中,即隅中,将至正午的时间称作隅中。直,通"值"。二句是作者自述他自己尚无饥寒之忧。

〔3〕身为野老:陆游于嘉泰四年(1204)以宝谟阁待制致仕。开禧二年(1206)宰相韩侂胄专权跋扈,为了巩固权位,趁金与蒙古连年战争,国势衰弱,发动北伐。但此时南宋国力更加衰敝,结果战败。南宋杀韩侂胄求和。陆游从爱国的角度出发,赞成这次北伐;被借口曾为韩写《南园记》、《阅古泉记》二文,于本年春被劾免宝谟阁待制,故自称身为野老。

〔4〕流民:流亡逃难的人民。开禧、嘉定年间,长江、淮河广大地区连年发生旱灾、蝗灾或兵灾,至嘉定二年春天,人民成批饿死,不少人向城市流亡。

赏山园牡丹有感

洛阳牡丹面径尺〔1〕,鄜畤牡丹高丈余〔2〕。世间尤物有如此,恨我总角东吴居〔3〕。俗人用意苦局促〔4〕,目所未见辄谓无〔5〕。周汉故都亦岂远〔6〕? 安得尺箠驱群胡〔7〕! 山阴距长安三千七百四十里,距洛阳二千八百九十里。

这首诗是嘉定二年(1209)春末陆游在山阴作。作者因赏牡丹花,想起了洛阳、鄜畤盛产牡丹,因而再一次迫切要求收复这些失去的地方。

〔1〕洛阳:河南洛阳。

〔2〕鄜(fū,音夫)畤:在今陕西洛川县南。

〔3〕总角:总聚其发以为两角,指童年说。

〔4〕局促:短浅之意。

〔5〕辄:即。

〔6〕周汉故都:指洛阳与长安。

〔7〕尺箠驱群胡:尺箠,一尺长的马鞭。尺箠驱群胡,意思是说从军北伐,驱逐金人。

夏日六言(四首选一)

其三

溪涨清风拂面,月落繁星满天。数只船横浦口,一声笛起山前。

  这首诗是嘉定二年(1209)夏陆游在山阴作。诗中描绘了山阴三山夏夜景色。这是一首六言绝句,四句皆用对偶,每句写一种物象或事象,风调颇近于小词。这一形式,宋人是常用的。相传六言诗为西汉谷永所创,但其所作今已失传。按《诗经》中已有六言诗句,可能是谷永本此创为六言体。

示 儿

死去元知万事空,但悲不见九州同[1]。王师北定中原日,家祭无忘告乃翁[2]。

这是陆游的绝笔诗,写于嘉定三年(1210)春。诗人在他最后的一篇作品里,集中地表现了他的伟大的爱国主义精神,抒写了他对于南宋政权向金侵略者妥协投降所造成的屈辱局势的悲愤,提出了驱逐侵略者、恢复北中国失地的希望和要求,表达了正义事业终将胜利的坚韧不可摧毁的信念。

〔1〕九州同:谓驱逐金人,统一中国。
〔2〕乃翁:作者自谓。

〔附〕词选

蝶恋花[1]

离小益作[2]

桐叶晨飘蛩夜语[3]。旅思秋光[4],黯黯长安路[5]。忽记横戈盘马处[6],散关清渭应如故[7]。　　江海轻舟今已具[8]。一卷兵书,叹息无人付。早信此生终不遇,当年悔草长杨赋[9]。

〔1〕蝶恋花:词牌名。下同。
〔2〕小益:地名,在今陕西省略阳县、宁羌县一带。
〔3〕蛩夜语:蛩音筇,蟋蟀。语谓叫。
〔4〕旅思:旅客的心情。思音 sì。
〔5〕黯黯:失意之貌。长安路:借指汉中道上。
〔6〕"忽记"句:放翁尝佐王炎军幕,居南郑数年,故曰横戈盘马处。
〔7〕散关清渭:散关即大散关,诗中屡见。渭水清,故曰清渭。
〔8〕"江海"句:这是说,准备辞官去朝,归隐江湖。
〔9〕"早信"二句:长杨,汉宫名。汉成帝尝游幸长杨宫,纵胡客大校猎,扬雄作《长杨赋》以讽谏。这是说,早知如此,悔不该以文章妄图显达。按南宋自建炎以来,进士应举,除经义外,仍考诗赋。故以扬雄献赋为比。

钗头凤

红酥手[1],黄縢酒[2],满城春色宫墙柳[3]。东风恶[4],欢情薄[5]。一怀愁绪[6],几年离索[7]。错,错,错[8]!春如旧,人空瘦,泪痕红浥鲛绡透[9]。桃花落,闲池阁,山盟虽在[10],锦书难托[11]。莫,莫,莫[12]!

放翁妻唐氏既为姑所逼,离婚后改嫁同郡赵士程。绍兴二十五年(1155)春,赵夫妇出游,与放翁相遇于禹迹寺南的沈氏园。唐氏以告赵,"赵遣致酒肴,翁怅然久之",为赋此词。参看本书《沈园》诗注。

[1] 红酥手:肌肤红润酥腻的手腕。

[2] 黄縢酒:酒名。縢一作藤。

[3] 宫墙:指禹迹寺的宫墙。

[4] 东风恶:谓唐氏为姑所恶,境遇恶劣,有如众芳为东风所摧残。

[5] 欢情薄:江南人谓情人为欢。这是说自己情薄,不能永远相爱,终于被迫离婚。

[6] 一怀:犹满怀。

[7] 离索:分离孤独。

[8] 错,错,错:这是说从前自己做错了。

[9] 红浥:红谓血泪,浥是湿。鲛绡:即鲛绡,谓鲛人所织的生丝绢。相传南海中有鲛人室,水居如鱼,能织绢帛。此处的绡指衣袖说。

[10] 山盟:古时谓男女相爱不渝者为山盟海誓。意谓其情如山海的长久不变。

243

〔11〕"锦书"句:谓唐氏既已改嫁,自不便再寄书函以通情好。

〔12〕莫,莫,莫:劝彼此莫再为旧情所牵挂。

卜算子

咏梅

驿外断桥边,寂寞开无主[1]。已是黄昏独自愁,更著风和雨[2]。无意苦争春[3],一任群芳妒。零落成泥碾作尘,只有香如故。

此词以梅花比清高之士,淡泊自守,与世无争,虽飘零凋落,践踏成泥,而清香终不消散。这是作者为自己写照。

〔1〕无主:这是说野外梅花,不是人家园林所种的。

〔2〕更著:更遭遇着。

〔3〕争春:与百花在春天争妍斗靡之意。

汉宫春

初自南郑来成都作

羽箭雕弓,忆呼鹰古垒[1],截虎平川[2],吹笳暮归野帐,雪压青毡[3]。淋漓醉墨,看龙蛇飞落蛮笺[4]。人误许,诗情将略,一时才气超然。　　何事又作南来?看重阳药市,元夕灯山[5],花时万人乐处,欹帽垂鞭[6]。闻歌感旧,尚时时流涕尊前[7]。君记取,封侯事在,功名不信由天[8]。

〔1〕呼鹰:指打猎的事。鹰经过训练,可以听人指挥,猎取禽鸟。
〔2〕平川:平原。
〔3〕青毡:帐篷。
〔4〕龙蛇:草书。蛮笺:即蜀纸。
〔5〕元夕:上元之夜,即阴历正月十五日的元宵节。
〔6〕欹帽:欹借为攲,音欺。欹帽,帽不正的样子。
〔7〕尊:与樽同,酒杯。
〔8〕"功名"句:这是说,功名是可以用人力获取的,并非由于天命。

夜游宫

雪晓清笳乱起,梦游处,不知何地。铁骑无声望似水[1],想关河,雁门西[2],青海际[3]。　　睡觉寒灯里,漏声断[4],月斜窗纸。自许封侯在万里[5]。有谁知,鬓虽残[6],心未死!

〔1〕"铁骑"句:骑音寄。铁骑,披甲的战马。这是承上句言梦中望见铁马如流水不断地奔驰。
〔2〕雁门:关名,在今山西省代县西北的雁门山上。
〔3〕青海:湖名,在今青海省东境。

245

〔4〕漏声断:古时计时之法,以铜壶盛水,底穿一孔,谓之漏壶。壶中立箭,箭上刻百分度数。壶中的水逐渐漏减,箭上的度数亦逐渐显露,如此,即可知昼夜时刻。漏声断,是水已漏完,夜尽天明的时候。

〔5〕"自许"句:这是说自己相信能在边疆万里之外破敌立功,以取封侯之赏。后汉班超有相者预言他当封侯万里之外,见《后汉书》七十七。此暗用其事。

〔6〕残:此处是说年已衰老,头发零落稀疏。

渔家傲

东望山阴何处是?往来一万三千里。写得家书空满纸,流清泪,书回已是明年事。　　寄语红桥桥下水:扁舟何日寻兄弟?行遍天涯真老矣!愁无寐,鬓丝几缕茶烟里[1]。

〔1〕"鬓丝"句:鬓丝,鬓发白色如丝。茶烟,煮茶时的火烟。这是说,在烹茶煮茗的生活中不觉老境已至。借用杜牧诗"今日鬓丝禅榻畔,茶烟轻扬落花风",而变其意。

桃源忆故人

题华山图

中原当日三川震[1],关辅回头煨烬[2]。泪尽两河征镇[3],

日望中兴运[4]。　　秋风霜满青青鬓,老却新丰英俊[5]。云外华山千仞,依旧无人问[6]。

〔1〕三川:秦置三川郡,其地有河、洛、伊三川,故名,即今河南省北部黄河两岸一带之地。

〔2〕煨烬:犹灰烬。谓中原既失,陕西关辅一带立即陷敌,焚劫一空,化为灰烬。

〔3〕征镇:将军的名号。汉、魏以来,设置东、西、南、北四征将军及四镇将军,使各负一方面的责任,合称为征镇。

〔4〕中兴运:国家由衰而转兴为中兴。运是从前所谓气运,指出师北伐,收复失地说。

〔5〕新丰英俊:新丰,旧县名,故城在今陕西省临潼县东。这是说,关辅沦陷区中的豪杰天天盼望收复失地,回到祖国的怀抱;但年复一年,未见实现,有老了英雄之感。英俊,作者有隐然自指之意。

〔6〕"云外"二句:华山在沦陷区中,无人过问它,这是感叹朝廷无意恢复。

鹊桥仙

一竿风月[1],一蓑烟雨[2],家在钓台西住[3]。卖鱼生怕近城门,况肯到红尘深处[4]?　　潮生理棹[5],潮平系缆[6],潮落浩歌归去[7]。时人错把比严光,我自是无名渔父[8]。

〔1〕"一竿"句:竿是钓竿,风月是说或在风中或在月下钓鱼。

247

〔2〕"一蓑"句:是说披着蓑衣在烟雨中钓鱼。烟是雾气之类。
〔3〕"家在"句:后汉严光,字子陵,与光武帝为友,隐居不仕,耕钓以终。今浙江省桐庐县富春山有钓台,相传为严子陵垂钓处,有东西二台,各高数百丈。按放翁自淳熙十三年(1186)七月至十五年(1188)七月权知严州军州事,居严州凡二年。严州即今浙江省建德县,在桐庐县西南,故曰"家在钓台西住"。
〔4〕红尘:繁华热闹的地方,指城市说。
〔5〕理棹:棹,船桨。理棹,修理船桨。
〔6〕缆:音览,系船的绳索。
〔7〕浩歌:已见《喜谭德称归》诗注。
〔8〕无名渔父:《楚辞》和《庄子》都有渔父,其名不传,所谓无名渔父,即是作者把自己来比他们。

诉衷情

当年万里觅封侯,匹马戍梁州。关河梦断何处,尘暗旧貂裘〔1〕。胡未灭,鬓先秋〔2〕,泪空流。此生谁料,心在天山,身老沧洲〔3〕!

〔1〕"尘暗"句:这是说貂裘已为灰尘所封,故颜色暗淡。
〔2〕鬓先秋:谓年已衰老,鬓发凋零。
〔3〕沧洲:水隈之地,谓隐者所居。

其二

青衫初入九重城〔1〕,结友尽豪英。蜡封夜半传檄〔2〕,驰骑谕幽并[3]。　时易失,志难成,鬓丝生。平章风月[4],弹压江山[5],别是功名[6]。

〔1〕九重城:旧指天子所居之处。
〔2〕蜡封:以蜡封书。
〔3〕幽并:幽州和并州,皆古州名。幽州大抵在今河北省境,并州大抵在今山西省境。并音兵。
〔4〕平章:评论较量之意。
〔5〕"弹压"句:弹压,镇压管领之意。言山川风景都归我管领。《淮南子·本经训》有"牢笼天地,弹压山川"之文,此用其语。
〔6〕"别是"句:这是说虽然功名未立,壮志未成,但退居后,得以流连光景,管领风月,也算是另外一种功名。这是故意解嘲之词。

谢池春

壮岁从戎,曾是气吞残虏[1]。阵云高,狼烽夜举。朱颜青鬓[2],拥雕戈西戍。笑儒冠,自来多误[3]。　功名梦断,却泛扁舟吴楚[4]。漫悲歌[5],伤怀吊古。烟波无际[6],望秦关何处! 叹流年[7],又成虚度!

〔1〕"壮岁"二句:指参四川宣抚使王炎军幕事,故下文有西戍秦关等语。
〔2〕朱颜青鬓:红颜黑发,谓壮盛之年。
〔3〕"笑儒冠"二句:杜甫诗有"儒冠多误身"之句,就是说读书没有

出息。此借用为一事无成之意。

〔4〕"功名"二句:这是说从川陕东归。

〔5〕漫:随意。

〔6〕"烟波"句:烟云波浪中一望无边。此承上泛舟言。

〔7〕流年:年华易逝,一去不返,如同流水一样,故谓之流年。

恋绣衾

不惜貂裘换钓篷[1],嗟时人,谁识放翁!归棹借樵风稳[2],数声闻林外暮钟。　幽栖莫笑蜗庐小[3],有云山,烟水万重。半世向丹青看[4],喜如今身在画中[5]。

〔1〕"不惜"句:言宁甘弃官归隐,不惜抛弃从前出游的貂裘,退老家园,以渔钓为事。钓篷,钓鱼的船。

〔2〕归棹:钓罢棹船回家。樵风:犹言山风。

〔3〕幽栖:犹深居。隐者所居,深藏不露,故曰幽栖。蜗庐:三国时隐士焦先作圜舍,形如蜗牛壳,谓之蜗牛庐。后遂谓居室隘陋者为蜗庐。

〔4〕丹青:谓图画。

〔5〕"喜如今"句:言所居之地风景绝佳,如置身画图中。

忆游国恩先生（代跋）

睹物思人，和主编者游国恩先生相处的往事一一涌现在眼前。

那是五十年代的一个春天吧。人民文学出版社着手组织编辑一套"中国古典文学读本丛书"，其中有《陆游诗选》一种，叫我去约请当时在北大任教的古典文学专家游国恩先生担任此书的编选指导工作。先生听明了来意，指着正堆积满案的《屈赋长编》的资料和刚摆到上边的《陆放翁全集》，说："你知道，战国时的屈原，是为了振兴楚国，'上下求索'而不得，终于抱恨沉江的。南宋时的陆游，则是戎衣铁马，欲求献身而苦无战场，到临终仍然呼吁祖国的胜利统一的。他们的生死，都是和祖国的安危，紧密地连结在一起。放翁诗，和屈原赋一样，都是一代的最强音，是世世代代永不磨灭的！"在此以前，我曾听说，这位学术界的前辈一向是沉着稳健的，但此刻从他捧着陆集的手指的颤动上，仿佛可以窥测出一颗炽热的心的跳动。他屏息了一口气，打开函套，接着说："编选陆诗，自然是义不容辞的——不过，北大的教研工作也确实不少，年纪又大了；你读过陆诗，也留意诗集的选注工作，就帮着搞起来吧。"

这样，就首先着重从九千多首诗中圈定了一部分历来传诵的抒写爱国情怀的诗篇。"这怕还不够充分"，一次先生指点说，"过去常讲，陆游晚年诗风趋于平淡。其实也不能用这样的眼光不加分辨地去看待他晚年的全部作品。他返乡后的二十年，'身杂老农间'，从一定范围讲，国事民情，可说是兼而知之。放翁是发扬了爱国诗人屈原的优良传统，同时也汲取了田园诗人陶渊明的可贵特征。或者可以说，爱国和爱乡，在他的诗作中取得了某种程度的统一。所以，对他的晚年诗需要有一个符合实际的评价。"——这些看法，后来都大致地体现在选目和前言里边。

在确定选目的时候,我又想补进一些写花木鱼鸟和以日常生活为题材的小诗。先生看了以后说:"有些是可取的,选目可以丰满一些。不过,要注意,不要流连忘返,冲淡了主旨。就拿'梅花'来说吧,在他看来这是'高人'的化身;'孤云'呢,也寓有不肯同流合污的感慨。比兴的深意,是不宜忽略的。"从这指点和警诫中,我才开始体会到,搞一个既能反映诗的主流而又兼顾全面的选目,并不是一件轻而易举的事。特别是对解放以后的第一本陆诗的选目来说,更是如此。

关于注释,回想起来,先生是强调阐发作品本身的社会意义;而于释文,则要求简明扼要,避免繁琐和偏僻。他说:"我同意这种主张,像这样的大作家的普通选本,对象又主要是一般的爱好者,详尽的引证、专门的考辨,可以留到其他著作中去搞。"然而在实际工作过程中,他却又强调要溯本辨源,在自己心中必须先有一个可靠的依据。记得有一次,我为一个典故遍寻类书,弄得满头大汗。先生觉察到了我的困窘,就探手从壁架上抽出一卷原作,手指道:"哪,这里。——噢,看急成这样子!注书么,是得先记住一些书。——慢慢来。"于是,我只有抑制住惶恐而又感激的心情,赶忙抄下了那一段文字。又有一次,校勘到"山重水复疑无路,柳暗花明又一村"两句,先生问:"怎么,人们口头上却常把第一句说成'山穷水尽'。'重复'、'穷尽',景况大有分别。又谁在什么时候、什么情况下这样说起,又是为什么呢?"我遍查了当时手头的有关资料,竟没有一点线索。先生最后说:"'不知为不知',只有以后再努力解决了。"

给先生当助手,或者勉强算一个合作者吧,到出书时自然要遇到诸如署名和稿酬之类的具体问题。先生在学术上要求一字不苟,俨然是一位令人敬畏的老师;但在关乎个人名利上,却又是礼让当先,表现出一位长辈的亲切慈祥的风度。那前言本是先生审核了提纲,并亲手删正的,却一定要署上我一个人的名字。"要学着负起责任来",他甚至带着一种近乎责备的口气说。到领稿费时,他又说:"这怎么办呢。题解部分都归你领吧。"我争辩说,这里面也有先生不少的心血。他笑笑说:"注解你也有补充嘛。再说,年轻人,刚搞古典没有几年,书也要备起来的。"

在五十年代《陆游诗选》出版以后了,在仓卒异常的,也是最后的一次会面中,先生慨然叹曰:"说起来,咳,书出十来年了,选目还该有些调整和补充;对放翁的胸怀,特别是在逆境下都不忘祖国的情操,体会得还是不够深刻;艺术上的阐发也不够深入细致。——然而,这一切,只有待诸来日了……"

而今,这"来日"终于来到了。可不幸的是,游国恩先生却已于四年前抱病长逝。如果不是那么长的动乱,他的病是不至于积得那么沉重的。要是先生今日尚健在,同其他白首丹心的老学人们一起,继续在祖国文化建设的园地里奋笔力作,并且更进一步地挖掘放翁诗的宝藏;而我自然也就还能磨墨端砚,侍立于先生身旁,那该有多好!

忆至此,置笔肃然立,顿觉长夜寂清而斗星灿烂。于是恭吟一绝,以志永念。

　　戎衣铁马放翁篇,水复山重释意难。今日师亡我何倚?一灯不忘示儿传。

　　　　　　　　　　　　　　　　　　　李　易
　　　　　　　　　　　　　　　　　1982年9月30日于北京